मछली मरी हुई

मछली मरी हुई

राजकमल चौधरी

राजकमल प्रकाशन

ISBN : 978-81-267-0569-6

मूल्य : ₹695

पहला संस्करण : 1966
दसवाँ संस्करण : 2024

प्रकाशक : राजकमल प्रकाशन प्रा.लि.
1-बी, नेताजी सुभाष मार्ग, दरियागंज
नई दिल्ली-110 002

शाखाएँ : अशोक राजपथ, साइंस कॉलेज के सामने, पटना-800 006
पहली मंजिल, दरबारी बिल्डिंग, महात्मा गांधी मार्ग, प्रयागराज-211 001
1, अनमोल सोराबजी संतुक लेन, धोबी तलाव, मरीन लाइंस, मुम्बई-400 002

वेबसाइट : www.rajkamalprakashan.com
ई-मेल : info@rajkamalprakashan.com

मुद्रक : बी.के. ऑफसेट
नवीन शाहदरा, दिल्ली-110 032

MACHHALI MARI HUI
Novel by Rajkamal Chaudhari

“बरसात हुई। जल भर आया...
सूखी पड़ी नदी में
नीली मछली मरी हुई,
जी उठी...”

आदरणीय बन्धु
श्री रेवतीरमण झा
(मेरी एक पुरानी रचना ‘एक ही वृत्त की रेखाएँ’
आपको बहुत पसन्द थी!)
की सेवा में,
सप्रेम...

1962 (जून-जुलाई) में, हमारे एक मित्र-परिवार की दो स्त्रियों को एक साथ मानसिक उत्तेजना और विक्षेप के कारण, अस्पताल भेजा गया था।...यह उपन्यास उन्हीं दिनों लिखा जा रहा था। हम लोग कलकत्ते में 'मूर-एवेन्यू' से लगातार 'फ्री-स्कूल स्ट्रीट' के इलाकों में आवारा घूमते रहते थे और ऐसी ही अविश्वसनीय, काल्पनिक एवं अकर्मण्य वस्तुओं में विश्वास करते थे।...ललित शर्मा, उमा सहगल, परमेश, सूर्यदेव सिंह अमर, मंजू हालदार, अभय जैन, मदनलाल सेठी, मानव गुप्त, ओमप्रकाश मनचन्दा, चम्पा कुलश्रेष्ठ, अरुन्धती मुखर्जी, बैजू शाह—हम लोग कई चौराहों पर इकट्ठे होते थे, कई दूसरी गलियों में अलग होने के लिए। इन सबके प्रति आभार प्रकट करना न तो उचित है और न आवश्यक।...और न यह कहना ही आवश्यक है कि किसी भी व्यक्ति-विशेष का चित्र, चरित्र अथवा परिचय 'मछली मरी हुई' में नहीं है। उपन्यास में वर्णित सूचनाएँ संयोग और कु-अवसर से प्राप्त हुई हैं, इच्छित अनुभव से नहीं!...कलकत्ते में 'कल्याणी-मेन्शन' कहीं नहीं है।

—राजकमल चौधरी

'कामायनी'
सैदपुर-भिखना पहाड़ी
पटना-4

मरी हुई मछलियों के बारे में...

1

'लेस्बियाँ'—अर्थात् समलैंगिक यौनाचारों में डूब गई हुई स्त्रियों के बारे में, खासकर हिन्दी में, बहुत कम ही लिखा गया है। भारतीय स्त्रियों के निजी चरित्र को नंगी आँखों से देखने का अवसर और 'संयोग' हम लोगों को नहीं मिल पाता है। कहीं पर्दादारी के कारण, और कहीं दूसरी जगह बे-पर्दगी के कारण!

2

1959 (अगस्त) में 'लहर' पत्रिका, अजमेर के कहानी-विशेषांक में मेरी एक कहानी प्रकाशित हुई थी, 'बारह आँखों का सूरज'। 'विनोद' पत्रिका, कलकत्ता के वार्षिक अंक (1961) में, मैंने एक दूसरी कहानी लिखी, 'सामुद्रिक'। इन दो कहानियों के सिलसिले में मुझे होमोसेक्सुअलिटी के बारे में सूचनाएँ और घटनाएँ एकत्र करनी पड़ीं।...लेकिन, 'मछली मरी हुई' लिखने के समय मैंने महसूस किया कि निर्मल पद्मावत की 'दास्ताने-हम्ज़ा' बयान करते हुए इन घटनाओं-सूचनाओं का उपयोग किया जा सकता है।

विदेशी भाषाओं में भी इस विषय पर गिनती की ही किताबें लिखी गई हैं। 'फीमेल सेक्स पर्वर्शन' (डॉ. मौरिस सिडेक्ल) 1938 में, और 'सेक्स वैरिएंट्स' (डॉ. जॉर्ज डब्ल्यू. हेनरी) 1941 में प्रकाशित हुईं। स्त्रियों के समलैंगिक यौनाचार के बारे में, इन्हीं दो किताबों में पहली बार बातें की गईं। और, इस यौनाचार को एक मानसिक रोग की 'स्वीकृति' मिली।

1951 में 'द होमोसेक्सुअल इन अमेरिका' (रोनाल्ड वेब्सटर कोरी) प्रकाशित हुई, और 'द सेकेन्ड सेक्स' (सिमॅन द बोवुआँ) 1952 में। फिर, 1954 में इस विषय पर पूरी एक किताब 'फीमेल होमोसेक्सुअलिटी' (फ्रैंक एस. कैप्रिओ) आई। इन किताबों के अतिरिक्त, डॉक्टर किन्से की पुस्तक 'सेक्सुअल बिहेवियर इन द ह्यूमन फीमेल' है। कुछ उपन्यास, कहानियाँ और आत्मकथाएँ भी अंग्रेजी साहित्य में हैं। डायना फ्रेडरिक्स की आत्मकथा 1939 में प्रकाशित हुई, जिसकी ओर विश्वभर के बुद्धिजीवियों और मानसशास्त्रियों का ध्यान आकृष्ट हुआ।

यह कहना गैरजरूरी है कि मैंने ये सारी पुस्तकें पढ़ी हैं।

3

संसार के लगभग सभी 'सभ्य' देशों में पुरुषों का समलैंगिक आचरण कानून द्वारा वर्जित है। स्त्रियों को, अधिकतर देशों में यह

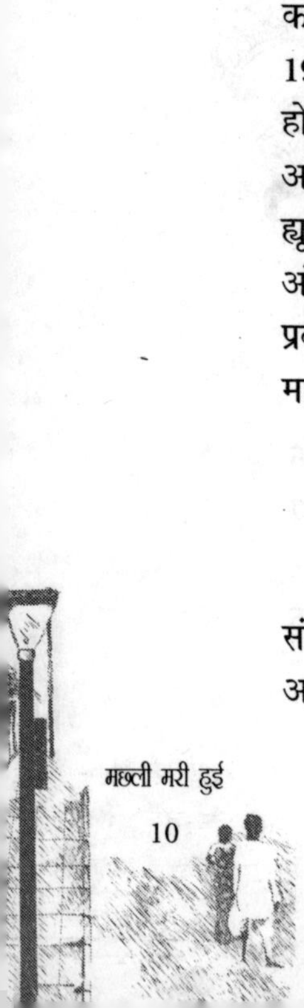

स्वाधीनता अब तक मिली हुई है। पेरिस, न्यूयार्क, टोकियो-जैसे शहरों में सम्पन्न और स्वाधीन स्त्रियों ने अपने लिए ऐसे 'क्लब' और आरामघर बनाए हैं, जहाँ अपनी 'प्रेमिका' के साथ एकत्र होकर, वे विभिन्न उपायों और उपचारों से समलैंगिक सहजाचार करती हैं। कानून इन्हें रोक नहीं पाता।

प्रतिष्ठित अमरीकी जज, मौरिस प्लोसोव ने अपनी किताब 'सेक्स एंड द लॉ' में यह सवाल उठाया है। पुरुषों के लिए जो सहजाचार वर्जित है, स्त्रियों को उसकी आजादी क्यों मिली हुई है?

इस प्रकार के यौन-सम्बन्धों के प्रति प्लोसोव और अन्य अनुदार विद्वानों और विशेषज्ञों के मन में आदर नहीं है, उदारता भी नहीं। लेकिन, ये औरतें इच्छित ('पर्वर्शन' की हद तक) यौन-कार्यों की स्वाधीनता माँगती हैं...

4

हमारे देश में जनाना 'क्लब' नहीं हैं और न ही यहाँ की 'देसी' औरतों को आधुनिक तौर-तरीकों से यह सब करने-सहने की जानकारी ही है।

हमारे देश की औरतें समलैंगिक आचरणों में लिप्त रहकर भी, अधिकांशतः समझ नहीं पातीं कि वे क्या कर रही हैं, और किस मतलब से कर रही हैं...करती हैं अवश्य, लेकिन नींद में, नशे में, अनजाने कर लेती हैं। और, अपने कुसंस्कारों और अन्धेपन में जकड़ी हुई, अधिक 'धार्मिक' और अधिक 'संत्रास' बनी रहती हैं।

5

पिछली बड़ी लड़ाई के बाद, कलकत्ता शहर में नई पीढ़ी के व्यापारियों की एक जमात एक सुबह सोकर उठने के बाद, अचानक पूँजी, प्रभुत्व और उद्योग-धन्धों की बन्द तिजोरियाँ

खोलकर, नए-से-नया व्यापार करने के लिए चौरंगी, डलहौजी-स्क्वायर, महात्मा गांधी रोड, धर्मतल्ला और पुरानी क्लाइव स्ट्रीट में, अमरीकी शैली के ऊँचे दफ्तरों में बैठ गई।

...निर्मल पद्मावत इसी जमात का एक व्यापारी है। इतनी बड़ी पूँजी, और इतने बड़े 'कल्याणी मेन्शन' का मालिक हो जाने के बाद भी, निर्मल काले संगमरमर की 'मूर्ति' बनकर, वहीं-का-वहीं रुका क्यों रह गया...यह मेरे इस छोटे-से उपन्यास का विषय नहीं है। विषय यह भी नहीं है कि शीरीं पद्मावत को एक साधारण पुरुष की साधारण पत्नी बनकर जीवित रहने का अधिकार मिला या नहीं!...इस उपन्यास में विषय नहीं है, विषय-प्रस्ताव है...मात्र विषय-प्रस्ताव!

राजकमल चौधरी

20.07.1965

मछली मरी हुई

1

इस वक्त यहाँ कौन आया है? कौन है वह? कैसी नकाब लगाकर आया है? काली-पीली नकाब? और वह हम लोगों से क्या चाहता है?

दरवाजे की घंटी लगातार बजने लगी। घंटी नहीं बज रही है—डॉक्टर रघुवंश ने अपने मन को यह भ्रम देने की कोशिश की। घंटी बज नहीं रही है। दरवाजे के बाद सीढ़ियों पर खड़ा कोई अजनबी प्रतीक्षा कर नहीं रहा है। कोई अजनबी नहीं! लेकिन भ्रम स्थापित नहीं हो सका। आवाज बहुत तेज गूँजती है और समाधि तोड़ देती है। ध्यान जम नहीं पाता। रोशनी बिखर जाती है, फूटे हुए बल्ब की तरह! कान जख्मी हो रहे हैं। आवाज ध्यान तोड़ देती है।

प्रिया दरवाजा खोलने ही जा रही थी कि पिता ने कहा, "अर्जेंट केस नहीं हो तो कहना, सुबह आइए।"

डॉक्टर रघुवंश जितने श्रेष्ठ सर्जन हैं, उतने ही सज्जन भी हैं। शीतलदास मेडिकल कॉलेज में इतना सधा हुआ हाथ किसी के पास नहीं। पत्नी नहीं है। परिवार में और कोई नहीं है। केवल अठारह-बीस साल की यह प्रिया है, मेडिकल कॉलेज में ही पढ़ती है थर्ड-इयर में। तेज लड़की है। आज्ञाकारिणी और अभिमान से भरी हुई। स्वभाव में माँ पर गई है। डॉक्टर साहब शासन नहीं करते, स्वाभाविक विकास में आस्था रखते हैं। साधारण भारतीय पिताओं की तरह उपदेश भी नहीं देते कि ओढ़नी का पल्लू गले में साँप की तरह लटकाना नहीं चाहिए, कमीज का ऊपरी हिस्सा अच्छी तरह ढँककर रखना चाहिए।

प्रिया को इन उपदेशों की आवश्यकता नहीं है। वह समझदार है, कॉलेज

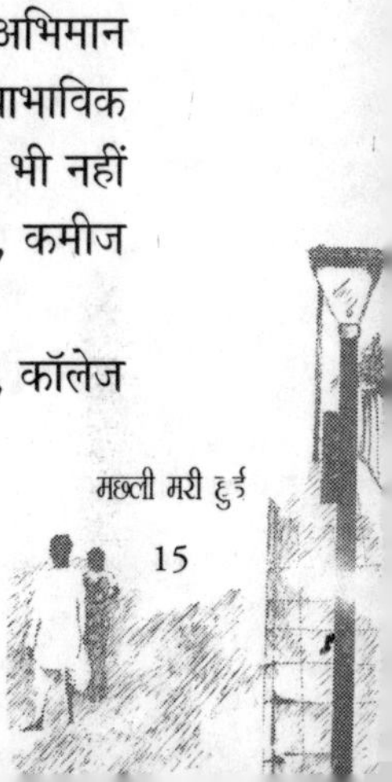

के लड़कों से मिलना-जुलना पसन्द नहीं करती। अलग रहती है, औरों पर भारी और गम्भीर बनी रहती है। माँ का रूप और स्वभाव मिला है उसे, और पिता का व्यक्तित्व!

अक्ल और अनुभवों के साथ स्वाभाविक रूप से विकसित होती हुई लड़की, प्रिया अचानक जोर से चीख पड़ी। प्रेत-आतंक की बीमार औरतें कभी-कभी इसी तरह नींद में चीखती हैं। दरवाजे पार करके, बरामदों में गूँजती हुई, दीवारों से टकराती, चोट खाती हुई उसकी वह लम्बी और सुनसान चीख डॉक्टर रघुवंश के एकान्त कमरे में तड़पने लगी। टेबुल लैम्प की रोशनी धीमी पड़ गई। सामने दीवार पर टँगे आदमकद फ्रेम में मुस्कराती हुई ऑयल पेंटिंग की कल्याणी चुप हो गई। डॉक्टर रघुवंश ने सिर उठाकर दरवाजे की तरफ देखा।

वे ब्रिटिश मेडिकल एसोसिएशन के जरनल में उलझे हुए थे। कैंसर के इलाज की सम्भावनाओं पर एक महत्त्वपूर्ण निबन्ध प्रकाशित हुआ है। निबन्ध के लेखक डॉ. रोमोनोफ कई महीने तक उनके साथ न्यूयार्क के नेशनल रिसर्च इन्स्टीट्यूट में थे। लेकिन प्रिया की चीख अब तक उनके कमरे में तड़प रही है। चश्मा सँभालकर वे उठे और गम्भीर स्वर में बोले, "क्या बात है? प्री, क्या हो गया?"

प्री यानी प्रिया हाँफती हुई, लगभग बेहोश होती हुई आई और अपने पिता के भारी शरीर से लिपट गई। सीढ़ियों के सिरे पर, दरवाजे के पास बारह गज का एक रॉयल-बंगाल टाइगर खड़ा था। अलादीन के चिराग से निकला हुआ एक काला जिन्न! "बोलो अलादीन, क्या चाहते हो? फारस की शहजादी? कामरूप की देवदासी? मिस्र की...!" लोककथाओं का चीनी जादूगर, काला लबादा पहने हुए, हाथ में जादू की काली छड़ी लिए, सिर में काला रूमाल लपेटे, दरवाजे पर आकर खड़ा हो गया था।

लड़की का यह हाल देखकर, डॉक्टर रघुवंश चिन्ता में पड़ गए। कल्याणी की यह निडर लड़की किस आवाज से बेहोश हो रही है? प्रिया का सिर और पीठ सहलाते हुए मन-ही-मन अपने देवता का नाम लेते हुए उन्होंने कहा, "होश में आओ! देखो प्री, मैं क्या पूछ रहा हूँ? देखो..."

प्रिया डॉक्टर रघुवंश की छाती से लिपटी थी। अपनी बाँहों से उसने अपने पिता को कसकर बाँध लिया था। लेकिन वह काँप रही थी, तेज हवा में

दीये की लौ की तरह। थोड़ी देर बाद उसने लगभग सिसकती हुई आवाज में कहा, ''पापाजी, दरवाजे का बल्ब फूट गया है। वहाँ अँधेरे में एक काला हब्शी खड़ा है, जिन्न की तरह। उसकी आँखें टॉर्च की तरह जल रही हैं और पापाजी, उसके हाथों में राइफल है!...हो सकता है, वह हब्शी नहीं हो, कोई जिन्न...''

बायाँ पाँव जरा खराब है। छड़ी की जरूरत पड़ती है। वाल-नट की काली छड़ी के बिना 'कल्याणी मेन्शन' का मालिक निर्मल पद्मावत कहीं नहीं जाता। राइफल नहीं, उसके बाएँ हाथ में हमेशा छड़ी ही होती है।

डॉक्टर रघुवंश हँसने लगे। उनका ठहाका पूरे फ्लैट में चमकने लगा। रोशनी तेज हो गई। निर्मल कमरे के अन्दर आकर खड़ा हो चुका था। प्रिया शरमा गई। स्वस्थ हो गई। यह आदमी भूत-प्रेत नहीं है। आदमी ही है। लेकिन एक ही क्षण बाद प्रिया को गुस्सा आने लगा। निर्मल ने कहा, ''डॉक्टर, बेबी तो मुझे देखकर डर ही गई थी...!''

यह आदमी मुझे 'बेबी' क्यों कहता है? किस आधार पर? लेकिन प्रिया ने अनुभव किया कि वह इस अपरिचित आदमी के सामने एकदम छोटी हो गई है। प्लास्टिक की नन्हीं-सी जापानी गुड़िया बन गई है। डरी हुई, शरमाई हुई और एक क्षण बाद गुस्से में भरी हुई। गुड़िया वह निर्मल को सीढ़ियों पर देखकर ही बन गई थी। स्तब्ध। हतप्रभ। उसकी छातियों के पिंड पत्थर बन गए थे। उसने देखा था, सामने खड़ा यह आदमी तेईस हाथ लम्बा है, और इसकी आँखों में नीलम के बड़े-बड़े बेडौल टुकड़े जगमगा रहे हैं। हाथों में नंगी राइफल और चेहरे पर इतना आदिम, इतना जख्मी गुस्सा, कि अब यह आदमी अपनी राइफल की नली प्रिया की टाँगों के बीच डाल देगा और थ्री-नॉट-थ्री की गोलियों से टुकड़े-टुकड़े होकर वह अपने घर के दरवाजे पर मांस का लोथड़ा और खून के धब्बे बनकर फैल जाएगी। प्रिया चीखती हुई अपने पिता के कमरे में भाग गई थी, प्राण-रक्षा के लिए।

धीमे कदमों से चलता हुआ और लगभग मुस्कराता हुआ निर्मल प्रिया के पीछे-पीछे डॉक्टर रघुवंश की 'स्टडी' में चला आया था। प्रिया कमरे से बाहर जाने लगी। पिता ने कहा, ''निर्मल, यही मेरी लड़की है, प्रिया। हर बात में अपनी माँ पर गई है। और सुना, प्री, निर्मल पहली बार यहाँ आए हैं। निर्मल पद्मावत! पिछले महीने इन्हीं के लिए मुझे वियेना जाना पड़ा था। इन्हें जानती हो न?''

निर्मल पद्मावत ने पचीस लाख रुपए दान-खाते में देकर शीतलदास हॉस्पिटल का नया न्यूरो-सर्जिकल डिपार्टमेंट खुलवा दिया है। प्रिन्सेस स्ट्रीट में तीस मंजिल की ऊँची और विराटकाय बिल्डिंग, 'कल्याणी मेन्शन' अभी तक कलकत्ता शहर की सबसे ऊँची बिल्डिंग है, सबसे बड़ी। इतने लम्बे-चौड़े 'स्काई-स्क्रैपर' की कल्पना भी अपने देश में की नहीं जाती थी। निर्मल ने अपनी कल्पना को साकार किया। निर्मल ने शहर के पन्द्रह सौ मध्यवित्त परिवारों को अपने साथ रहने की जगह दी।

लेकिन इसके साथ ही तरह-तरह की निन्दाएँ और तरह-तरह की प्रशंसाएँ, शहर की सोसाइटी में निर्मल पद्मावत के बारे में फैली हुई हैं। 'कल्याणी मेन्शन' की एक लड़की कहती है, "निर्मल बाबू तंत्र की साधना करते हैं। जादू जानते हैं। जो उनकी बात नहीं मानता है, उसे मौत आ घेरती है।" ऐसी ही हजार अफवाहें। निर्मल बाबू 'क्रिमिनल' हैं। इतना रुपया, इतनी दौलत, इतनी बड़ी जागीर उन्होंने भयानक कुकर्मों से अर्जित की है।...निर्मल बाबू अपने दफ्तर के बदमाश कर्मचारियों को और शहर के ऊँचे इलाकों से उठाकर लाई गई जवान औरतों को कतार में खड़ी करके नंगी कर देते हैं और चाबुक से पीटते रहते है। बदमाश कर्मचारी चीख-पुकार तक मचा नहीं पाते। औरतें नंगी होकर पिटने से पहले ही बेहोश हो जाती हैं...मर जाती हैं।

'हाऊ डू-यू-डू' कहने का साहस प्रिया को नहीं हुआ। अपनी भारी पलकें उठाकर वह मुस्करा भी नहीं सकी। पिता की छाया में रक्षित-सुरक्षित खड़ी रही। फिर अचानक किसी अज्ञात आश्वस्ति के साथ, चंचल होती हुई कहने लगी, "आप लोग बैठिए। मैं देखती हूँ, चाय-कॉफी, कुछ भी, मिल सकती है, या नहीं...महरी तो सो गई है..."

निर्मल मुस्कराया और एक कुर्सी खींचकर बैठ गया। वह समझ रहा था कि प्रिया उसकी तेज और कठोर निगाहें बर्दाश्त नहीं कर पा रही है। चाहती है छुटकारा। निगाहों का घेरा तोड़कर, बाहर भाग जाना चाहती है। प्रिया भाग सकोगी? क्या यह ताकत कल्याणी की तरह इस लड़की में है? निर्मल अनायास ही दूसरों का मन समझ जाता है।

इसके लिए उसे कोई प्रयास करना नहीं पड़ता। यह शक्ति उसे प्राप्त है। मन ही नहीं, सामने खड़े व्यक्ति के सम्पूर्ण अस्तित्व की प्रदक्षिणा वह पलक झपकते ही कर लेता है। उसने सारा जीवन यही किया है। इससे अधिक कुछ

करने और पाने की उसे कभी जरूरत ही नहीं पड़ी।

प्रीतमसिंह की आँखें गाड़ी के 'मिरर' पर जमी हुई हैं, लेकिन वह तय कर रहा है कि अपनी बीवी को वह फिर कभी अपने साथ अपने मालिक की लम्बी 'शिवर्ले' कार में घुमाने नहीं ले जाएगा। मालिक शहर में नहीं हों, फिर भी नहीं!...मिसेज चक्रवर्ती 'क्लब' में पिंग-पाँग खेल रही हैं और वेस्टर्न ट्यूब कम्पनी के अपने सारे शेयर ऊँचे-से-ऊँचे दाम में निर्मल पद्मावत के हाथों बेच देना चाहती हैं। निर्मल उनसे कहता है, "मैं टेनिस नहीं खेलता, मिसेज, टेबुल पर भी नहीं! टेबुल-टेनिस आपको पसन्द है, मुझे नहीं!"...सेठ बिल्वमंगल दास हँसने लगेगा और अपनी कुर्सी से उठकर, सीधा बाथरूम में चला जाएगा। बाथरूम का एक दरवाजा अन्दर हवेली में भी खुलता है। दरवाजे पर खड़ी अपनी बीमार दीखती हुई पत्नी से वह पूछेगा और वह 'हाँ' कर देगी। निर्मल जानता है, सेठानी इनकार नहीं करेगी, क्योंकि वह निर्मल को जानती है।

निर्मल पूरी खुली हुई सीपियों की तरह दो आँखों का स्वामी है, जिनमें काले मोती चमक रहे हैं। इन मोतियों को बर्दाश्त करना प्रिया के लिए सम्भव नहीं। और सिर्फ आँखें नहीं हैं, निर्मल का आबनूसी व्यक्तित्व है। वह आबनूस से भी ज्यादा काला है। चाइना-इंक की सैकड़ों गाढ़ी परतें उसके समूचे शरीर पर चढ़ा दी गई हैं। सिर्फ, सफेद हैं आँखें!

इन आँखों में पद्मावत की बुद्धिमत्ता, ईमानदारी, सादगी, आभिजात्य और कुटिलता, मक्खन की नरमी और पत्थर का कड़ापन, सारा कुछ स्पष्ट है। स्पष्ट, और फिर भी अप्रकट। वह पारदर्शी शीशा भी है और इस्पात की मोटी दीवार भी। इसीलिए उसे दूर से जाननेवाले उसका आदर करते हैं, उससे नफरत करते हैं और मन-ही-मन डरते हैं। कुछ लोगों ने मोन्टोक्रिस्तो के 'काउन्ट' के बारे में अलेक्जेंडर ड्यूमा का प्रसिद्ध उपन्यास पढ़ा है। कुछ लोगों ने ब्रिटेन के काली वर्दीवाले राजकुमार आर्थर की कहानियाँ सुनी हैं और कुछ लोगों को यह आदत भी होती है कि सच को बढ़ाकर लम्बा-चौड़ा करके देखा, सुना और बताया जाए।

"मैं कॉफी ले आती हूँ," प्रिया ने अपने पिता से कहा और बचती हुई निगाहों से एक बार निर्मल की ओर देखकर दरवाजे से बाहर चली गई। डॉक्टर रघुवंश मुस्कराने लगे। पद्मावत ने कहा, 'बिना बताए, इतनी रात को चला आना...अच्छा नहीं हुआ!"

"मैं जानता था, तुम आज ही आओगे," सहज स्वर में डॉक्टर ने उत्तर दिया। यह उत्तर देने की कोई जरूरत नहीं थी कि आज से ग्यारह साल पहले, कुल ग्यारह साल पहले निर्मल पद्मावत पहली बार इस शहर में आया था। एशिया का सबसे अजीबोगरीब और अजनबी शहर कलकत्ता! उस दिन पद्मावत इस शहर में खुद अजनबी था। अजनबी, और अपने अजनबीपन में खोया हुआ।

वह कौन था? और इस शहर में किससे क्या चाहता था? उसे यहाँ किसने बुलाया?

2

प्रिया की माँ को पार्क-स्ट्रीट की 'सिमेट्री' में दफन करके डॉक्टर रघुवंश अपने घर लौट रहे थे। छह-सात साल की छोटी-सी लड़की प्रिया साथ थी। लेकिन अपनी माँ के लिए रो नहीं रही थी। मचल रही थी कि 'क्वालिटी' में आइसक्रीम लेगी। पानी बरसने लगा है। कलकत्ते में बरसात का कोई ठीक नहीं। कभी कोई ठीक नहीं।

डॉक्टर के हाथ में एक सफेद रूमाल था। कोने पर बना हुआ है, रेशमी धागों का नन्हा-सा एक फूल। प्रिया आइसक्रीम के लिए मचल रही है।

पार्क-स्ट्रीट में शाम की भीड़ और गाड़ियाँ जमा हो रही हैं। एक गोरी मेमसाहब ने जरा रुककर, डॉक्टर को नमस्ते किया, और आगे बढ़ गईं। हाथ-रिक्शा पर बैठकर मेमसाहब गणेशचन्द्र एवेन्यू के किसी होटल में चली जाएँगी। हर शाम जाती हैं। डॉक्टर रघुवंश मुस्कराते हैं। उनका हर मरीज उनकी यह मुस्कराहट पहचानता है। एक उम्रदराज डॉक्टर की मीठी, उदार और उदास मुस्कराहट जो फैलकर किसी भी हालत में ज्यादा चौड़ी और नमकीन नहीं होती।

'क्वालिटी' के बरामदे में प्रिया का हाथ पकड़े हुए डॉक्टर रघुवंश कई मिनट तक खड़े रहे। सभी जानते हैं, डॉक्टर साहब की पत्नी का देहान्त हुआ है, आज ही सुबह; लेकिन आसपास से गुजरनेवाला कोई भी परिचित-अपरिचित सहानुभूति और सान्त्वना के चार-छह शब्द नहीं कहता है। एक मिनट रुकना, औपचारिकता के एक-आध वाक्य कहना और कोई एक चुटकुला; फिर मुस्कराते हुए आगे बढ़कर अपने रेस्तराँ, अपने होटल, अपने कारबार की तरफ

चल देना, पार्क-स्ट्रीट में शाम का कायदा यही है।

जापानी पर्यटक टाको यूशीकुरा ने अपने यात्रा-संस्मरण (1950) में लिखा है कि इतनी छोटी-सी होकर भी इतनी ज्यादा खूबसूरत सड़क दुनिया के किसी और शहर में नहीं है। पार्क-स्ट्रीट छोटी सड़क है। अब चौरंगी में गांधीजी की आदमकद ब्रोंज प्रतिमा के पास से शुरू होकर यह सड़क फ्री-स्कूल स्ट्रीट और लोअर सर्कुलर रोड में मिलकर खत्म हो जाती है। एशियाटिक सोसाइटी की नई बिल्डिंग, मोटरकार-कम्पनियों के लगातार शो-रूम, एक कोने में छिपा हुआ आधुनिक चित्रकला-संगम 'आर्टिस्ट्री हाउस', पेपिंग-चाइनीज रेस्तराँ, ट्रिंका रेस्तराँ, 'क्वालिटी' रेस्तराँ, बरामदों में बिछी हुई अंग्रेजी पत्र-पत्रिकाएँ और इन पत्रिकाओं के कवर पर किसी-न-किसी जवान और अधनंगी औरत की तस्वीरें, 'इंडिया हेयर-कटिंग एंड ड्रेसिंग सैलून' की 'डनलपिलो' गद्दी पर मिसेज फाटकावाला को नींद आ जाती है। मिस्टर कपूर एक बार 'ओलम्पिया' बार में घुसते हैं और ग्यारह बजे रात से पहले नहीं निकल पाते। 'करनानी मेन्शन' सारी रात खुला रहता है। सारी रात लाल, नीला और सफेद रोशनियों के घेरे में, अपने देश का यह सबसे बड़ा एपार्टमेंट हाउस सारी रात मद्धिम आग में सुलगता रहता है।

कहते हैं, पार्क-स्ट्रीट की रात बारह बजे के बाद शुरू होती है, जब डलहौजी स्क्वायर, चौरंगी और आसपास की छोटी-बड़ी गलियों और होटलों से अपनी और अपने दोस्तों की छोटी-बड़ी गाड़ियों में लोग निकलते हैं और पार्क-स्ट्रीट के किसी-न-किसी मकान में, फ्लैट में, अँधेरे में, नीली रोशनी में घुसने की कोशिश करते हैं। सेंट जेवियर्स कॉलेज के इलाके में सन्नाटा होता है और हाथरिक्शा वाले अपनी घंटियाँ उँगलियों में फँसाकर रिक्शा की बाँह में टुन-टुन, ठन-ठन-ठन ठोकते हुए, पाँव-पैदल सैर करनेवालों को इशारा करते हैं।

एक ऐसा इशारा जो अब इशारा नहीं रह गया है। सारे लोग समझते हैं। पार्क-स्ट्रीट की रात सुबह होने से चार घंटे पहले शुरू होती है और सुबह होने के चार घंटे बाद खत्म होती है। नौकरी के लिए कोई दफ्तर खोजती हुई मिस लवलीना दास गुप्ता, किराए के इस कमरे में साथ रहनेवाली मिस रॉडरिग से कहती है, "एक चारमीनार मुझे दे सकती हो? लाओ?" अपने बिस्तरे में मिस रॉडरिग अँगड़ाई लेती है। मसहरी उठाकर बाहर आती हुई अपनी सहेली

को बताती है, "तुम्हारा आँख लगने के बाद, तुम्हारा दोस्त बहुत देरी तलक हमारे से बात करने लगा। लेकिन हम उसको बोला, तुम्हारा फ्रेंड सो गया, तुम अब जाओ।" दोनों सहेलियाँ, नौ बजे दिन में, चाय-सिगरेट पीती हुई, सुबह की प्रार्थनाएँ पढ़ती हैं।

ऐसी प्रार्थनाएँ जो अब भी प्रार्थनाएँ ही हैं, गाली नहीं बनी हैं। प्रार्थनाएँ हैं, लेकिन सुबह नहीं है और प्रार्थना करने का मौसम नहीं है। कल्याणी की मृत्यु के वक्त डॉक्टर रघुवंश ने ऐसी ही एक प्रार्थना की थी। मौसम नहीं था। उनकी प्रार्थना सुनी नहीं जा सकी। आज थोड़ी देर पहले पार्क-स्ट्रीट 'सिमेट्री' में भी नहीं। डॉक्टर को कोई नहीं सुनता है। सभी उन्हें ऐसी चीजें देना चाहते हैं, ऐसे प्रतिफल, ऐसी सम्भावनाएँ, जिनकी कोई उपयोगिता उनके लिए नहीं है। कल्याणी के बदले यह छोटी-सी लड़की का साथ लेकर वे क्या करेंगे? यह प्रार्थना उन्हें नहीं चाहिए।

पानी रुक गया। प्रिया मचलने लगी कि वह और कुछ नहीं, लेकिन आइसक्रीम लेगी। माँ नहीं है, तो नहीं है। वह आइसक्रीम लेगी। 'मौनोलिया' के फुटपाथ पर खड़ी उनकी गाड़ी में बैठी नर्स के हवाले प्रिया को करके डॉक्टर रघुवंश अपनी लड़की और अपनी दुनिया से अलग हो गए। नर्स से उन्होंने कहा, "इसे आइसक्रीम खिलाकर, तुम इसके साथ घर चली जाओ। गाड़ी मुझे नहीं चाहिए। देर से आऊँगा।"

लेकिन उसी उम्र में अपने पिता का गुस्सा, ऊब और झुँझलाहट वह समझ गई। बोली कुछ नहीं। वे गाड़ियों से बचते हुए सड़क पार कर रहे थे और प्रिया एकटक उन्हें देख रही थी।

लगातार बीस वर्ष तक किसी एक प्यार में डूबे रहने के बाद, अचानक नींद खुल जाए, नशा टूट जाए, तो आदमी अपने टेबुल पर स्कॉच की बोतल क्यों नहीं रख ले? क्यों नहीं अपना सिर बोतलों से तोड़ लेने की कोशिश करे? आदमी क्यों नहीं आखिरी बार तय कर ले कि वह किसी अजनबी और नाराज ताकत के आगे बेबस है और इस बेबसी को तोड़ने से पहले अपना सिर तोड़ लेना होता है। लेकिन पारसी थियेटरों के शीरीं-फरहाद की तरह नहीं, रामकृष्ण परमहंस की तरह। मृत्यु के रहस्य को पहले समझना पड़ता है...

हुगली नदी के घाट पर अपनी नाव रोककर, राजकुमारियों-जैसी दिखती हुई एक युवती दक्षिणेश्वर मन्दिर के अहाते में चली आई। परमहंस अपनी

प्रार्थना के उपवन, पंचवटी में बैठे हुए उसे देख रहे थे। राजकुमारी धीमे कदमों से, सिर झुकाए, मुस्कराती हुई चली आ रही थी, उन्हीं की ओर। परमहंस को अनुभव हुआ, वह युवती गर्भवती है और जैसे-जैसे वह निकट आ रही है, उसका गर्भ बढ़ता जा रहा है। उनसे थोड़ी दूर पर रुककर, उसने एक बच्चे को जन्म दिया। फिर, उसे गोद में लेकर बैठ गई। परमहंस ने अपनी आँखों से देखा, उस अपरिचित राजकन्या ने वहीं पंचवटी के किनारे बैठकर अपने बच्चे को टुकड़े-टुकड़े कर दिया और उसकी हड्डियाँ, मांस, रक्त, हाथ, पाँव, सिर, उसका एक-एक अंग खा गई। इसके बाद वह उठी और हुगली की ओर वापस लौट गई।

मृत्यु का सारा रहस्य रामकृष्ण परमहंस के सामने स्पष्ट उद्‌भासित हो गया। कल्याणी ने स्वयं यह कथा डॉक्टर को सुनाई थी। उसने कहा था, "मृत्यु और जन्म में अधिक भेद नहीं है, न स्थान का और न काल-पात्र का! भेद जीवन में है, जन्म और मृत्यु के बीच पतले धागे से बँधी राजा जनक की तलवार की तरह...और हम लोग इस तलवार के नीचे सोए हुए हैं, डरते हुए!"

डॉक्टर रघुवंश काफी इत्मीनान और मजबूती के साथ एक 'अंग्रेजी' शराबघर में चले आए। वे जब कभी शराब पीते हैं, ज्यादातर 'स्कॉच'!

तीसरे या पाँचवें या आठवें पेग के बाद, पता नहीं कब, एक आदमी उनके टेबुल के पास आकर खड़ा हो गया। दो-एक मिनट तक तो डॉक्टर ने उसकी ओर देखा भी नहीं। वे कल्याणी की बातों में उलझे हुए थे। वह विचित्र-विचित्र घटनाएँ और कहानियाँ कहती रहती थी। कोई चुपचाप सुनता रहे, सच और झूठ की तलाश नहीं करे, तो वह बहुत अच्छी बातें सुनाती थी, मृत्यु, प्रेम और देवी-देवताओं के बारे में।

मगर टेबुल के पास आकर कोई आदमी खड़ा हो जाए, तो उसकी ओर देखना ही होगा। बरसात के कारण शराबघर खाली-खाली था। बैरे लोग दरवाजे पर खड़े बातचीत कर रहे थे। दूर एक कोने में एक बूढ़ा आदमी बियर के गिलास पर नागफनी की टूटी हुई डाल की तरह झुका हुआ सिसक रहा था। जीन्स और रेशमी बनियान पहने हुए दो लड़के नीले गिलासों में कोकाकोला पी रहे थे, या शायद, 'थ्री-एक्स'-रम! एक एंग्लो-इंडियन लड़की काउंटर पर खड़ी, बार-हाउस के मैनेजर से बातें कर रही थी और डॉक्टर रघुवंश के टेबुल की ओर इशारा करके खिलखिला रही थी।

डॉक्टर नाराज हो जाते, लेकिन वह आदमी मुस्कराने लगा। उसकी आँखों के काले मोती अपनत्व की मिठास से चमकने लगे। वह अजनबी नहीं रहा। उसने साफ और खूबसूरत लहजे में कहा, "डॉक्टर रघुवंश!"

और इतना कहकर वह सामने की कुर्सी पर बैठ गया। उसे बैठने के लिए इजाजत माँगने की जरूरत नहीं पड़ी। उसने टेबुल पर पड़े हुए, डॉक्टर की दाईं हथेली को अपने दोनों हाथों से थामकर कहा, "मौत का अपमान न कीजिए...यह स्कॉच कल्याणी का अपमान करती है।" निर्मल पद्मावत के मुँह से कल्याणी का नाम सुनकर डॉक्टर रघुवंश चौंक पड़े। एक अनजान दहशत से उनका चेहरा सर्द हो गया।

पौराणिक राक्षस-देशों के राजपुत्र की तरह दीखता है निर्मल। नीग्रो-गायकों की तरह मधुर कंठ-स्वर। काले पत्थर के ग्रीक-देवताओं जैसा चेहरा... यह आदमी रिल्के, और राँबे की तरह मृत्यु और स्मृति और इनके अपमान की बातें क्यों करता है? कौन है यह आदमी? डॉक्टर ने पूछा, "आप?"

"दो साल पहले एक ब्रेन-ऑपरेशन के सिलसिले में आपकी तस्वीर 'टाइम' अखबार में छपी थी। तब मैं न्यूयार्क में ही था। आपको जानता हूँ... आज सुबह कलकत्ता आया हूँ मैं! थोड़ी देर पहले शाम के अखबारों में मिसेज रघुवंश का न्यूज...और 'ओबिटुरी' पढ़ी है। अभी यहाँ आया हूँ, तो आपको इस टेबुल पर..." निर्मल ने बहुत ही सीधे तरीके से, धीमी आवाज में इतनी बातें कह दीं, और बैरे को बुलाने लगा।

डॉक्टर रघुवंश ने इसके बाद परिचय का कोई सवाल उससे नहीं पूछा, उसका नाम तक नहीं। वे चुपचाप बैठे रहे। निर्मल ने 'ओल्ड-स्मगलर' की एक पूरी बोतल मँगवा ली। उसने डॉक्टर का साथ दिया। काउंटर पर खड़ी औरत ने बैरे की मार्फत पूछा, "मैं आपके पास आ जाऊँ?" निर्मल ने हाथ हिलाकर इनकार किया, तो वह औरत डर गई और काउंटर से अपना बैग उठाकर तेज कदमों से शराबघर के बाहर चली गई। डॉक्टर रघुवंश अब तक अपनी पत्नी के बारे में कुछ भी याद नहीं कर सके। इस आदमी की उपस्थिति ने अकस्मात् उनकी समस्त यातनाएँ और व्यथाएँ समाप्त कर दीं। कल्याणी नहीं है, प्रिया भी नहीं है। सामने की कुर्सी पर काले पत्थर की चट्टान की तरह बैठा हुआ, सिर्फ यह आदमी है और मुस्करा रहा है। वे चुप हैं और उनकी आँखें डूब रही हैं।

ब्रेन-ऑपरेशन...न्यूरो-सर्जरी...कैन्सर...हैमोरेज...सफेद वर्दियों में प्रेत-छायाओं

की तरह दीखती हुई नर्सें...ऑपरेशन-थियेटर...माथे पर जलता हुआ फ्लड-लाइट...टेबुल पर बेहोश पड़ी औरत हलके दर्द में कराहती है...देर-देर तक कराहती रहती है।

ब्लड-प्रेशर। कन्वल्जन। यूरेमिया। डायबटीज। ट्यूमर। ब्रेन-ट्यूमर। एक-एक शब्द एक-एक अलग तस्वीर की तरह है। काले फ्रेम में बँधी तस्वीर की तरह!...''नहीं डॉक्टर, ब्रेन-ट्यूमर नहीं है।...स्पाइन को पंचर करके देख लिया गया है...प्रेशर ऊँचा है, लेकिन फ्लुइड एकदम साफ है...सेरेब्रोस्पाइनल फ्लुइड एकदम नॉर्मल...सेल्स नहीं हैं और डिस्क भी जैम नहीं है,...फ्लैट है!...एन. पी. एन. और किएटिन भी नॉर्मल है।''

''नहीं डॉक्टर, ब्रेन-ट्यूमर नहीं है।''

''फिर क्या है? ब्रेन-ट्यूमर नहीं है, तो मेरी पत्नी को क्या है? क्या हो गया है उसे? क्या इस बीमारी का कोई नाम नहीं है? कोई दवा नहीं है?''

''...डॉक्टर रघुवंश! हम प्रतीक्षा करने के सिवाय और कुछ भी कर नहीं सकते... ।''

डॉक्टर रघुवंश अपनी पत्नी को बचाने के लिए कुछ भी कर नहीं सके। शीतलदास सेठ मेडिकल कॉलेज हॉस्पिटल के ऑपरेशन-थियेटर में 'फ्लड' रोशनियों के नीचे, कल्याणी बेहोश लेटी रही। शहर के सारे मशहूर सर्जन और डॉक्टर जैसे प्रार्थना करते हुए, कल्याणी के शरीर पर झुके रहे, तमाशा देखते रहे। स्टाफ-नर्स मालती बाई ने हाउस-सर्जन जतीनदास गुप्ता से कहा, ''इतना 'कम्प्लेक्स' केस अपने यहाँ पिछले दस साल से नहीं आया...डॉक्टर रघुवंश ने डॉ. विधानचन्द्र राय को फोन किया था। वे दिल्ली गए हैं। विधान राय होते तो शायद, मिसेज रघुवंश ठीक हो जातीं...''

यह सच है कि हकीम अजमल खाँ के बाद वैद्यक-शास्त्र की जानकारी में पश्चिमी बंगाल के मुख्यमंत्री विधानचन्द्र राय का ही नाम लिया जाता है। लेकिन विधान राय नहीं थे और शहर के बाकी डॉक्टर कल्याणी की बीमारी का यह रूप पकड़ नहीं पा रहे थे। फिर कोई उपाय नहीं है। प्रिया की माँ अपने पति का हाथ थामे हुए डॉक्टरों की उदास और पराजित आँखों के सामने अपनी आखिरी नींद में डूब गई।

प्रिया की माँ को 'सिमेट्री' में दफना दिया गया। प्रिया रोई नहीं। जब कल्याणी को ताबूत में रखने लगे, प्रिया ने समझा वह सो गई है और उसे

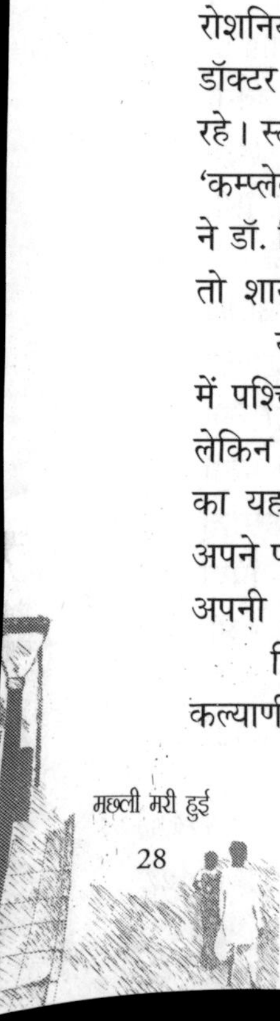

बिस्तरे में डाल रहे हैं। एक ऐसी मुस्कराहट इस लाश के चेहरे पर थी, जो सिर्फ नींद में डूबी हुई आँखों और प्यार में गीले होंठों पर होती है और इस मुस्कराहट ने प्रिया को रोने नहीं दिया था। लोग बताते हैं, मरने के बाद केवल संन्यासियों का चेहरा विकृत नहीं होता। लेकिन कल्याणी ने तो अपने लम्बे जीवन और अपने लम्बे-चौड़े शरीर में कभी कहीं भी संन्यास धारण नहीं किया। वह रस लेती, जैसे पौधा धरती से रस लेकर जीवित रहता है। उसने दूसरे लोगों और अपने शरीर में रस लिया। रस की लालसाओं को वह अपने अन्तरंग और बहिरंग से कभी मिटा नहीं पाई।

फिर क्यों उसका चेहरा एक नीली आभा में चमक रहा है, मृत्यु के उपरान्त? क्यों? प्रिया 'क्वालिटी' में आइसक्रीम खा रही है। उसके पास बैठी नर्स सोच रही है कि अब उसके साहब, डॉक्टर रघुवंश क्या करेंगे? नई शादी? किसी नर्स या लेडी डॉक्टर से रोमांस? निर्मल पद्मावत इस शराबघर में चुप है और डॉक्टर के उत्तर की प्रतीक्षा कर रहा है? उसने एक मिनट पहले डॉक्टर से पूछा था, "कल्याणी देवी ने छह साल पहले एक लड़की को जन्म दिया था...?"

प्रिया 'क्वालिटी' में आइसक्रीम खा रही है—वे यह बात निर्मल को बता नहीं सके। वे सोचने लगे कि यह आदमी मेरे बारे में इतनी सारी बातें कैसे जानता है? क्यों जानता है? और यह सब जान लेने के बाद, कल्याणी की मृत्यु के बाद ही क्यों मेरे पास आया है?

मृत्यु अब रहस्य नहीं है। फ्रांसीसी अस्तित्ववादियों ने और रूसी वैज्ञानिकों ने अब मृत्यु के विषय में कुछ भी सोचना-विचारना बन्द कर दिया है। मृत्यु क्या है? अब यह सवाल कोई नहीं पूछता। सभी जानते हैं। मृत्यु, ईश्वर, संयोग, आतंक, धर्म, प्रणय और इस 'आकार' की कोई भी वस्तु अब रहस्य अथवा अज्ञेय नहीं है। आत्म-प्रतिभा को आत्मा, अर्थात् 'विल' को परमात्मा मान लेने में आधुनिक युग के किसी भी सन्त और मसीहा को एतराज नहीं होगा। अपने-अपने तरीके से दुनिया का हर आदमी अपना एक निजी ईश्वर, निजी प्रणय और अपनी मृत्यु की एक निजी तिथि का निर्णय करता है। स्वामी विवेकानन्द ने अपनी एक अमरीकी शिष्या से कहा था, "ईश्वर की पुस्तक में नए-नए अध्याय जुड़ते जाएँगे। हमेशा नए सत्यों और नए रूपों का उद्घाटन होता रहेगा...मैं प्रार्थना करता हूँ कि एक सम्प्रदाय से सैकड़ों सम्प्रदाय

बनें और ऐसा समय आ जाए, जब प्रत्येक व्यक्ति अपने एक निजी सम्प्रदाय का साथी बने।"

अपने सम्प्रदाय का साथी, और अपने ईश्वर का स्रष्टा!..."कल्याणी ने छह साल पहले एक लड़की को जन्म दिया था?"...कल्याणी ने अपने ईश्वर की सृष्टि कर ली थी। वह प्रिया बन गई थी। प्रिया? प्रिया ही नहीं, और न ही केवल कल्याणी; विश्व-प्रपंच का प्रत्येक जीवधारी अपनी ही मृत्यु से अपनी रचना करता है। तो क्या कल्याणी ने प्रिया की रचना की?

3

शराबघर से बाहर निकलते वक्त निर्मल ने डॉक्टर रघुवंश को दरवाजे पर रोककर, कुल तीन बातें कहीं–(1) वह आज ही इस शहर में आया है और अब वह यहीं रहना चाहता है; (2) अपने देश में 'न्यूरो सर्जरी' का विकास नहीं हुआ है और कल्याणी सर्जरी की इसी विवशता का शिकार बनी है; और (3) वह वायदा तो नहीं करता है, क्योंकि अभी उसके पास हजार, पाँच हजार रुपए भी नहीं हैं...लेकिन...लेकिन, वह कोशिश करेगा...

विलायती तरीके से हाथ मिलाकर, झूठी मुस्कराहटों में कैद होकर अलग होते हुए डॉक्टर ने महसूस किया, निर्मल पद्मावत के पंजे गोश्त से भरे हुए और मजबूत हैं और उसके हाथ अस्वाभाविक रूप से गरम हैं, जल रहे हैं। निर्मल ने उन्हें कुछ कहने का मौका नहीं दिया। बोला, ''मैं खुद आपके पास आऊँगा, डॉक्टर!''

रघुवंश अब होश में थे। शराब उनकी नसों में बीत चुकी थी। और वे इस अजनबी को थोड़ा-थोड़ा पहचानने लगे थे। उन्होंने कहा, ''मैं 'वेट' करूँगा। तुम्हारा घर है, तुम चाहे जब आ जाओ।'' निर्मल एक हाथरिक्शा रोककर बैठ गया। डॉक्टर प्रिया को देखने के लिए 'क्वालिटी' चले गए। वह रो नहीं रही थी अब। खुश थी। यहाँ का वातावरण उसे पसन्द है। यहीं उस कोने में वह अपनी माँ के साथ बैठती थी। 'जूकबॉक्स' में गाने बजाए जाते थे। वह खुश हो गई। उसने डॉक्टर रघुवंश से कहा, ''पापाजी, एक गाना बजाऊँ?''

पैसा डालते ही एक एल. पी. रिकार्ड ऊपर उठा, झूमने लगा, फिर सतह

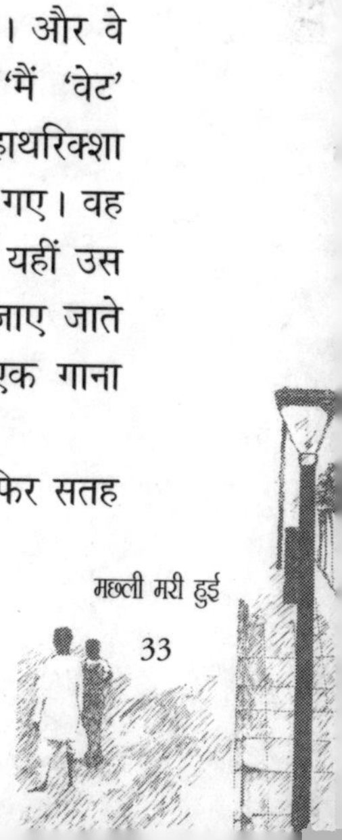

पर आकर पूरे रेस्तराँ में गूँजने लगा। अंग्रेजी गाने की पहली कड़ी का अर्थ होता था, ''शहरी लड़कियाँ बड़ी बेवफा होती हैं...उनसे तम्बाकू रखने की डिबिया माँगो, तो बढ़ा देती हैं लाल टमाटर!'' डॉक्टर रघुवंश देर तक यह गाना सुनते रहे और प्रिया अड़ोस-पड़ोस की रंगीन लड़कियों को देखती हुई, खिलखिलाती हुई अपने 'पापाजी' से इस गाने का मतलब पूछती रही। डॉक्टर मतलब बताने लगे।

निर्मल पार्क-स्ट्रीट सिमेट्री की ओर बढ़ गया। मिनट-भर के लिए ही सही, भावुक और कवि बन जाना होगा। उसके लिए इतना जरूर करना चाहिए। कल्याणी की कच्ची कब्र के पास खड़े होकर मन-ही-मन कहना, ''मैं आ गया हूँ, कल्याणी, मैं तुम्हारे पास...''

किन्तु उल्टी 'V' आकृति में बने हुए लकड़ी के हरे गेट पर आकर वह रुक गया। उसके हाथों में सफेद फूलों का गुलदस्ता नहीं है। वह न्यूयार्क या फ्रांसीसी 'रिवेरिया' का कोई किस्सा दुहराने नहीं आया है। फिर वह इस कल्याणी को फूल क्यों दे? एक मिनट के लिए उसे इच्छा हुई कि वह सीमेंट-पत्थरों से बनी उस कच्ची कब्र के पास खड़ा होकर कल्याणी को बाहर निकल आती हुई देख ले। वह कहे, ''चलो, आज सारी रात टैक्सी में घूमते रहेंगे।'' वह कल्याणी के बर्फीले, सर्द हाथ थामकर पार्क-स्ट्रीट में निकल आए, उसे यह इच्छा हुई। लेकिन वह रुक गया। गेट के पास रुककर उसने फैसला किया कि कल्याणी मर गई है। उसे जगाना नहीं चाहिए।

फूलों के गुलदस्ते बेचनेवाले कई लड़के उसके पास आकर खड़े हो गए। ''नहीं चाहिए!'' उसने इतनी बार और इतनी ताकत से कहा कि लड़के डर गए। शायद यह काला साहब पागल हो गया है। ''न-हीं चा-हि-ए!'' निर्मल ने आखिरी बार कहा और वह वापस लौट गया। फ्री-स्कूल स्ट्रीट के चौराहे पर बीन बज रही है और मजमा जमा हुआ है।

इस मजमे के लिए निर्मल अजनबी है। पाइस-होटल, 'खोलाबाड़ी' की बस्तियाँ और कालीघाट, किसी बंगला-उपन्यास में निर्मल ने पढ़ा था कि कलकत्ता में कुल यही तीन चीजें देखने के लायक हैं। उसने अब तक यह शहर नहीं देखा है।

सिनेमाघरों की टिकट-खिड़कियों में सिर डालकर हजारों-हजार आदमी सो गए हैं। ऑक्टरलोनी मोनूमेंट के गुम्बद में फाँसी की हजारों तख्तियाँ

तराजुओं की तरह लटकी हुई हैं और इन तख्तियों में खिलौनों के साइज के मकान, रेडियोग्राम, ह्विस्की की बोतलें और सरकारी फाइलों के अम्बार, छोटी-बड़ी रस्सियों से बँधे हुए झूल रहे हैं। तेरह हजार किरानी 'राइटर्स बिल्डिंग' की छत से नीचे कूदकर अपने हाथ और बाँहें तोड़ बैठे। हाईकोर्ट के सामने का विशालकाय उद्यान, जिसे 'अदन का बाग' बताया गया है, जहाँ आदम ने पहली बार वर्जित सेब तोड़ा था, अब बीमार औरतों की पथरीली पुतलियों में जगमगा रहा है। शामबाजार-बेलगछिया के एक जुलूस, ए. बी. सी. डी. ई. एफ. पढ़नेवाले छोटे बच्चों का कम्पनी के राजाओं ने शुरू किया था; वह अब जादवपुर, सोनारपुर, दुर्गापुर तक पहुँच गया है।

भूख, कूल्हों के बीच में कैन्सर, अधनंगी युवतियों की तस्वीरों से भरे हुए रिसाले-अखबार, काली-मन्दिर, तिरपन काली-मन्दिर, अपने दूरबीन-कैमरों में आँखें लगाए हुए विदेशी यात्री...'लालवीबी' किसे कहते हैं?...ह्वाट-इज-'गुलाबछड़ी', माई फ्रेंड?...डलहौजी-धर्मतल्ला-चौरंगी के हर फुटपाथ पर देसी फाउन्टेन-पेन नीलाम करते हुए नौजवान 'हल्ला गाड़ी' आने के पहले ही अपने 'माल' के साथ बगल की गलियों में गायब हो जाते हैं...यह 'हल्ला गाड़ी' क्या है? और क्या है शेयर बाजार?

इस शहर के लोगों की भाषा और धर्म, जीवन-व्यवस्था और इतिहास, फैशन और कायदे-कानूनों का कुछ भी पता निर्मल को नहीं है। लेकिन वह फराऊनों की दौलत, अठारह साल की जवान रानी क्लियोपैट्रा और नील नदी पर कब्जा जमाने के लिए यहाँ आया है।

यहाँ सबसे बड़ी ताकत शेयर बाजार है। बाजार की बगल में सुनहरे कंगूरोंवाले मन्दिर, गन्दी बस्तियाँ और हवाबन्द, रोशनीबन्द ऊँची बिल्डिंगें हैं। और यहाँ सबसे कमजोर हैं स्त्रियाँ, जो 'खानगी' वेश्या अथवा मध्ययुगीन पत्नियाँ होकर एक-जैसी जिन्दगी बिताती हैं; गर्भवती होने, और फिर से गर्भवती होने और फिर से गर्भवती होने की जिन्दगी! वह इस जिन्दगी से अजनबी है।

परिचय का एकमात्र सूत्र थी कल्याणी। वह भी नहीं रह गई है। निर्मल ने शहर में कदम रखा, दमदम एयरपोर्ट से उतरकर 'ग्रेट ईस्टर्न' होटल के फ्लैट में पहुँचा, और कल्याणी चली गई? क्यों चली गई? क्या ऑपरेशन-टेबुल पर आधी बेहोश, आधी पागल पड़ी हुई कल्याणी को कोई 'टेलिपैथिक' इशारा

मिला? क्या वह जान गई कि निर्मल आ गया है?

इसे एक 'संयोग' कहकर टाल दिया जाए। क्योंकि इन घटनाओं के कारण और अर्थ ढूँढ़ने की सुविधा अब नहीं है, अवकाश भी नहीं। लेकिन निर्मल पद्मावत संयोग पर विश्वास नहीं करता। वह 'कैलकुलेशन' अर्थात् हिसाब लगाने में विश्वास रखता है। जिसे सबसे ज्यादा प्यार करो, उसी को नफरत करना पड़े, तो दिमाग खराब हो जाएगा। मानसिक कुंठाएँ उपजेंगी। दिल कमजोर होगा, रोगग्रस्त होगा मस्तिष्क। स्वाभाविक है कि मृत्यु हो जाएगी। कल्याणी की मृत्यु हुई। लेकिन मरे हुए के पास जाना, पास बने रहना, सम्भव नहीं है?

केलिफोर्निया में एक बंगाली 'सिद्ध' से निर्मल की मुलाकात हुई थी। रोजी-रोटी और ऐश-आराम के लिए वह सिद्ध पुरुष मृतात्माओं को अपने टेबुल पर बुलाता था। निर्मल उसका दोस्त बन गया। फिर निर्मल ने उसे बताया कि यह धंधा ठीक नहीं है। यह धंधा नहीं है, 'क्राइम' है। सिद्ध पुरुष ने उत्तर दिया, ''ऐसा क्या बच गया है, जो 'क्राइम' नहीं है? जनतंत्र? व्यावसायिक उपनिवेशवाद? युद्ध? हम जो कुछ करते हैं, उसी की आज्ञा से करते हैं, अर्थात्, हम जो करते हैं, दरअसल हम नहीं करते, वही करता है हमारा पिता, हमारा ईश्वर!''

सिद्ध पुरुष, शासन करनेवाले राजनीतिज्ञ और साड़ी बाँधने और साड़ी खोलने की विद्या में प्रसिद्ध स्त्रियाँ—निर्मल ने तय किया कि ये ही तीन व्यक्ति बीसवीं सदी के किसी भी बड़े शहर में 'आत्मज्ञान' और 'मोक्ष' प्राप्त करते हैं। ये ही तीन व्यक्ति और इनके पीछे-पीछे हाथ बाँधे, सिर झुकाए, आँखें बन्द किए, चलती हुई व्यापारियों और उनके कर्मचारियों की श्रद्धालु भीड़...

मैं इस भीड़ का हिस्सा नहीं बनूँगा, गैलीलियो, अथवा अफलातून की तरह निर्मल ने अपने बंगाली सिद्ध पुरुष के हवाबन्द दफ्तर से बाहर आकर फैसला किया था। यह फैसला उसने कभी बदला नहीं, डॉक्टर रघुवंश के घर में आकर, प्रिया को देखने के बाद भी नहीं।

''डॉक्टर, मैं भीड़ का जख्मी हिस्सा नहीं हूँ, इसीलिए मैं इससे पहले तुम्हारे यहाँ नहीं आया। मैं व्यस्त था, मुझे फुरसत नहीं थी। फुरसत अब भी नहीं है और सेहत भी ठीक नहीं हुई। दिमाग में पत्थर तोड़नेवाली मशीनें घड़घड़ाती रहती हैं। तुम वक्त पर वियेना आ नहीं जाते, तो उस बार पिलबर्ग-

होमवाले डॉक्टर मुझे मार ही डालते। उन्हें आश्चर्य होता था, एक सौ पाँच टेम्प्रेचर में भी मैं होश में क्यों हूँ...मैं डिलिरियम में अपनी दास्तान क्यों नहीं कहने लगता हूँ...! अब भी हालत वही है। मशीनें घड़घड़ा रही हैं। लेकिन मैं खुश हूँ कि मैं यहाँ तक आ गया हूँ। इस झरने के पास, इस नीली नदी के पास जिसे लोग प्यार और प्रतिष्ठा कहते हैं।''

निर्मल की शान्त-स्निग्ध दृष्टि ने डॉक्टर रघुवंश को ये सारी बातें कह दीं। डॉक्टर ने सुन लिया। किताबों के 'रैक' के ऊपर कल्याणी की एक पुरानी तस्वीर टँगी हुई है। निर्मल की निगाहें झिलमिलाती हैं। निर्मल चुप बैठा रहा। वह बहुत कम बोलता है। डॉक्टर ने कुछ पूछा भी नहीं। वे अपने मरीजों से भी ज्यादा सवाल नहीं करते। सिर्फ देखते हैं, और जान लेते हैं। दोनों के स्वभाव में यही समानता है। डॉक्टर किसी ग्रीक दार्शनिक की तरह वृद्ध और खल्वाट दीखते हैं। पद्मावत किसी भी रोमन महारथी की तरह तेजस्वी और पराक्रमी है। पद्मावत का स्वभाव है आक्रमण और युद्ध। और वह विजयी सिर्फ इसलिए होता है कि वह पराजय को ध्रुव मानकर ही युद्ध करता है। क्रोध, उत्साह और साहस की अस्थिरता से नहीं, निर्णय की समानान्तर स्थिरता से ही वह पहला वार करता है।

डॉक्टर रघुवंश ने पूछा, "मिसेज सान्याल तुमसे मिली थीं? काम हो गया...?''

"मैंने ओवरसीज बैंक में कह दिया है। फ्रांस में जो भी फॉरेन एक्सचेंज वे चाहेंगी, मिल जाएगा।'' निर्मल ने सिर झुकाए हुए उत्तर दिया। मिसेज सान्याल 'आर्टिस्ट' हैं। अपने चित्रों की प्रदर्शनी के लिए पेरिस जा रही हैं। वहाँ उन्हें काफी रुपए चाहिए। वे शीतलदास कॉलेज में डॉक्टर रघुवंश की छात्रा थीं। होम डिपार्टमेंट के एक ऊँचे अफसर से विवाह करके 'आर्टिस्ट' बन गईं। अब अकेली रहती हैं। गोविन्दवल्लभ पन्त की होम मिनिस्ट्री ने घूस लेने के अपराध में मिस्टर सान्याल को बर्खास्त कर दिया। मिसेज सान्याल भी अपने गहने-जेवर और तलाक के रुपए लेकर अपने पति से अलग हो गईं। कोई भी ईमानदार आर्टिस्ट किसी भी घूसखोर अफसर के साथ नहीं रह सकती है...!

"वे मुझे बहुत परेशान कर रही थीं। कोई उपाय नहीं रहा, तभी उन्हें तुम्हारे पास मैंने भेज दिया था। शी वाज माई स्टूडेंट...मेरी स्टूडेंट थी वह!''

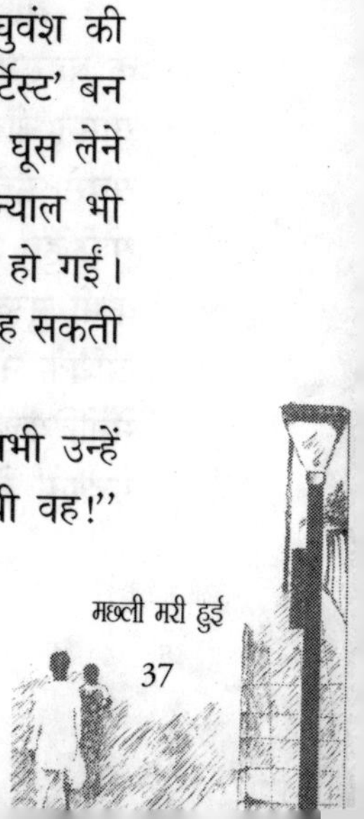

''उन्होंने बताया था।''

''तुमने उनकी पेंटिंग देखी है? बढ़िया तस्वीरें बनाती हैं?...या सिर्फ फैशन के लिए?''

''वे अपनी तस्वीरें साथ लाई थीं। लेकिन मैंने कोई तस्वीर नहीं खरीदी। मेरे कमरे में तस्वीरों के लिए जगह नहीं थी।...मैंने उनका काम कर दिया है।''

डॉक्टर रघुवंश अपने इस नौजवान दोस्त की बात समझ गए और मुस्कराने लगे। पद्मावत सिगरेट जलाने लगा। प्रिया एक नर्स के साथ आई और टेबुल पर कॉफी रखने लगी। वह निर्मल की निगाहों से बचने की कोशिश कर रही थी। नर्स ने डॉक्टर से पूछा, ''साब, आपको एक बार हॉस्पिटल जाना होगा। वह ब्रेन-ट्यूमर वाला केस...''

सुबह नौ बजे मिसेज सान्याल अपनी आठ-दस तस्वीरें साथ लेकर निर्मल के फ्लैट में आई थीं। 'कल्याणी मेन्शन' की छत पर चार कमरों का एक शीत-ताप-नियंत्रित फ्लैट निर्मल ने बनवा रखा था। डॉक्टर रघुवंश, खानसामा अली, प्राइवेट सेक्रेटरी धनवन्त लाल और निर्मल के अल्सेशियन कुत्तों के सिवाय किसी को भी इस फ्लैट में आने की इजाजत नहीं थी।

निर्मल के फ्लैट में 'प्रेस ट्रस्ट' का टेलिप्रिंटर था, रेडियोग्राम, स्टील के बड़े-बड़े आलमीरे, फ्रिज, टेलीफोन की लाइनें और ऐसी ही छोटी-बड़ी मशीनें। वजन तौलने की एक छोटी मशीन। दीवार-से-दीवार तक, चित्रकार रोरिक के हिमालय की एक बड़ी-सी तस्वीर। सोने के कमरे में एक सादा पलँग था और दीवार पर दक्षिण-काली की एक मूर्ति, लाल जीभ बाहर निकाली हुई, एक हाथ में खड्ग, दूसरे हाथ में क्षमा, तीसरे हाथ में नरमुंड।

यह दक्षिण-काली नेपाल-तराई के किसी मन्दिर से उठकर निर्मल पद्मावत के बेडरूम में आई थी। निर्मल इसी मूर्ति के सामने सोता था। इसी मूर्ति के सामने नींद टूटने पर अँगड़ाई लेता था। और कमरे से बाहर आकर, शहर के सबसे ऊँचे मकान की खुली छत पर घूमता हुआ निर्मल रात के दो बजे, नीचे सोए हुए शहर को देखता रहता था। दीवार पर, एक फ्रेम में खड़ी दक्षिण-काली कभी मुस्कराती थी और कभी रक्त-वासना से विक्षिप्त होकर अधिक कुरूप, अधिक नंगी और अधिक काली हो जाती थी। कोहरे में डूबे हुए 'विक्टोरिया मेमोरियल' की ओर देखकर निर्मल सोचता था—इस मकबरे और 'कल्याणी मेन्शन' में कितने वर्षों और कितनी सभ्यताओं का अन्तर है? कोणार्क का

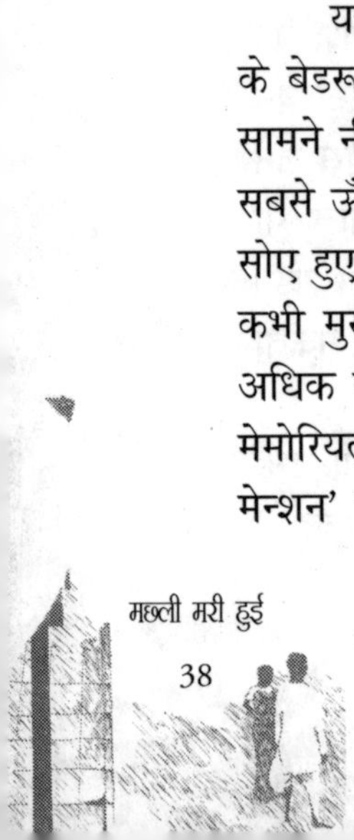

सूर्य-मन्दिर, अजन्ता की बौद्ध-गुफाएँ, आगरा शहर का ताजमहल, ऑक्टरलोनी का विजय-स्तम्भ और यह 'कल्याणी मेन्शन', निर्मल इन सारे मकबरों को एक रेखा, एक परिभाषा में देखना और महसूस करना चाहता था। एक मकबरा है 'कल्याणी मेन्शन'।

रात के दो बजे, हर रात निर्मल पद्मावत अपने पलँग से नीचे उतरकर, खुली छत पर चला आता है। घूमता रहता है। हुगली नदी की साँवली जलधारा ड्रेजरों-जहाजों की रोशनी में रंग बदलती है। नए सचिवालय की दरबानुमा छोटी-छोटी खिड़कियाँ। कोहरे में, फैले हुए मछली-जाल की तरह हावड़ा-ब्रिज। मार्कोविच-सिगरेट कम्पनी के नियॅन-साइन विज्ञापन में बड़ी आँखोंवाली एक लड़की सिगरेट पी रही है। इस पार दक्षिणेश्वर, उस पार बेलूर-मठ। मैदान-ही-मैदान। छोटे-छोटे पार्क। और भी छोटी गलियाँ। गलियों के बाद गलियाँ। मकान, और लगातार मकान। महाजाति-सदन का अंडाकार गुम्बद। जैन-मन्दिरों का स्वर्ण-शिखर चाँदनी रात में चमकता रहता है, अब भी धर्म नहीं मिटा है, और आदमी के अन्तरंग से प्यार भी मिट नहीं पाया है।

मछुओं-मल्लाहों की रानी, रासमनि, अपने देवता के लिए एक मन्दिर बनाती है। एक बूढ़ा अंग्रेज अपनी मृत पत्नी की कब्र पर संगमरमर की एक पट्टी डालता है, और उस पर लिखता है, 'आई लव्ड हर, शी वाज माई वाइफ।'—मैंने उसे प्यार किया, वह मेरी पत्नी थी। वह बूढ़ा आदमी कोई मकबरा नहीं बना पाता है, अपने प्यार के लिए। वह सिर्फ, पत्थर के एक टुकड़े पर लिख देता है—'आई लव्ड हर'। धर्म और प्यार, पत्थर के इन्हीं दो टुकड़ों पर आदमी अपनी बात लिखता है, कोई भी ऐसी बात जिसके लिए वह जीवित है और जीवित रहना चाहता है।

निर्मल पद्मावत पत्थर के टुकड़ों पर मकबरों पर खड़ा है और देख रहा है कि दक्षिण-काली और कल्याणी में कोई अन्तर नहीं है। दोनों एक ही मातृसत्ता के दो अंश हैं, दो आँखों की तरह, दो स्तनों की तरह। और यह देख लेने के बाद, 'द्वैत' से 'अद्वैत' की ओर वापस आकर निर्मल अपने सोने के कमरे में लौट आता है। दक्षिण-काली के सामने खड़ा होकर वह कल्याणी की आरक्त आँखों में डूब जाता है। इस तरह डूब जाने के बाद, उसे किसी निर्जन द्वीप की तरह नीलेपन के समुद्र में उग आने की इच्छा नहीं होती है। लेकिन आदमी अपनी शारीरिक सीमाओं में विवश है। समय आने के पहले वह किसी

ताकत से भी शरीर की सीमाएँ तोड़ नहीं पाता।

सीमाएँ कल्याणी ने तोड़ी थीं। निर्मल उन्हें फिर से जोड़ने की कोशिश कर रहा है।

पार्क-स्ट्रीट 'सिमेट्री' के फाटक से लौटकर निर्मल सीधा अपने होटल चला आया। अपने फ्लैट के बैरे से उसने कहा, ''फ्लास्क ले जाओ। कॉफी लाना होगा। और सुनो, मुझे और कुछ नहीं चाहिए।''

बैरे ने समझ लिया कि यह साहब कलकत्ता में सिर्फ 'बिजनेस' करने आया है, तफरीह करने नहीं। होटलों के बैरे ऐसे मुसाफिरों को पसन्द नहीं करते। जो साहब किसी औरत के साथ आता है, बीवी के सिवाय, उसे बड़े होटलों के बैरे अपना 'गुडलक' समझते हैं। 'ग्रेट ईस्टर्न' के स्तर के होटलों में पत्नी के साथ ठहरने की आदत कम लोगों में होती है। लेकिन अकेले आनेवाले लोग ज्यादातर ऐसे होटलों में नहीं आते। दफ्तर की 'रिसेप्शनिस्ट' साथ आती है। कोई भी 'आधुनिक' मन-मिजाज की स्टेनो लड़की। ''मेरी सेक्रेटरी से मिलिए—शी इज माई इंसपिरेशन। माई 'टच-मी-स्वीट' गर्ल। मेरी इंसपिरेशन।'' एक कम्पनी का मालिक, 'ईस्टर्न' के सदाबहार बरामदे में बैठकर, 'ओल्ड-स्मग्लर' की नाव में तैरता हुआ, दूसरी कम्पनी के मालिक से कहता है। थोड़ी देर बाद, दोनों मालिक अपनी-अपनी सेक्रेटरी या स्टेनो, या रिसेप्शनिस्ट लड़की की कमर में हाथ डालकर, जूट, चाय, इस्पात और लोहे-कोयले की बातें करते हुए, टैक्स-पर-टैक्स लादनेवाली सरकार के सात पुरखों को गालियाँ निकालते हुए, रात्रि-भोजन के लिए बने बड़े 'हॉल में चले आते हैं। वक्त मिलते ही, एक स्टेनो दूसरी स्टेनो से पूछती है, ''तुझे क्या पगार मिलती है? कितनी बार तू 'एबार्शन' करा चुकी है? तेरी यह साड़ी कितने की आई है?''

निर्मल के पास स्टेनो नहीं है। वह टाइप करना जानता है, मिनट में अस्सी शब्द वह आसानी से निकाल लेता है। अपने टाइपराइटर की पटरियाँ उसे अपनी उँगलियों से कम पसन्द नहीं हैं। बैरा कॉफी का 'फ्लास्क' और एक टिन सिगरेट दे गया। निर्मल खिड़की के पास, टेबुल पर बैठा हुआ सारी रात जगा रहा। सफेद और हरे कागज के लम्बे-लम्बे टुकड़ों पर वह तरह-तरह के चार्ट बनाता रहा। चार्ट, और ग्राफ और डायग्राम, रेखाओं के और अंकों के। सीधी-टेढ़ी लकीरों के लगातार शतरंज। कागजी योजनाएँ। कम्पनी। लिमिटेड कम्पनी। पब्लिक लिमिटेड कम्पनी। पूँजी, शेयर, सूद, डायरेक्टरों के

बोर्ड। पार्टनर। डमी। ब्लू-प्रिन्ट। टैक्स, फंड, इन्कम-टैक्स, ब्लैक फंड। सीधी-टेढ़ी रेखाओं के लगातार शतरंज।

निर्मल पद्मावत दूसरों की आमदनी और दूसरों की हैसियत का हिसाब लगा रहा था।

ठीक सात बजे सुबह उसे प्रभास बाबू से मिलना था और यह मुलाकात उसे इस शहर के सबसे बड़े चौराहे पर ऊँचा खड़ा कर सकती थी। प्रभासचन्द्र नियोगी इस चौराहे पर पहुँचने का रास्ता जानते हैं। अपना रास्ता उन्होंने खुद बनाया है।

निर्मल ने न्यूयार्क में ही तय किया था कि वह अपने देश लौटने पर सबसे पहले नियोगी से ही मिलेगा। प्रभासचन्द्र नियोगी—यह नाम जैसे उसने स्वप्न में ही सुना था। नाम सुनकर उसकी नींद टूट गई थी। खिड़की के फ्रेम में तेज नीली रोशनी झिलमिलाने लगी थी और एक क्षण के लिए निर्मल को लगा था कि इस नीली रोशनी में देवनागरी अक्षरों में लिखा गया है—प्रभासचन्द्र नियोगी! इससे पहले निर्मल ने नियोगी का नाम सुना तक नहीं था। लेकिन इस चमत्कार को 'चमत्कार' या 'विजन' नहीं कहा जा सकता। क्योंकि चमत्कार हमेशा धार्मिक चमत्कार होते हैं, जैसे सावित्री यमराज से प्रश्न और प्रार्थना करती हुई, स्वर्गलोक के द्वार तक चली गई थी। निर्मल ने जो चमत्कार देखा, वह मात्र एक व्यावसायिक चमत्कार था।

हीराशाह पब्लिशिंग कम्पनी ने मोटे आर्ट पेपर पर एक सचित्र पुस्तक प्रकाशित की थी, अंग्रेजी में जिसका नाम था, 'हू-इज-हू इन कैलकटा-बिजनेस-इंडस्ट्री'; और इसी पुस्तक में पहली बार निर्मल ने प्रभासचन्द्र नियोगी के जीवन और व्यवसाय-कार्यों के विषय में पढ़ा था। उन दिनों वह मकान, पुल, कारखाने और कार्यालय बनानेवाली एक प्रसिद्ध फर्म में ड्राफ्ट्समैन था। लेकिन वह हर रोज 'इंडिया-सेन्टर' जाता था। उन होटलों में जाता था, जहाँ हिन्दुस्तान के अमीर और उमराव न्यूयार्क में ठहरा करते थे। लाइब्रेरी में जाकर अपने देश के अखबार पढ़ता था। हरलालका-कम्पनी ने दक्षिण भारत में तीन नए कारखाने खोले हैं। डालमिया-ग्रुप पर आयकर विभाग की तीसरी आँख खुल गई है। विश्वेश्वरी कॉटन मिल्स के मालिकों ने अपने मजदूरों की तीन महीनों की लम्बी हड़ताल असफल कर दी है।

अमरीका आनेवाले प्रत्येक भारतीय उद्योगपति-पूँजीपति के बारे में निर्मल

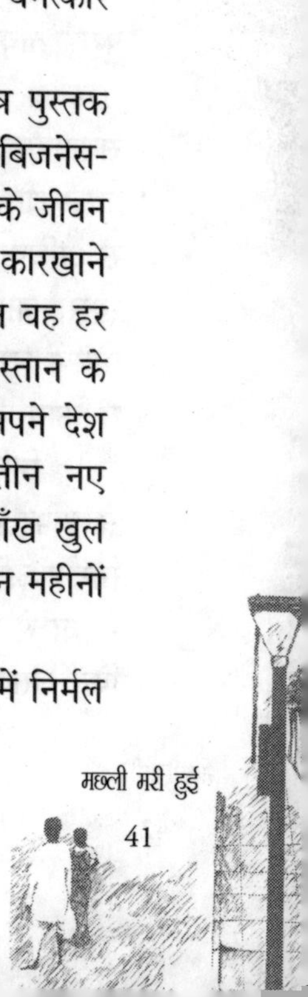

छोटी-बड़ी सारी खबरें जमा करता था। देशी पूँजीपतियों ने बड़े पैमाने पर विदेशी पूँजीपतियों के साथ गठबन्धन करके 'संयुक्त' पूँजी के धंधे शुरू नहीं किए थे। लेकिन देश में विदेशी पूँजी का आगमन शुरू हो चुका है। पूर्वी एशिया के देशों में अपनी पूँजी का विस्तार चाहनेवाले अमरीकी उद्योगपति भारत को लालचभरी निगाहों से देख रहे थे। सरकारी पैमाने पर अमरीकी मशीनें और मशीनों की देखभाल, खोज-खबर रखने के लिए अमरीकी इंजीनियर भारत आने लगे थे। अमरीका, रूस, ब्रिटेन, पश्चिमी और पूर्वी जर्मनी सभी देशों की मशीनें और कल-पुर्जे! प्रभासचन्द्र नियोगी कभी अमरीका नहीं आए। कलकत्ता के 'चेम्बर ऑफ कॉमर्स' की एक विशेष सभा में नियोगी बोले थे, "पहले हम सिर्फ ब्रिटेन की महारानी के दास थे। लेकिन अब हम लोग अपने देश में विदेश के विभिन्न देशों की पूँजी की स्थापना करके उन सारे देशों के गुलाम बन जाएँगे। मशीनें देकर, तकनीकी शिक्षा और यंत्र देकर, जंगी हथियार, जहाज, ट्रैक्टर, मोटर गाड़ियाँ और दवाएँ देकर और वक्त पर गेहूँ, सूखा दूध और किताबें देकर, बदले में वे लोग हमारा अर्थतंत्र और व्यापार-तंत्र खरीद लेंगे। अपने देश के उद्योग-व्यापार और कल-कारखानों में लगी हुई सारी पूँजी और इंजीनियरी अपने देश की होनी चाहिए।"

यह 'भविष्यवाणी' करनेवाले उद्योगपति प्रभास बाबू ने कभी किसी पराई ताकत और पूँजी के साथ गठबन्धन नहीं किया था। पुराने सामन्तों की तरह वे अपने व्यवसाय में एकाधिपति और स्वाधीन थे। अखबारों और संवाददाताओं की मदद से निर्मल को प्रभास बाबू के विषय में उतनी जानकारी जरूर थी, जो क्लाइव स्ट्रीट कलकत्ता के अन्य उद्योगपतियों के पास थी। दूसरों से अधिक सिर्फ एक बात निर्मल को मालूम थी कि प्रभासचन्द्र नियोगी ने कुल ग्यारह-बारह साल की उम्र से अपनी विधवा माँ और भाई-बहनों का पालन-पोषण शुरू कर दिया था, होटलों में काम करके, छोटी दुकानों और छोटे दफ्तरों में काम करके।

निर्मल की एक और सूत्र थी कल्याणी, जो पन्द्रह लाख रुपए सालाना से ऊपर की आमदनीवाले भारत के हर आदमी को नजदीक से जानती थी। निर्मल अपने देश की कई भाषाएँ जानता था, इसीलिए वह न्यूयार्क में भी दया मेहता से गुजराती में और प्रशान्त बरुआ से असमिया में बातचीत करता था। फिर उसकी छलहीन मुस्कान उसके लिए हर मकान में जगह बना देती थी।

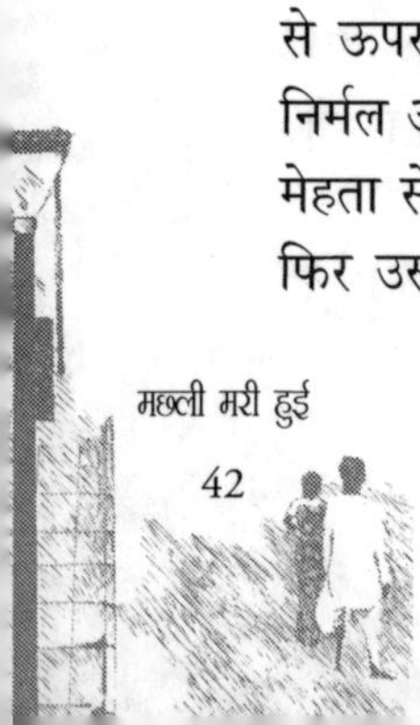

न्यूयार्क में उसके लिए मुसीबत सिर्फ एक थी कि घोर काले रंग की वजह से वह अक्सर अमरीकी नीग्रो समझ लिया जाता था। सफेद होटलों और सफेद बार-हाउसों में उसे सफेद जनता के गुस्से का सामना करता पड़ता था। जनता जब साबित कर लेती थी कि यह आदमी हिन्दुस्तान से आया है, इंडियन है, रेड-इंडियन नहीं है, तो शरमाकर माफी माँग लेती थी। इस परिस्थिति ने उसे सहनशील और संयत बना दिया था। वैसे वह बड़े ही उग्र स्वभाव का है। गैर-ईमानदारी और नाजायज घमंड वह सह नहीं पाता। एक काली औरत की रक्षा में एक बार उसने दो गोरे अमरीकियों का सिर तोड़ दिया था। अदालत में बुलाए जाने पर उसने कहा था, "मेरे सामने अब भी किसी ब्लैक औरत को अपमानित किया गया, सिर्फ इसलिए कि वह ब्लैक औरत है, तो मैं अपमान करनेवाले का सिर फोड़ दूँगा। मैं स्वयं काला आदमी हूँ। आई एम ब्लैक! और मैं कालेपन को बदसूरत या गुनहगार नहीं समझता हूँ।"

नियोगी नाटे कद के, बेतरह मोटे और चँदले आदमी हैं। चेहरा रक्त की वृद्धि से लाल हो रहा है। नाक बीच से, लगता है, टूटी हुई है। चश्मे की फ्रेम से उस टूटी हुई जगह को छिपाने की कोशिश नहीं करते। आकृति कोमल और भावुक। आँखें बेहद ठंडी और निस्तेज, बर्फ के नीचे से तुरन्त निकाली गईं। साठ-पैंसठ की उम्र के बावजूद नियोगी फुर्तीले और 'स्मार्ट' हैं। कभी बीमार नहीं होते।

अठारह साल की उम्र में नियोगी ने 'शेयर-मार्केट' में प्रवेश किया था। घर की हालत अच्छी नहीं थी। गबन के एक मामले में नियोगी के पिताजी जेल गए थे। वहीं मर-मिट गए। वापस नहीं आए। किस मुँह से अपनी पत्नी के सामने आते? नियोगी की माँ पूजा-पाठ और साधू-सन्तों में रहनेवाली औरत थी। एक छोटी बहन भी थी, सरला। वह फ्रॉक पहने रहकर भी बूढ़ी और अनुभवी दीखती थी, और सारा दिन पड़ोसियों के घरों में घुसी रहती थी। कभी रुपया, कभी आठ आना, चार आना माँग लाती थी। मुहल्ले के बुजुर्गों में सरला अत्यन्त लोकप्रिय थी, क्योंकि वह नासमझ थी। उसने कभी कोई पाप नहीं किया। पाप की बात ही कभी उसके मन में नहीं उठी। बड़े-बूढ़ों के पास बैठती रही, उनकी उँगलियाँ और पीठ तोड़ती रही।

लेकिन, फिर भी, प्रभासचन्द्र नियोगी ने अपने जीवन में सबसे अधिक स्नेह अपनी उस अधपगली बहन को ही दिया, जिसने किसी दिन भी अपना

आँचल सँभालकर रखना सीखा नहीं। हर साल वह एक बार गर्भवती होती रही और तमाशा खतम होने से पहले ही पागल हो गई। पागल होकर, वह वापस अपने भाई के घर आ गई। विधवा हो गई। सरला के पाँच बच्चे थे। छह साल के अन्दर पाँचों बच्चे मारे गए।

अब वह काशी में रहती है और गंगा-स्नान और शिव-मन्दिरों में पूजा चढ़ाती है। नियोगी कहते हैं, ''सरला से ज्यादा बदकिस्मत औरत बीसवीं सदी में पैदा नहीं हुई!'' और इतना कहकर, वे हर महीने अपनी बहन को आठ सौ रुपए का एक 'चेक' भेजते रहते हैं। लेकिन, 'चेक' काटने की यह ताकत उनके पास लम्बे-लम्बे छब्बीस सालों की लड़ाई और कशमकश के बाद आई है। दूसरी बड़ी लड़ाई शुरू होने पर, नियोगी ने शेयर-बाजार छोड़ दिया। मिलिटरी की ठेकेदारी शुरू की। बर्मा, नेपाल, सिक्किम, नागा प्रदेश की सीमाओं पर बिछी हुई फौजी छावनियों में अनाज, कपड़े, वर्दियाँ, तम्बू, मनोरंजन का सामान और लड़कियाँ पहुँचाना। उन दिनों जब भी किसी लड़की पर प्रभासचन्द्र नियोगी गुस्सा होते थे, तो उसे किसी-न-किसी बहाने लड़ाई के 'फ्रंट' पर भेज देते थे।

जब युद्ध होता है, सबसे बड़ी मुसीबत किसानों और शहरी औरतों के लिए होती है। किसान बन्दूक उठाकर लड़ने चले जाते हैं। खेत बंजर रह जाएँ, गाँव-का-गाँव अपने चूल्हे सुलगा नहीं सके, पूजा और त्योहार के दिन भी ढोल-मँजीरे चुप रहें; और उनकी औरतें रोएँ नहीं, सिसकती नहीं रहें और अपने चेहरों पर स्याही पोतकर शहर चली आएँ—बाजारों में नंगी घूमने के लिए।

पिछले महायुद्ध में यही हुआ था। नियोगी हर सप्ताह बर्मा-फ्रंट के जाँबाज सिपाहियों के लिए तीस हजार मुर्गियाँ और चूजे, पन्द्रह हजार 'रम' की बोतलें और पचीस नर्सें भेजते थे। इन्हीं नर्सों के बारे में 'अकबर' इलाहाबादी ने लिखा था, ''नर्सें सबकुछ जानती हैं, डॉक्टर चक्कर में है...एक 'चक्कर' के लिए, सारा जहाँ चक्कर में है...''

जिस दिन जापान का पतन हुआ, जिस वक्त हिरोशिमा पर अमरीकी एटम बम गिराए जाने की सूचना प्रसारित हुई, प्रभासचन्द्र नियोगी के मुंशीजी एकाउंटेन्ट ने हिसाब जोड़कर बताया कि अब उन्हें 'करोड़पति' मान लेने में किसी भी महाजन को इनकार नहीं होगा और नियोगी ने उत्तर देते हुए कहा, ''मुंशीजी, आप कमला देवी डांसर को फोन कर दीजिए। रात में यहाँ चली

आएगी।'' कमला उन दिनों कलकत्ता शहर की सबसे प्रसिद्ध नाचने-गाने वाली औरत थी। नियोगी ने एक बार उसे 'मोती महल' थियेटर के स्टेज पर देखा था, कई साल पहले। लेकिन मन-ही-मन उन्होंने तय किया था।

करोड़पतियों की छोटी-सी कतार में शामिल होने के बाद, प्रभासचन्द्र नियोगी ने जीवन में पहली बार 'पर-स्त्री' का स्वाद लिया। इससे पहले उन्होंने आराम और नींद को महसूस नहीं किया था। कभी महसूस किया भी तो उसे पेट के नीचे दबा देने की शक्ति उनमें थी। इसीलिए नियोगी ने नींद नहीं, चाँदी और सोना पसन्द किया। सिल्वर-मार्केट और गोल्ड-बुलियन-मार्केट—बीसवीं सदी के भारतीय जीवन का, शरीर का 'हृत्पिंड' यहीं है। आत्मा यहीं बसती है। प्राणों में रस-संचार यहीं से शुरू होता है। नियोगी बचपन से ही ये बातें समझते थे। अपनी समझ का उन्होंने सही उपयोग किया।

NARGIS
RAJ KAPOOR
R K FILMS
BARSAAT

4

ग्रीक-योद्धाओं की काली मूर्तियों में कोई एक मूर्ति निर्मल पद्मावत, ग्रीक दार्शनिकों की सफेद मूर्तियों में कोई एक मूर्ति प्रभासचन्द्र नियोगी। दोनों में एक भी आधुनिक नहीं, 'अप-टु-डेट' नहीं।

निर्मल ड्राइंगरूम में बैठा ही था कि सफेद पाजामा और सफेद रेशमी कुरता पहने हुए, सादा लिबास और सादा चेहरे में लिपटे हुए नियोगी आ गए। निर्मल उठ खड़ा हुआ और मुस्कराया। उसके उजले-उजले दाँत चमकने लगे। नियोगी ने कोई औपचारिकता नहीं की। सीधा एक सवाल उन्होंने किया, "न्यूयार्क से तुम्हारा केबुल मिला था। चौथे दिन वहीं थे तुम!"

"मैं कल ही आया हूँ। अब यहीं रहूँगा। आपको मैंने लिखा था..." निर्मल ने उत्तर दिया। नियोगी ने एक बार गौर से उसकी ओर देखा। वे निर्मल को अपनी निगाहों में वजन कर लेना चाहते हैं। नहीं, निर्मल हलका आदमी नहीं है। उसकी आवाज में भारीपन है। उसकी आँखों में ईमानदारी। वह अविश्वास नहीं करता है। उसे विश्वास है। अपनी ताकत पर उसे आस्था है। "तुम्हारा पत्र मैंने नहीं पढ़ा...बोलो, क्या बात है?" नियोगी ने मीठे स्वर में पूछा।

"आपको फुरसत नहीं मिली होगी।"

"फुरसत नहीं रहती है...देखो न, अभी नौ बजे के प्लेन से मुझे बम्बई जाना होगा। जो कहना हो...बात क्या है?"

"मुझे मालूम है, आप बम्बई जा रहे हैं। शनिवार को वापस आएँगे।"

"बात क्या है?"

नियोगी ने अपनी उदासीनता से निर्मल को छोटा करना चाहा। लेकिन,

निर्मल छोटा आदमी नहीं है। उसने नियोगी के स्वर को अपना अपमान नहीं स्वीकार किया। उसने कहा, ''आपको बताता हूँ। दस-पन्द्रह मिनट वक्त लूँगा, ज्यादा नहीं। आप मेरी बातें सुनें...''

निर्मल उत्तर बिहार के एक छोटे-से गाँव में पैदा हुआ था। पिता के मरने के बाद उसकी माँ ने पैतृक मकान बेच डाला और एक 'लॉरी' वाले ड्राइवर के साथ भाग गई। वह कुल दस साल का लड़का था। माँ के भाग जाने का दुःख उसे नहीं हुआ। मकान बिक जाने की तकलीफ उसे जरूर हुई। माँ को आदमी की जरूरत थी; अच्छा किया जो चली गई। लेकिन, मकान क्यों ले गई?

...गाँव से भागकर निर्मल सीधा कराची चला गया। कराची से लाहौर। सियालकोट के एक मुस्लिम होटल में प्याले धोने लगा। फिर उसी होटल में बैरा हो गया। शाम की ड्यूटी उसे मिली। चार बजे से बारह बजे रात तक वह इस टेबुल से उस टेबुल पर चक्कर काटता था। ''कलेजी लाओ, तन्दूरी लाओ!'' ऐ काले छोकरे, तुसी क्या करदा है, एक पैकेट कैंची-सिगरेट लाओ!'' एक इत्र बेचनेवाले मौलाना से उसकी दोस्ती हो गई थी। मौलाना की हरी दाढ़ी उसे बहुत पसन्द थी।

...लेकिन मौलाना इसरारुल हक उसे एक दिन अपने कमरे में ले गए, तो वह चाकू निकालकर खड़ा हो गया। सब्जी काटनेवाला चाकू। ...इस चाकू के बाद, कोई आदमी उसे अपने कमरे में नहीं ले गया। मौलाना ने सारे ग्राहकों के सामने होटल के मालिक, फतेहसिंह से कहा, ''तुम्हारा यह लड़का, कसम से, हरामजादे की औलाद है, बादशाह! मैंने औलाद की तरह इसकी दुआएँ लीं, तो मेरे दोस्तो, मुझे ही चाकू दिखाने लगा...!'' होटल के टेबुलों पर बैठे हुए लोग कहने लगे, ''आजकल की औलाद ही ऐसी होती है, मौलाना! अपने वालिदों का प्यार भी नहीं चाहती!''

...निर्मल शाम को होटल में काम करता था और सुबह-दोपहर अखबार बेचता था। पुराने अखबारों के ठोंगे और खिलौने बनाता था। कागज के खिलौने और फूल। कुछ ही दिनों के बाद उसने आजाद रोड पर अखबारों का स्टॉल शुरू किया। उन दिनों आजाद रोड का नाम था इजाबेला रोड। एक अंग्रेज कमिश्नर की बीवी थी इजाबेला। भगतसिंह के साथियों ने इसी सड़क पर इजाबेला को गिरफ्तार किया था और अपने साथ ले भागे थे। वह स्वाभिमानिनी अंग्रेज युवती फिर कभी अपने शौहर के पास वापस नहीं आई।

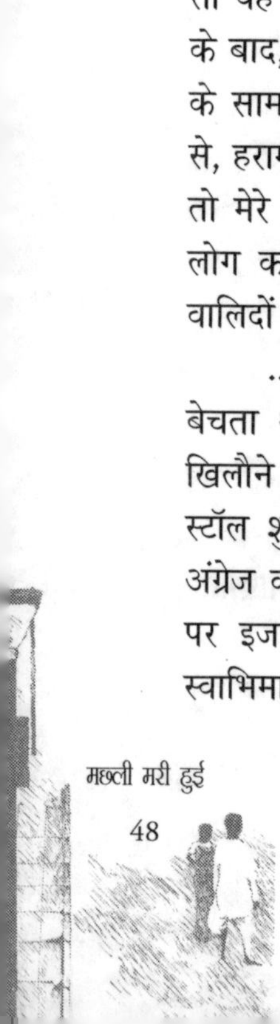

कहते हैं, वह उन्हीं क्रान्तिकारियों में शामिल हो गई थी।

"मैं कभी सियालकोट नहीं गया। लेकिन यह संयोग है कि इजाबेला रथफोर्ड से मेरी मुलाकात हुई थी, यहीं कलकत्ता में। उन दिनों मैं सेठ जमनादास हरनामदास वालों के यहाँ काम करता था। इजाबेला अपने शक्ति-आश्रम के लिए चन्दा लेने आई थी...जानते हो, निर्मल! क्रान्तिकारियों का साथ छोड़कर वह अंग्रेज लड़की तांत्रिकों के चक्कर में पड़ गई थी।" प्रभासचन्द्र नियोगी ने कहा।

निर्मल मुस्कराने लगा। फिर जैसे अपने बीते दिनों के 'रोमांस' की याद करता हुआ बोला, "मुझे मालूम है। मुझे इजाबेला के बारे में सारा कुछ मालूम है।"

...अखबार-रिसालों के छोटे-से स्टॉल के साथ ही उसने एक चायखाना भी कर लिया। खुद एक मौलवी साहब से उर्दू-हिन्दी पढ़ने लगा। उसकी दुकान पर कांग्रेसी, क्रान्तिकारी, मुस्लिम-लीगी, आर्य-समाजी–सभी पास-पास बैठकर चाय पीते थे और बहस-तकरार करते थे। एक दिन पुलिस आ गई। कहा गया, निर्मल की दुकान क्रान्तिकारियों का अड्डा है। और निर्मल के पास देशी बम बनाने की चीजें भी पकड़ी गईं। उसे चार साल की सजा मिली।

...जेल में चोर-डाकुओं और देशभक्त जन-नेताओं की संगति उसे मिली। ज्ञान और अनुभव प्राप्त करना सबसे जरूरी काम है, यह उसने जेल में ही सीखा। उसने अपने-आपसे सवाल किया कि वह क्या चाहता है? इस सवाल के बाद उसने कांग्रेसी नेताओं से अर्थशास्त्र और इतिहास पढ़ना शुरू किया। कानून, धर्म, विज्ञान और राजनीति, इन चारों का उद्‌देश्य एक ही है–आदमी को सुखी और सम्पन्न करना। जो वस्तु, जो व्यवस्था आदमी को दरिद्र करे, अपाहिज करे, उसे तोड़ देना चाहिए। अरस्तू सही आदमी था और सही आदमी था कार्ल मार्क्स!

...जेल से निकलकर निर्मल बम्बई चला आया। एक माल-जहाज की 'कैंटीन' में बैरा होकर उसने कई बार पूरी दुनिया का सफर किया। टोकियो, हांगकांग, पीकिंग, मास्को, वारसा, बुडापेस्ट, बर्लिन, वियेना, पेरिस। उसने महायुद्ध और महायुद्ध में टूट-फूटकर बिखरा हुआ यूरोप देखा। जर्मनी के आवारा नात्सी बच्चे। बर्लिन की काँटेदार दीवार, जिसे लोग मनुष्य की मूर्खता का सबसे महान् उदाहरण मानते हैं। ब्रिटेन, फ्रांस और जर्मनी के सिपाही फिर

कभी 'गृहस्थ' नहीं बन सके। समूचा यूरोप जैसे टूटे हुए 'काँच' के सहारे चल रहा था, लाशों से भरी हुई फुटपाथों पर।

...पेरिस की बूढ़ी वेश्याएँ और अमीर विधवा औरतें 'काफ्का' की कहानियाँ और पाल वैलरी की पुरानी कविताएँ पढ़ती थीं और आँसू बहाती थीं। हमारा नेपोलियन कहाँ है? कहाँ है हमारी कद्दावर महारानी...? ऑक्सफोर्ड और लन्दन के बुद्धिजीवी बियर की बोतलों के साये में, सारी दुनिया से तौबा करके 'बाइबिल' की ऋचाएँ दुहरा रहे थे। निर्मल अमरीका में आकर रुक गया। बहुत दिनों के लिए रुक गया। यात्राएँ हो चुकीं, अब थोड़ी देर कहीं बैठकर एक घर बनाने की बातें तय की जाएँ। एक घर, और घर के बरामदे में मौसमी फूलों के गमले।

न्यूयार्क के समुद्र-तट पर स्वाधीनता की देवी हाथों में मशाल लिए खड़ी थी। उसके माथे पर सूरज का किरीट। निर्मल मुग्ध हो गया। जब 'रिज' होटल के बरामदे में इजाबेला से उसकी मुलाकात हुई...जब उसने पहली बार अपने काले रंग को अपनी ताकत और अपना स्वार्थ महसूस किया...जब उसने कल्याणी से बातचीत करके यह समझ लिया कि बर्नार्ड शॉ गलत नहीं था और उसने 'स्फिंक्स' की आड़ में छिपी हुई चौदह-पन्द्रह साल की डरी हुई लड़की, क्लियोपैट्रा, और पचपन साल के बूढ़े सिपहसालार, जूलियस सीज़र की कहानी एकदम सच-सच लिखी थी...निर्मल मुग्ध था और नशे में था।

निर्मल ने इसी नशे की हालत में अमरीका की अर्थव्यवस्था का अध्ययन किया। श्रम, उत्पादन, पूँजी, वितरण, लाभांश, 'फ्री ट्रेड' और सरकारी टैक्सों का हिसाब-किताब उसने देखा और समझना चाहा। निर्मल ने ऊँचे दफ्तर देखे और उन छोटे आदमियों को भी देखा, जो नहीं जानते कि वे क्यों जिन्दा हैं। अपना पाप उन्हें मालूम नहीं है। अपना पाप नहीं, अपने जीने-मरने का कारण भी नहीं!

"...मैं आपके साथ बिजनेस करना चाहता हूँ। मेरे पास पूँजी नहीं है, फिर भी! आप मुझे...मदद नहीं कीजिए, मेरे साथ व्यापार का समझौता कीजिए।" निर्मल पद्मावत ने स्पष्ट शब्दों में कहा।

नियोगी की पत्थर-जैसी बेजान-बेहरकत आँखों में यह सवाल सुनकर क्रोध की या ऊब की रेखाएँ तैरने लगीं, निर्मल समझ नहीं सका। नियोगी कुछ

बोले नहीं, उसकी आँखों में देखते रहे। वह सीधा तनकर बैठ गया। उसने कहा, "मुझे आपके बैंक से तीस हजार रुपयों का कर्ज चाहिए। दो महीने के अन्दर मैं सूद-सहित सारे रुपए वापस कर दूँगा। ये रुपए मुझे एक सप्ताह के अन्दर ही चाहिए।"

इतनी देर बाद, प्रभासचन्द्र नियोगी पहली बार प्यार से मुस्कराए। उनकी मुस्कराहटें फैलती गईं, चौड़ी होती गईं। निर्मल को अनुभव हुआ कि नियोगी की मुस्कराहट ने समूचे कमरे को रोशनी और धुएँ से भर दिया है। और यह धुआँ जलती हुई अगरबत्तियों से निकल रहा है–कोयले की भट्ठी से नहीं। इजाबेला ने एक बार निर्मल से कहा था, "कोई भी आदमी हमारा अपरिचित नहीं होता है, निर्मल। इस जन्म में नहीं तो पूर्व-जन्म में, अथवा उससे भी पूर्व-जन्म में, किसी-न-किसी रूप में हम उससे परिचित रहते हैं। पूर्व-परिचय के बिना नई मुलाकात सम्भव नहीं है..."

निर्मल इस मुस्कराहट को पहचानता है। इज़ाबेला इसी तरह मुस्कराती थी और उसका चेहरा सुबह के फूलों की तरह खिल उठता था। लेकिन दो क्षण बाद सुबह के फूल मुरझा गए। नियोगी ने इस्पात के खम्भे की तरह सीधा और मजबूत एक प्रश्न सामने खड़ा कर दिया, "किसी की जमानत दे सकते हो? कोई सिक्योरिटी?"

"अपने दिमाग के सिवाय मेरे पास कोई पूँजी, कोई जमानत नहीं है," निर्मल ने यह आत्मविज्ञापन नहीं किया। उसने सिर झुका लिया। दाएँ पाँव पर बायाँ पाँव डालकर बैठा रहा। चेहरा उसका सख्त हो गया। आँखें चमकने लगीं। वह सावधान हो गया और उसकी इस मुखमुद्रा से अन्दर-ही-अन्दर नियोगी डरने लगे। "इतने रुपयों से क्या बनेगा? क्या करोगे?" उन्होंने सँभलकर पूछा। जमानत के सवाल के बदले निर्मल यही सवाल सुनना चाहता था।

लेकिन उसने यह बताया नहीं कि मालिकों की मूर्खता, कर्मचारियों की गैर-ईमानदारी और मजदूरों की हड़ताल के कारण 'नेशनल जूट मिल' पिछले दो सालों से बन्द है। कई मशीनें बिक गई हैं। थोड़ा-बहुत कर्ज भी कम्पनी के सिर पर चढ़ गया है। पन्द्रह हजार रुपए 'एडवांस' देकर निर्मल पद्मावत यह जूट मिल खरीद लेगा, 'लीज' के तौर पर। उसने हिसाब देख लिया है, बीच के दलालों को तैयार कर लिया है...निर्मल ने कहा, "मैं बिजनेस करूँगा... अभी इससे ज्यादा क्या कह सकता हूँ!"

ड्राइंगरूम में सन्नाटा फैल गया। निर्मल हिसाब लगा चुका था, इसलिए चुप था। नियोगी हिसाब लगा रहे थे। यह आदमी, इस आदमी का दिमाग, इस आदमी की कीमत...! नियोगी कमरे में चक्कर काटने लगे। इस आदमी ने उन्हीं को क्यों चुना है? कालीन पर खुशनुमा फूल-पत्ते बने हैं। दीवार पर जगन्नाथ महादेव का 'पट' टँगा हुआ है। कैलेंडरों में फिल्म-अभिनेत्रियाँ साबुन, तेल और दन्तमंजनों की मुस्कराहटों में बदसूरत दीखती हैं। एक बूढ़ा नौकर दो गिलास शर्बत दे गया। निर्मल सिगरेट पीने लगा। नियोगी कई बातें एकसाथ सोचते रहे और मुस्कराते रहे। फिर बोले, "तुम्हें मालूम है, मैं कितनी मुसीबत में हूँ? जानते हो?"

निर्मल जानता है। इंडस्ट्री-मिनिस्टर इन दिनों नियोगी के खिलाफ हैं। इन्कम-टैक्सवाले पीछे पड़ गए हैं। 'प्रभासचन्द्र कॉटन मिल' में हड़ताल चल रही है। दुर्गावती-ट्रस्ट पर सरकार ने 'रिसीवर' बिठा दिया है। लेकिन असली मुसीबत इन बातों से बड़ी है। निर्मल जानता है। प्रभासचन्द्र नियोगी की सबसे छोटी लड़की अभी कुल छह साल की है। माँ नहीं है। उसकी देखभाल के लिए एक नर्स रखी गई थी। और इस नर्स, मिस सपना सरकार ने मान-हानि, 'फोर्जरी', शील-भंग और बलात्कार के तीन-तीन केस एकसाथ नियोगी के खिलाफ बैंकशॉल-कोर्ट में कर दिए हैं। और इसीलिए प्रभासचन्द्र नियोगी की 'क्रेडिट' और नियोगी के 'वेस्ट बंगाल बैंक' की 'क्रेडिट' बाजार में टूटने लगी है। 'वेस्ट बंगाल बैंक' के शेयरों की दर पिचासी रुपए प्रति शेयर से गिरकर तीस रुपए हो गई है। शायद बैंक फेल हो जाए, इस डर से कारबारी लोग 'वेस्ट बंगाल बैंक' से अपना खाता-पत्तर समेट रहे हैं। असली मुसीबत यही है। निर्मल जानता है।

"आप सपना सरकार से शादी कर लीजिए। वह विधवा है। राजी हो जाएगी। केस उठा लेगी। समाज में आपका सुनाम फैलेगा। विधवा-विवाह करेंगे आप, तो समाज-सुधारक माने जाएँगे। 'क्रेडिट' वापस आ जाएगी। मिस सरकार को मिसेज नियोगी बना लेने में आपका कोई नुकसान नहीं है, नियोगी साहब!... आप यह अच्छा कर रहे हैं कि फर्जी नामों से अपने ही बैंक के शेयर मिट्टी के भाव खरीद रहे हैं। यही कीजिए। शेयरों की दर कुछ ही दिनों बाद सौ रुपए हो जाएगी। तीस रुपए की चीज सौ रुपए में बिकेगी। आप समझ रहे हैं न?" निर्मल पद्मावत ने अपना एक-एक शब्द अपने होंठों के धनुष पर

बिठाकर, शब्दवेधी तीर की तरह नियोगी की तरफ फेंका। और इस तीरन्दाजी के बाद वह चुप हो गया। ऐश-ट्रे में सिगरेट की राख झाड़ने लगा।...यह दुनिया ऐसी ही है। बकरियों के झुंड की तरह जिधर हाँक दीजिए, सिर झुकाए, आपके पीछे चली जाएगी। अगर आपमें ताकत है...सबसे बड़ी बात है ताकत। और उससे भी बड़ी बात है, ताकत का सही इस्तेमाल...

प्रभासचन्द्र नियोगी सोफे के एक किनारे पर बैठ गए और उन्होंने अपनी निगाहें नीचे झुका लीं। निर्मल के बारे में नहीं, वे सपना सरकार के बारे में सोच रहे थे। कहीं कोई एक जगह है, जहाँ आकर नियोगी कमजोर हो जाते हैं, यह बात सपना समझ गई थी और अब निर्मल भी समझ गया था।

औरत की देह नहीं, अकेलेपन की दीवारें तोड़ने के लिए कोई बहाना। नियोगी को अपनी छोटी लड़की की होशियार और सजी-सँवरी रहनेवाली नर्स से प्यार नहीं हुआ था। लेकिन वे अकेले थे। अकेले रहते हैं। धीरे-धीरे सपना सरकार उनके लिए कभी गर्म कॉफी का प्याला, कभी नींद की दवाएँ लाने लगती है। अच्छा लगता है। यह सब अच्छा लगता है।

कोई व्यक्ति नौकर-खानसामा बनकर नहीं, परिवार का व्यक्ति बनकर सेवा करने लगे, रात में वापस जाने के समय, सोने के कमरे में आकर, देह पर रजाई डाल दे, दवा खिला दे, बिजली की रोशनी बुझाकर 'नमस्ते' करे... अच्छा लगता है। प्रभासचन्द्र नियोगी ने ऐसे ही छोटे-छोटे सुखों के कारण सपना सरकार की तरफ अपने मन और अपने शरीर को ढीला कर दिया।

और तब एक दिन सपना ने उन्हें बताया कि वह नर्स नहीं रहना चाहती है। वह फिल्म-स्टार बनेगी। फिल्म-स्टारों और फिल्मों से नियोगी को बेहद घृणा है। वे कभी सिनेमा नहीं जाते। वे इस काम में सपना सरकार की कोई मदद नहीं करेंगे। अगर वह दोबारा फिल्मों का नाम लेगी, फिल्म-कम्पनियों के नाम लेगी, तो नियोगी अपनी लड़की के लिए कोई नई नर्स तलाश करेंगे। "मुझे फिल्म-स्टार नहीं बना सकेंगे, तो मुझसे शादी कर लीजिए!" सपना ने कहा था, तो वे चौंक गए थे।

लेकिन यही बात जब निर्मल पद्मावत ने कही, तो वे आश्चर्यचकित नहीं हुए। उन्हें गुस्सा नहीं आया। उन्होंने तय किया, वे निर्मल को कलकत्ता में बसाने की कोशिश करेंगे।

5

हर छोटी सड़क के बाद एक बड़ी सड़क। हर छोटे चौराहे के बाद एक बड़ा चौराहा। हर छोटी मंजिल के बाद एक बड़ी मंजिल। इमारतें इसी तरह ऊपर उठती हैं। दायरे और जाबिए फैलने लगते हैं, तीनों आयाम में। 'नेशनल जूट मिल' खरीद ली जाती है। 'मिलर-एंड-मिलर कम्पनी' के कारखाने का इन्तजाम अपने हाथ में किया जाता है। बड़ा बाजार और कॉटन स्ट्रीट के व्यापारी कहते हैं, "यह आदमी...निर्मल पद्मावत ज्योतिष जानता है...रुई, जूट, चाय और लोहे की दरों और बाजारों का ज्योतिष!"

एक मुनाफे से दूसरी पूँजी बनती है। दूसरी पूँजी से तीसरा मुनाफा पैदा होता है। हिसाब ठीक हो, हिसाब लिखने का कायदा ठीक हो, तो ऊँची-से-ऊँची इमारत खड़ी का जा सकती है...ऊँची-से-ऊँची इमारत!

जिस दिन प्रिन्सेस स्ट्रीट पर बनाई गई तीस मंजिल की इमारत 'कल्याणी मेन्शन' का उद्घाटन बंगाल के मुख्यमंत्री डॉ. विधानचन्द्र राय ने किया और फीता काटते वक्त कहा, "मुझे विश्वास है, यह ऊँचा स्काई-स्क्रैपर हमारे इस विराट महानगर की आवास-समस्या को दूर करने में हमारी सहायता जरूर करेगा। मैं कलकत्ता की जनता की ओर से प्रसिद्ध उद्योगपति श्री निर्मल बाबू का धन्यवाद करता हूँ कि उन्होंने इस कल्याणी मेन्शन का निर्माण इसी उद्देश्य से किया है।"...निर्मल का एक सपना, शायद उसका पहला और आखिरी सपना पूरा हो गया।

यह सपना उसी दिन पैदा हुआ था, जब अपना घर बेचकर उसकी माँ एक लॉरीवाले के साथ भाग गई थी और घर के नए मालिक ने निर्मल और

उसके छोटे-से कुत्ते को घर से भगा दिया था। घर से, दूसरे लोगों के घर से निर्मल अपने जीवन में कई बार कितने मौकों पर भगा दिया गया है। लेकिन इससे वह अपमानित नहीं हुआ है। उसने प्रौढ़ और सहनशील व्यक्तियों की तरह अपमान बर्दाश्त किया है, ताकि एक दिन वह यहाँ तक आ सके, अपने इस 'कल्याणी मेन्शन' के दरवाजे तक!

एक बार कल्याणी उसे न्यूयार्क में, 'संग्रीला होटल' के अपने फ्लैट तक ले गई थी, फ्लैट के दरवाजे तक। दरवाजे के छेद में चाबी डालकर बोली थी, "अब तुम जाओ, निर्मल बाबू! नाऊ...यू...गो! अब जाओ तुम!" निर्मल चुपचाप पीछे मुड़कर 'लिफ्ट' में वापस चला आया था। वापस लौट गया था, लेकिन एक बार फिर वापस आने के लिए!

कल्याणी डॉक्टरी पढ़ने के लिए अमरीका आई थी। लेकिन पढ़ाई नहीं चल सकी। घर से रुपए आने बन्द हो गए। 'फॉरेन एक्सचेंज' की दिक्कत पैदा हो गई। माँ ने चिट्ठी लिखी, टेलिग्राम दिए और तरह-तरह के लालच दिखाए–"कल्याणी बेटी, तुम वापस चली आओ!" लेकिन कल्याणी कटी हुई पतंग की तरह न्यूयार्क, केलिफोर्निया और लॉस-एंजिल्स इन तीन शहरों के कहवाघरों और नाचघरों में चक्कर काट रही थी। वह वापस नहीं जाएगी, क्योंकि वह कटी हुई पतंग है। उसकी आत्मा इस नई आजाद दुनिया के नए और आजाद आसमान में रम गई है।

यह दुनिया जंगलों और अखबारों की दुनिया है, जहाँ आदमी अपने बारे में सुनी गई अफवाहों और कहानियों में जिन्दा रहता है। लोग जहाँ चाहते हैं नंगे हो जाते हैं। नंगापन बुरी बात नहीं है। न्यूयार्क-पुल से नीचे कूदकर मर जाना भी बुरी बात नहीं है। मैनहट्टन की बस्तियों में अँधेरा है। धुँधली रोशनी और सिगरेट के धुएँ से भरे हुए, छोटे-छोटे शराबघरों में लोग तिपाइयों पर बैठे हैं...भारतीय संन्यासियों और चीनी होटलों की बातें कर रहे हैं...कोई औरत अपना गिलास टेबुल पर पटकती है और अपने स्कर्ट की बाँहें और सीना उतारकर ऊपर उठती है...ड्रम और आर्केडियन की वहशी धुन पर नाचने लगती है। सिल्वाना मैनगानो और सोफिया लॉरेन की तरह! मम्बो!...नीग्रो संगीत... स्पेनी जिप्सियों का संगीत!...रा-रा-रम्, रा-रा-रम्-रम्-रा-रम्, रा-रा-रम्, रम्-रम्!... शेरॉय...शेरॉय वाकू रम, हाई ओल्मो! हाई ओल्मो! शेरॉय बाबू रम। (ऐ मेरी माशूक, तूने शेरॉय की बनी हुई, तेज शराब पी ही नहीं, फिर तू प्यार क्या

करेगी?)...रा-रा-रम्, रा-रा-रम्!

यह जिप्सी-संगीत कल्याणी को पागल कर देता है। वह शेरॉय की पुरानी 'रम' पीकर भटकती रहती है। पैसे उसके पास नहीं हैं, लेकिन उसके पास एक सुनहरी डायरी है, जिसमें उसने कई फोन नम्बर और कई नए-पुराने पते दर्ज कर रखे हैं। वह फैशन-शो में 'मॉडल' का काम करती है। कई चित्रकारों और कमर्शियल फोटोग्राफरों ने उसके 'फिगर', उसके शरीर के चढ़ाव-उतार की प्रशंसा की है। न्यूयार्क में हिन्दुस्तान से आई हुई अकेली लड़की है कल्याणी–जो अमरीकी 'मॉडल'-लड़कियों की कतार में खड़ी होकर गायब नहीं हो जाती, कायम रहती है, मुस्कराती रहती है।

भारतीय दूतावास के एक जलसे में, कल्याणी को निर्मल पद्मावत की बगल में खाने की मेज पर बैठना पड़ा था। उस दिन बातचीत नहीं हुई। परिचय करने का कोई सिलसिला नहीं हुआ। अपरिचित लोगों के बीच में ये दोनों व्यक्ति अपरिचित ही रह गए। लेकिन, निर्मल पद्मावत एक बार कल्याणी को देखकर, फिर उसे भूल नहीं सका। टेलीफोन-डाइरेक्टरी में कल्याणी का नाम-पता वह ढूँढ़ नहीं पाया। ढूँढ़ने की कोशिश उसने जरूर की।

फिर, अचानक एक शाम 'ब्रॉडवे' के एक थियेटर में मुलाकात हो गई। कल्याणी एक सिक्ख सरदारजी के साथ बातें करती हुई लाउंज में खड़ी थी। निर्मल अकेला था। वॉल-बोर्ड में लगी तस्वीरें देख रहा था। निर्मल को देखते ही कल्याणी तेज कदमों से लगभग भागती हुई, चेहरे पर स्नेह और मित्रता की गर्म मुस्कराहटें लपेटे हुए, उसके पास चली आई। लगभग उसके शरीर से लिपटती हुई कहने लगी, "आई वाज वेटिंग फॉर यू, डार्लिंग!...डियर! आई वाज वेटिंग!...आई वाज...!

यह औरत पागल तो नहीं हो गई है? निर्मल के मन में यह प्रश्न उभरने लगा। लेकिन वह मुस्कराने लगा। सरदारजी ने 'सीयर्स' का कीमती सूट पहन रखा था, और दाढ़ी में क्रीम लगाई थी। वे निर्मल के पास आकर खड़े हो गए। बोले, "हम अमृतसर से आया है। उधर अपण रोडवेज चलाते हैं। नाइस टु मीट आवर पीपल हीयर! अपणा देश के आदमी से मुलाकात हो जाणा बहोत अच्छी बात!...अभी दो दिन हुआ, देवीजी से क्रिस्टन होटल में मुलाकात हुई...!"

"आमा के बाचाओ! एई लोक-टा आमा के खेए फेलेवे!" निर्मल के

कान में फुसफुसाती हुई कल्याणी बंगला में बोली। निर्मल समझ गया। बंगला वह समझता है। उसने एक सेकंड में अपने-आपको तैयार कर लिया। तैयार होने में उसे देर नहीं लगती है। मुस्कराते हुए, लेकिन बहुत कड़ी आवाज में उसने सरदारजी से कहा, "मैं आपसे परिचित होना नहीं चाहता!...आई एम सॉरी!...चलो, कल्याणी! वी शुड गो इन!...हमें अन्दर जाना चाहिए!"

कल्याणी की बाँह थामकर, निर्मल पद्मावत थियेटर-हाउस की बालकनी में चला गया। सीढ़ियों पर चढ़ते वक्त, उसने कल्याणी से पूछा, "तुमने अमृतसर के इन सेठजी से कितने डॉलर लिए हैं?...सौ डॉलर? दो सौ?" कल्याणी ने अपनी बाँह छुड़ा ली और हँसने लगी। हँसती हुई, लगभग दौड़ती हुई, सारी सीढ़ियाँ चढ़ गई। जब निर्मल पास आया, तो बोली, "क्यों, अपना कमीशन चाहिए तुम्हें?"

निर्मल पद्मावत को कोई कमीशन नहीं चाहिए। वह सिर्फ जानना चाहता है कल्याणी को, और उसके शारीरिक व्यवसाय को समझना चाहता है। टिकटघर के सामने आकर कल्याणी रुक गई। टिकट के पैसे उसी ने दिए। निर्मल ने कहा, "मुझे कमीशन नहीं चाहिए!"

आसपास खड़े लोग इन दोनों को घूर-घूरकर देख रहे थे। गेहूँ की बालियों की तरह गोरी और भरी हुई कल्याणी। काले पत्थर की चट्टान की तरह निर्मल पद्मावत। कल्याणी ने केरली औरतों की तरह जूड़े में फूल लगाए थे और शोख लाल रंग की रेशमी साड़ी पहने थी। "कमीशन नहीं चाहते, तो फिर क्या चाहते हो?" कल्याणी यह सवाल पूछकर शरमाने लगी।

...पिछले दो दिनों में कल्याणी ने सरदार निहालसिंह से ढाई सौ डॉलर लिए थे। और ये सारे डॉलर उसने इन्हीं दो दिनों में खर्च भी कर डाले थे। वह बुरे दिनों के लिए पैसे बचाकर रख नहीं पाती, क्योंकि वह हमेशा, हर वक्त 'बुरे दिन' की स्थिति में रहती है। पैसे हुए, तो किसी भी अच्छे और अकेले 'पब' में बैठकर 'पोर्ट' या 'शेरी' पीते रहना और अपनी खामखयालियों में डूबे रहना...पैसे नहीं हुए तो अपने कमरे में, बिस्तर में पड़े-पड़े 'पालमाल' सिगरेट पीना और कोई भी सस्ती शराब पीकर सो रहना। शहर में हजारों दोस्त, लेकिन कहीं कोई दोस्त नहीं। ज्यादातर वह अकेली रहती है। लेकिन जब होटल का उधार बढ़ जाता है, 'लॉन्ड्री' से धुले हुए कपड़े ले आने के लिए पैसे नहीं होते... कल्याणी अपनी सबसे कीमती साड़ी और ब्लाउज निकालती है। हलका

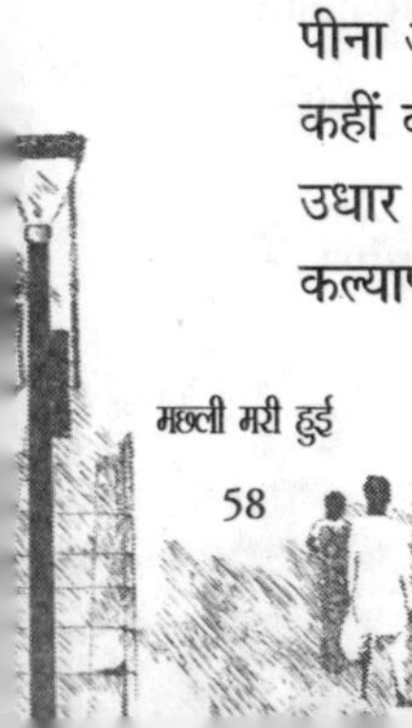

मेकअप डालकर वह अपने कमरे से बाहर निकल आएगी। अकेली, लेकिन पूरी तरह तैयार होकर। 'प्लाजा' में, मेडिसन एवेन्यू में, 'टाइम'-स्क्वायर में, कहीं-न-कहीं 'सरदार निहालसिंह' से मुलाकात हो जाती है। परिचय होता है और आगे बढ़कर परिचय कर लेनेवाला आदमी कल्याणी की बातचीत, कल्याणी के सलीकों और सिलसिलों को देखकर चकित हो जाता है।

संक्षेप में, यही उसका पेशा है। पेशे से वह नफरत करती है। मगर दूसरा कोई काम उसे नहीं आता। फिल्म-स्टार वह हो नहीं सकी। 'ब्रॉडवे' में भी उसके लायक कोई 'रोल' नहीं लिखा गया। टेलीविजन पर कुछ दिनों तक उसने भारतीय राजकन्या, अमरीका में पढ़ती हुई भारतीय युवती, भारतीय एयर होस्टेस, भारतीय गृहिणी का काम अदा किया। कुछ ही दिनों तक। इसके बाद वह 'मॉडल' बन गई। 'मॉडल' वह अब भी है। और अब भी वह कभी-कभी 'ब्लू' फिल्मों में काम कर लेती है।

साम्प्रतिक अमरीकी संस्कृति के कुछ प्रमुख अंगों-उपांगों की एक लिस्ट कल्याणी ने बनाई है। सुन्दर और साफ अक्षरों में लिखकर, उसने यह लिस्ट दीवार पर एक कोने में लटका दी है।

1. नीली फिल्में
2. 'जैज'-संगीत और नीग्रो लड़कियाँ
3. डेल कार्नेगी
4. टेनीसी विलियम्स के नाटक
5. पीली अखबारनवीसी
6. मेरेलिन मनरो
7. 'पब' और गन्दे कहवाघर
8. कम्युनिज्म का 'भय', और
9. 'स्काई-स्क्रैपर्स'।

''फिर क्या चाहते हो मुझसे?''—कल्याणी ने दोबारा पूछा। अब वह शरमा नहीं रही थी, बल्कि अपने सवाल के दोहरेपन पर खुश हो रही थी... ''मैं कुछ नहीं चाहता। सिर्फ इतना जानना चाहता हूँ, कि यह सरदारजी कितनी बार तुम्हारे साथ...'' कोई कड़ी बात कहते-कहते निर्मल रुक गया। वाक्य उसने पूरा नहीं किया। मगर, कल्याणी समझ गई। अपमानित हो गई। उसने अपना चेहरा झुका लिया, क्योंकि इस अधूरे वाक्य के बाद, अचानक वह

अपने-आपको निर्मल के सामने बहुत छोटा और बहुत हीन अनुभव करने लगी थी। वह इतनी छोटी नहीं है। निर्मल पद्मावत की ऊँचाई ने उसे छोटी कर दिया है...वह अपना चेहरा और अपनी आँखें ऊपर उठाकर निर्मल की तरफ देख नहीं पाती है...गले में सिगरेट की डिब्बियों का ट्रे लटकाए हुए चौदह-पन्द्रह साल का एक लड़का उनके सामने आ खड़ा हुआ।

कल्याणी सिगरेट खरीदना चाहती थी। लेकिन उसे लगा कि वह निर्मल के सामने सिगरेट नहीं पी सकेगी। पीने लगेगी तो उसकी उँगलियाँ थरथराने लगेंगी और सिगरेट जमीन पर गिर जाएगी। निर्मल ने 'पालमाल' का एक पैकेट खरीदा। कल्याणी यही सिगरेट पीती है।

उस दिन भारतीय दूतावास की पार्टी में निर्मल ने उसे सिगरेट पीते हुए, 'कॉकटेल' का नन्हा-सा गिलास उठाकर इस टेबुल से उस टेबुल पर घूमते हुए, मुस्कराते हुए, अपने परिचितों की पीठ थपथपाते हुए देखा था...कल्याणी हँसती है, तो उसकी आँखें सोन-मछलियों की तरह चमकने लगती हैं।

यह चमक इतने पास से देखने का मौका निर्मल को पहले कभी नहीं मिला था। औरतें उसने देखी जरूर थीं, लेकिन इतने नजदीक से पहले कभी नहीं। इतने नजदीक से किसी औरत ने उससे पूछा नहीं था कि वह क्या चाहता है और किस तरह चाहता है।

...'ब्रॉडवे' की इस मुलाकात के बाद, कल्याणी से वह अक्सर मिलने लगा। कल्याणी ने उसे अपने होटल का पता बता दिया था। वह फोन करता था, तो कल्याणी उससे मिलने चली आती थी। वे दोनों किसी सस्ते 'पब' में बैठते थे और अपने देश और अपने शहर के बारे में बातें करते थे। बातें ज्यादातर कल्याणी ही करती थी। निर्मल चुप रहता था। एक बार कल्याणी बीमार हो गई। फिर अपना होटल छोड़कर, किसी सहेली के पास चली गई। कई महीने बाद एक दिन उसी ने निर्मल को फोन किया...दफ्तर का काम खत्म करके, निर्मल उससे मिलने गया।

वह मैनहट्टन इलाके के एक बड़े रेस्तराँ में निर्मल का इन्तजार कर रही थी।

कल्याणी अकेली नहीं थी। प्रताप उसके साथ था। वे दोनों 'वालरस' रेस्तराँ के हॉल में दरवाजे के पास के टेबुल पर बैठकर बियर पी रहे थे। निर्मल उनके पास आकर खड़ा हो गया।...कल्याणी उस वक्त प्रताप की किसी बात पर हँस रही थी। निर्मल को पास खड़ा देखकर भी उसका हँसना रुका नहीं...

वह पहले से ज्यादा मोटी और ज्यादा चिकनी हो गई है। लेकिन कपड़े उसने पहले से ज्यादा चुस्त पहन रखे हैं।

...प्रताप किसी पुराने जमींदार घराने का नया वारिस है। बिजनेस का काम सीखने के लिए और लोहे-इस्पात के अन्तर्राष्ट्रीय बाजार में सम्पर्क-सम्बन्ध कायम करने के लिए अपने चाचाजी के साथ आया है। वह शर्मीले स्वभाव का युवक है और प्रतिभाशाली होकर भी, तेजस्वी होकर भी कल्याणी के सामने बहुत नया और बहुत छोटा दीखता है।

परिचय की औपचारिकता के बाद, कल्याणी बोली, "मैं प्रताप से शादी करने जा रही हूँ...सैन्डियागो में शादी होगी। फिर हम दोनों वापस केलिफोर्निया आ जाएँगे, और...!" उसने अपना दायाँ हाथ निर्मल की ओर बढ़ा दिया। बीच की उँगली में एक कीमती पत्थर जगमगा रहा था–पुखराज का एक बड़ा-सा बेडौल टुकड़ा!

कल्याणी ने उसे इसी बेवकूफ लड़के से जान-पहचान कराने के लिए, यही बेवकूफ सूचना देने के लिए उसे इतनी दूर से इस रेस्तराँ में बुलाया है, निर्मल को यकीन नहीं हुआ। जरूर कोई दूसरी बात भी है...बात जरूर थी। कल्याणी चाहती थी कि निर्मल पद्मावत कल सुबह प्रताप के चाचाजी से मिल आए और उन्हें सारी परिस्थिति बता दे। यह प्रस्ताव सुनकर निर्मल मुस्कराया।... कल्याणी 'ब्लैकमेल' करना चाहती है। उसने प्रताप का कलेजा अपनी मुट्ठी में दबा लिया है। अब वह प्रताप के चाचाजी से अपनी इस जादूगरी के बदले रुपए चाहती है।

प्रताप मुश्किल से बीस-बाईस साल का लड़का होगा। कल्याणी शायद, उसके जीवन की पहली औरत है, जिसकी बाँहों में प्रताप ने अपने-आपको इतने इत्मीनान के साथ छोड़ दिया है। प्रताप ने बियर का लम्बा गिलास खाली करके कहा, "निर्मल भाई, यह मेरे मरने और जीने का सवाल है।...चाचाजी मेरी जमीन-जायदाद के 'ट्रस्टी' हैं। लेकिन, अब मैं बालिग हो गया हूँ। मुझे अगर चाचाजी रोकना चाहेंगे तो मैं देश लौटकर तूफान मचा दूँगा। अपनी सारी सम्पत्ति औने-पौने दाम में बेचकर, यहाँ अमरीका भाग आने में देर नहीं लगेगी...एक दिन की भी देर नहीं। मगर आप कोशिश कीजिए कि हमारे रास्ते में कोई रुकावट नहीं आए! चाचाजी आपकी बात मान लेंगे, तो मैं आपको ही अपनी कम्पनी का डायरेक्टर बनाऊँगा। मैं इस्पात का एक कारखाना

खोलना चाहता हूँ।"

एक तरफ कल्याणी और दूसरी तरफ इस्पात का कारखाना, प्रताप की बातचीत सुनकर, निर्मल को हँसने की इच्छा हुई। उसे इच्छा हुई कि वह मेक्सिको की किसान-औरतों का वह प्रसिद्ध गीत गाने लग जाए, जिसमें कहा गया है–

"कागज का चन्द्रमा
आकाश में चिपकाया जा सकता है
लेकिन, उसमें
रोशनी नहीं होगी कभी!
कागज का चन्द्रमा
दूधिया किरनें बरसा नहीं सकता,
किसी हाल में नहीं!"

थोड़ी देर बाद, कल्याणी ने प्रताप को 'बियर' के लम्बे गिलास से उठाकर 'रम' की बड़ी बोतल में डाल दिया।...प्रताप को नशा होता है, तो उसे नींद आ जाती है और वह अपनी कोई एक बाँह सिर के नीचे डालकर टेबुल पर झुककर सो जाता है।...प्रताप सो गया। रात के दस-ग्यारह बज रहे थे। रेस्तराँ में रात को मुसाफिरों की भीड़ बढ़ आई थी। "औरतें माइकेलैन्जिलो की बातें करती हुई यहाँ-वहाँ घूम रही थीं," मेक्सिको के गीत के बाद, निर्मल पद्मावत को टी.एस. इलियट की यह प्रसिद्ध पंक्ति याद आई।

उसने अपने सामने की कुर्सी पर बैठी हुई औरत से कहा, "कितना छोटा, कितना मामूली लड़का है यह, कितना शरीफ! क्यों बरबाद कर रही हो इसे? किसने तुम्हें इतना जानवर बना दिया है? अब तो तुम 'क्राइम' पर उतर आई हो!" कल्याणी शराब में नहीं, दूध में धोई हुई खिलखिलाहटों में डूबकर बोली, "मैंने इस बार 'संग्रीला' होटल का सबसे खूबसूरत फ्लैट अपने लिए 'बुक' किया है...तीन कमरों का 'एपार्टमेन्ट' है।"

कल्याणी ने बेतरतीबी से बाँधे गए अपने बालों को एक हल्का-सा झटका दिया। वह खुद भी नशे में आ गई थी। वह रेस्तराँ उसे बहुत रंगीन और तेज रोशनी में तैरता हुआ पानी का जहाज दीख रहा था...एक नीग्रो लड़की 'माइक' पकड़े हुए खड़ी है, और अपना 'जेट ब्लैक' शरीर थिरकाती हुई कोई स्पेनी गीत गा रही है। किसी नए कवि का लिखा हुआ एक नया गीत–

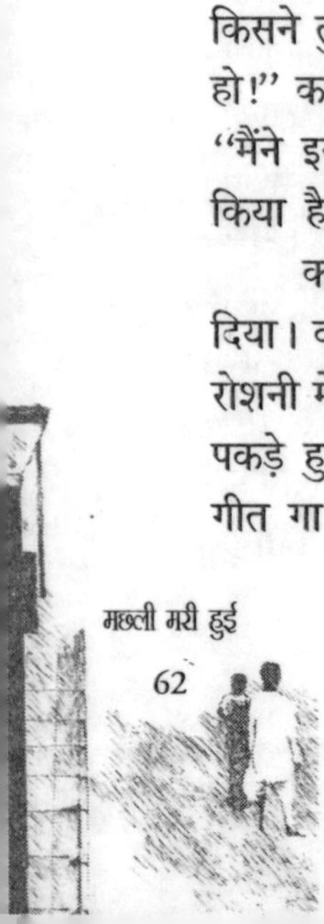

"बाजो मि कोडो, एन मि कोडो
बाजो मि कामा, एन मि कामा
बाजो मि पाइ, एन मि पाइ
बाजो मि ओजो, एन मि ओजो
सी, सी; ला हे एनकोन्ट्रैडो–
ला पर्डिडा लाहे, लाहे, लाहे, लाहे, लाहे,
क्वे पजारो कैन्टा एसा कैन्सन
लाहे, लाहे
बाजो मि कोडो, एन मि कोडो
बाजो मि कोडो!"*

कल्याणी दस-बीस दफा मेक्सिको शहर हो आई है और लैटिन-अमरीका के काफी हिस्सों में घूम चुकी है, इसलिए उसे इस गीत को समझने में कोई दिक्कत नहीं हुई। उसे खुशी इस बात की हुई कि एक फुट ऊँचे स्टेज पर खड़ी वह काली-कलूटी गानेवाली औरत उसके मन का हाल समझ रही थी... खोई हुई चाबी कल्याणी को भी मिल गई है। यह चाबी है, प्रताप!

निर्मल ने शान्त और सधे हुए स्वर में पूछा, "तुम्हें कभी अपने देश की याद नहीं आती?...अपना घर याद नहीं आता? तुम यहाँ डॉक्टरी पढ़ने आई थीं, मगर तुम खुद ही बीमार हो गई हो!"

कल्याणी चौंक गई। अचानक उसने जैसे अपनी नाक के नीचे किसी लाश को चलते-फिरते हुए देख लिया हो। घबराकर उसने निर्मल से पूछा, "किसका देश? किसका घर?...मगर, मैं बीमार नहीं हूँ। मैं बीमार दिखती हूँ क्या?...पहले से ज्यादा तन्दुरुस्त नहीं लगती हूँ?

...कल्याणी के लिए अब कोई घर नहीं है, कोई देश नहीं! उसे किसी की याद नहीं आती है। याद आने की जरूरत ही क्या है?"

---

* मेरी कुहनियों के नीचे, मेरी कुहनियों में
मेरे बिस्तरे के नीचे, मेरे बिस्तरे में
मेरे पाँवों के नीचे, मेरे पाँवों में
मेरी आँखों के नीचे, मेरी आँखों में
हाँ, हाँ; मैंने फिर से ढूँढ़ ली है–
खोई हुई चाबी, चाबी, चाबी, चाबी, चाबी,
कौन चिड़ियाँ गाती हैं यही गाना
चाबी, चाबी– —डायने वाकोस्की

6

प्रताप के प्रतापी चाचाजी दाँव-पेंच के खेल में कल्याणी से अधिक चतुर थे। फिर धीरे-धीरे प्रताप का नशा खुद ही टूट गया। अपनी आर्थिक जरूरतों के कारण कल्याणी धीरे-धीरे, प्रताप के प्रति अधिक निर्मम और स्वार्थी होने लगी।

...दो-तीन हफ्तों के बाद, जब निर्मल पद्मावत अपने दफ्तर से छुट्टी लेकर कल्याणी से मिलने गया तो कल्याणी तीन कमरों के अपने एपार्टमेन्ट में यहाँ-वहाँ चक्कर काट रही थी। उसकी जिन्दगी में पहली बार ऐसा हुआ था कि वह टैक्सी लेकर बाहर निकलना चाहती थी, लेकिन उसके पर्स में किराए के पैसे नहीं थे। अपनी गाड़ी वह दो ही दिन पहले बेच चुकी है, फिर भी उसके पास पैसे नहीं हैं। आज सुबह एक पुराना मुलाकाती कल्याणी से मिलने आया भी था, मगर कोई काम नहीं हुआ। वह इतनी थकी हुई, इतनी जर्जर थी कि सुबह-सुबह याद करनेवाले इस पुराने मुलाकाती के लिए वह अपने बिस्तरे से नीचे उतर नहीं सकी। वह आदमी थोड़ी देर यहाँ-वहाँ की बातें करता रहा। फिर, समझ गया कि कल्याणी अच्छी सूरत में नहीं है।

कल्याणी उसे रोक नहीं सकी। वह फिर आने का वादा करके, वापस चला गया। कल्याणी दोपहर दिन तक अपने बिस्तरे में पड़ी रही। उठकर हाथ-मुँह धोने की ताकत नहीं मिली उसे...रात वह बाहर थी एक सस्ते नाइट-क्लब में बैठी हुई, जूता बनानेवाली एक कम्पनी के वयोवृद्ध मालिक के साथ खेल-तमाशे कर रही थी।

उसने मिस्टर हिल्टन को बताया था कि वह राजस्थान के एक बड़े 'स्टेट'

की राजकुमारी है। मगर, मिस्टर हिल्टन समझ गए थे (वह बुद्धिमान आदमी हैं, क्योंकि उनकी कम्पनी साल में पैंतीस लाख जूतों के जोड़े बेचती है, फिर भी वह सस्ते नाइट-क्लबों में आते हैं और कम पैसों में ज्यादा-से-ज्यादा तफरीह लूटकर, अपनी बीवी और अपने कारोबार की तरफ लौट आते हैं!) कि कल्याणी राजकुमारी नहीं है। अमीर औरतें भूल से भी इस नाइट-क्लब में नहीं आतीं। आती हैं सस्ती औरतें।

कल्याणी के आधुनिक तौर-तरीकों के बावजूद हिल्टन साहब ने उसके साथ सस्ती औरतों का बर्ताव किया...उनकी बातचीत और उनकी हरकतों से कल्याणी इतनी ऊब गई कि जब आधी रात के बाद उन्होंने कल्याणी के कमरे में चलकर कॉफी का एक प्याला पीने का प्रस्ताव रखा तो उसने मना कर दिया। उसने कहा, "मैं कॉफी नहीं पीती। सिर्फ ह्विस्की, और सिर्फ 'रम' पीती हूँ।"

हिल्टन साहब से छुटकारा पाकर कल्याणी अपने होटल चली आई, और आलमीरे में रखी बची-खुची ह्विस्की पीकर सो गई। सोने से पहले उसने तय किया कि वह निर्मल पद्मावत को फोन करके अपने यहाँ बुलाएगी। उसने तय किया, उसकी जिन्दगी का आखिरी मसीहा निर्मल ही है। अब दूसरा कोई आदमी कहीं नहीं है, जो उसे इस काले वर्तमान से छुटकारा दिला सके।

निर्मल दोपहर के बाद उसके कमरे में आया। उसे पता नहीं था कि प्रताप अपने चाचाजी के साथ बम्बई वापस लौट चुका है और कल्याणी ने अपनी कार बेच दी है। उसे यह भी पता नहीं था कि फिल्म 'आई विल क्राई टुमॉरो' की सूसन हवार्ड की तरह, अब कल्याणी भी शराब और नींद और किसी आदमी के साथ की खोज में सारी रात सड़कों पर, शराबघरों में, क्लबों में भटकती रहती है।

"तुम्हारे बैंक में कुल कितने रुपए जमा हैं?" कल्याणी ने निर्मल से पहला सवाल यही किया। वह इस सवाल के लिए तैयार नहीं था। लेकिन, अपने पोर्टफोलियो-बैग से उसने अपनी 'पासबुक' निकाली, और चुपचाप कल्याणी के हाथों में थमा दी। 'चेकबुक' के लिए एक पन्ने पर निर्मल के दस्तखत लेकर, कल्याणी ने अपने एक विश्वासपात्र बैरे को चेक भुना लाने के लिए बैंक भेज दिया...इस पूरे काम में कुल तीन वाक्यों और कुल पाँच मिनटों का समय लगा। कुल आधे घंटे बाद, होटल का बैरा 'चेक' के रुपए

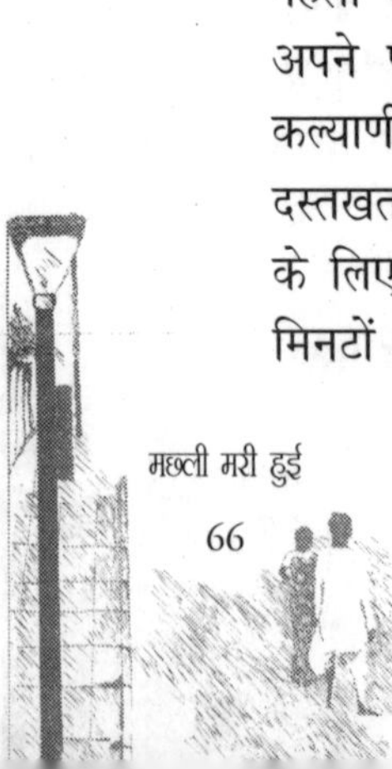

लेकर वापस आ गया।

बारह सौ पचास डॉलर की धनराशि अपने 'ड्रॉअर' में रखने के समय कल्याणी आश्चर्य में पड़ गई। आज सुबह उसके पास जहर खाने को पैसा नहीं था...मगर यह आदमी?...यह आदमी क्या चाहता है? क्या करना चाहता है?

अब कल्याणी की आँखों में आलस और लापरवाही के चिह्न उतरने लगे। उसने बैरे को खूबसूरत-सा टिप देते हुए कहा, "हमारे लिए 'लंच' ले आओ! और पीने के लिए...!" बैरा चला गया, तो उसने निर्मल के गले में अपनी दोनों बाँहें डालकर, उसे चूम लिया। लेकिन, इससे निर्मल के मन में कोई उत्साह नहीं जगा। उसके होंठ बर्फ की तरह ठंडे और निर्जीव बने रहे।

निर्मल का गला छोड़कर, वह रेडियोग्राम के पास चली गई और 'मम्बो' नाच की एक प्रसिद्ध धुन का एल. पी. रिकार्ड चढ़ाकर, जिप्सी नर्तकियों की तरह चुटकी बजा-बजाकर थिरकने लगी...मगर निर्मल वहाँ नहीं था। वह अपने गाँव में था और उसकी माँ एक लॉरीवाले के साथ भाग चुकी थी। उसके पास एक कुत्ता था। उसके चाचाजी उसे हर रोज घर से निकालने की धमकी देते थे।

किसी भी पुरुष का, अथवा किसी भी स्त्री का प्यार और अपनत्व निर्मल को कभी मिला नहीं। वह पूरा आदमी नहीं हुआ, अधूरा रह गया। उसकी अपनी माँ उसे अधूरा छोड़कर, ड्राइवर की बगलवाली सीट पर, लॉरी में बैठ गई और सामने के शीशे में बाहर की बड़ी दुनिया को देखती हुई, चली गई। हमेशा के लिए चली गई। औरत के बारे में निर्मल सिर्फ इतनी-सी एक बात जानता है कि–

"औरत सहारा नहीं देती है
मगर, चाहती है–
कोई एक छोटा-सा मजबूत दरख्त
उसकी बाँहों के नीचे
झुका रहे
हर वक्त!"

–एमिलि डिकिंसन

और, मर्द के बारे में? मर्द के बारे में निर्मल इतना भी नहीं जानता है। खुद अपने बारे में भी नहीं। कल्याणी ने कुल एक ही बार कहा, लेकिन उसने

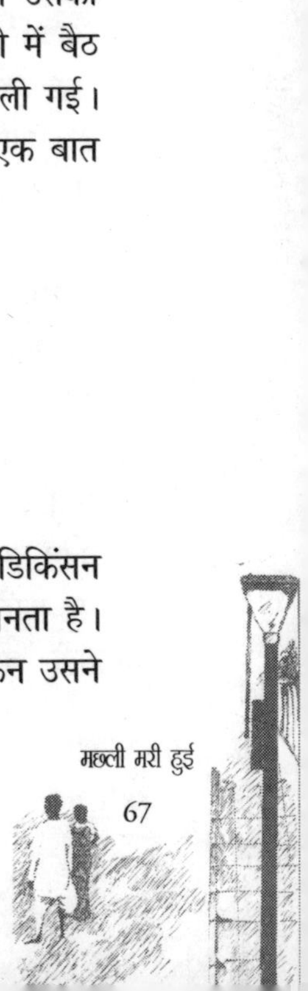

अपनी 'पासबुक' क्यों उसके आगे बढ़ा दी? अपने इस सवाल का कोई उत्तर उसके पास नहीं है...हो सकता है, अपनी सारी जमा-पूँजी कल्याणी के हाथों में थमाकर कोई दूसरी बात साबित करना चाहता था। एक बात यह भी कि वह कल्याणी को मुहब्बत करने लगा है...शायद!

सिर्फ एक मामले में निर्मल 'इनडिसीसिव' है, निर्णयहीन है। वह मुहब्बत करता है। वह मुहब्बत नहीं करता है...'मम्बो' की धुन पर, बड़ी ही एक बेशरम धुन पर, कल्याणी खुलती हुई नाच रही है, तालियों की थाप पर ताल दे रही है, और जैसे कह रही है, 'कोई एक छोटा-सा दरख्त, मेरी बाँहों के नीचे, झुका रहे...हर वक्त!' जब रिकार्ड पूरा बजकर रुक गया, कल्याणी रुक गई। फिर वह निर्मल पद्मावत की बगल में आकर बैठ गई। हँसती-मचलती हुई बैठ गई। शायद, वह इस बात से खुश थी कि एक आदमी है। एक आदमी है, जो उसकी बगल में बैठा हुआ है, जिसने अपने सारे-के-सारे पैसे बैंक से मँगवाकर उसके पाँवों के पास डाल दिए हैं।

आदमी का क्या मतलब होता है?...आदमी का मतलब होता है, उसकी क्रय-शक्ति! वह, जो खरीद सकता है, उतना ही शक्तिशाली है। वह, खरीदने की अपनी ताकत है...इससे ज्यादा कुछ नहीं। यानी, निर्मल पद्मावत का असली नाम है, कुल बारह सौ पचास डॉलर,...और अब वह बिना नाम का आदमी हो गया है! कोई नाम नहीं रह गया है उसके पास! अब वह सिर्फ एक आदमी है, नामहीन, शक्तिहीन, वीर्यहीन! कल्याणी ने सोचा कि अगर वह इस आदमी को अपने कमरे से निकाल दे, भवें तानकर, खीझ-भरी आवाज में उससे कहे, "बाबू साहब! अब आप जा सकते हैं।" तो निर्मल क्या करेगा?

...इस होटल के छज्जे से कूदकर आत्महत्या कर लेगा? शायद, आत्महत्या नहीं करे। शायद, क्रोध और घृणा से पागल होकर उसकी हत्या कर दे। हत्या अथवा आत्महत्या...नहीं, निर्मल पद्मावत इन दोनों पापों में से एक भी पाप नहीं कर सकता।

काफी देर तक अपने विचारों में मचलती हुई, कल्याणी इसी तरह की बात-बेबात सोचती रही। निर्मल की ओर उसने गौर से देखा। उसके चेहरे पर काम, क्रोध, लोभ, मोह कुछ भी नहीं है। अनलिखे स्लेट की तरह, उसके चेहरे पर कालेपन के सिवाय कोई दूसरा रंग नहीं...कोई दूसरा वाक्य, शब्द, अक्षर नहीं! वह गुस्से में नहीं है। शायद, प्यार में भी नहीं है।

लेकिन...तब...क्यों?—बहुत दिनों के बाद आज फिर एक बार वही सवाल कल्याणी को परेशान करने लगा। निर्मल क्या चाहता है? किसी ऊँचे 'स्टैच्यू' की तरह ऊँचे और चौड़े हैं उसके कन्धे!...उसके बाएँ कन्धे पर हाथ डालकर कल्याणी ने पूछा, "अब?"

"अब कुछ नहीं!" कवियों की भाषा में निर्मल ने उत्तर दिया।

"अब क्या किया जाए?"

"...!"

"कहीं बाहर चलोगे?"

"चलूँगा।"

"अगर तुम्हारा मन हो, तो आज की शाम हम यहीं बिता सकते हैं।"

"...?"

"क्या मन है तुम्हारा?...बताओ न, क्या चाहते हो? किसी 'पब' में चलोगे?...कहीं तुम अब पछता तो नहीं रहे? रुपए मैंने लिए हैं, क्योंकि मुझे रुपयों की सख्त जरूरत है। कभी रुपए आए, तो तुम्हारे ये एक हजार दो सौ पचास डॉलर मैं जरूर लौटा दूँगी! मगर रुपए आएँगे, तभी!"

"रुपए वापस करने की जरूरत नहीं है!"

"क्यों जरूरत नहीं?"

"मैं कर्ज नहीं लगाता हूँ, और न ही दी हुई चीज को वापस लेता हूँ।"

"...लेकिन, तब...तब?"

"तब कुछ नहीं!"

"...?"

"..."

"तुम क्या चाहते हो?"

"पता नहीं!"

निर्मल पद्मावत ने बड़ी ही सादगी से कह दिया, 'पता नहीं' और कल्याणी की ओर, उसकी आँखों में देखना शुरू किया, इतनी देर बाद! कल्याणी गम्भीर हो गई। किसी गहरे सोच में पड़ गई। निर्मल उससे ज्यादा 'कल्चर्ड', ज्यादा शिष्ट है, इसीलिए कहता है, 'पता नहीं!' उसे पता जरूर है। उसे प्रताप से और सरदार निहालसिंह से, और सारे जहान के सारे लोगों से ज्यादा पता है कि वह क्या चाहता है...खासकर, कल्याणी से क्या चाहता है।

लेकिन, यह आदमी नाटक कर रहा है—अपनी 'इच्छा' को छिपाकर दूसरों की इच्छाओं को नंगा और बेपर्दा कर लेने का नाटक। अपने मोटे और बेहद लाल होंठ सिकोड़कर, कल्याणी मुस्कराने लगी। उसकी मुस्कराहट एक अनोखे व्यंग्य से भरी हुई थी।

इस व्यंग्य-भंगिमा को निर्मल पद्मावत बर्दाश्त नहीं कर सका। वह खुलने लगा, जैसे चोट खाए हुए साँप की कुंडिलियाँ खुलती हैं। उसने पूछा, "मैं क्या चाहता हूँ, यह तुम अच्छी तरह जानती हो, कल्याणी! फिर पूछ क्यों रही हो?"

"यों ही पूछती हूँ।"

"यों ही क्यों?"

"इसलिए कि तुम्हारे मुँह से वह बात सुन लेना मुझे बड़ा अच्छा लगेगा... निर्मल, तुम मेरे अपने देश के आदमी हो। अपनी जबान में बोलोगे। यहाँ मेरा अमरीकनों से ही नहीं, चाइनीज और अफ्रीकनों से भी वास्ता पड़ता है! सभी मुझे 'ह्वाइट इंडियन लेडी' कहते हैं और मेरा उजलापन चूस डालना चाहते हैं। तुम मेरे अपने देश के हो, चूसोगे नहीं, कोमल हाथों से मेरे जख्म सहलाओगे, मेरे दर्दों पर मरहम लगाओगे..."

निर्मल कल्याणी की बातें समझने लगा। वह इतना 'व्यंग्य' नहीं चाहता था। चाहता था, केवल प्यार! वह कल्याणी को चाहता था। अपने अज्ञान में, वह कल्याणी के चतुर्दिक ऐसा घर-परिवार बसाना चाहता था, जिसे उसकी माँ या कराची के पुलिसवाले या सरकारी जेलखाने या सोने-चाँदी और कागज के सिक्के तोड़ नहीं सकें। निर्मल चाहता था, केवल प्यार! मगर, कल्याणी प्यार से बहुत अधिक देना चाहती है, यह सोचकर निर्मल एक नई ख्वाहिश में गिरफ्तार होने लगा। और डरने लगा। पता नहीं, क्या होगा? कैसा होगा? और, किसलिए?

निर्मल पद्मावत का मन काँपने लगा, जैसे सोई हुई नदी में बड़ी-सी चट्टान फेंकी गई हो। लहरों के वृत्त बनते हैं। वृत्त बड़े बनते हैं। वृत्त टूटते जाते हैं और जल की सतह पर खलबली मचती है।

वह एपार्टमेन्ट की खिड़की से बाहर देखने लगा। ट्रैफिक के सिगनल और कारों की कतारों के बाद कतारें। फुटपाथों पर तेज भागते हुए लोग। किसी दूर देश से भागकर न्यूयार्क आए हुए हर औसत आदमी की तरह निर्मल भी अपनी किस्मत बदलना चाहता है। मकान, दफ्तर, मोटरकारें, बैंक-एकाउंट,

कल्याणी-जैसी एक औरत, और इस औरत के बच्चे–उसके अपने हों, निर्मल भी चाहता है। मगर, कल्याणी कहती है, ''मुझसे जो ले सकते हो, माँग लो! मैं कुछ भी दे सकती हूँ...''

''चलो, बाहर चलते हैं। किसी रेस्तराँ में बैठेंगे या कोई फिल्म देखेंगे। आज मेरी छुट्टी है। चलो, यहाँ बड़ी गर्मी है!''

''मुझे तो गर्मी ही चाहिए! देखते नहीं, हीटर जला रखा है...जरा शाम ढल जाए, फिर बाहर चलेंगे।''

''यहाँ अच्छा नहीं लगता! कहीं दूसरी जगह चलो। यहाँ मेरा दम घुट रहा है।''

''तुम इतने अमीर नहीं हुए हो निर्मल कि इतने महँगे फ्लैट में तुम्हारा दम घुट जाए!'' कल्याणी खिलखिलाकर हँस पड़ी और निर्मल पद्मावत को उत्तेजित करने के लिए बड़ी पुरानी 'नायिका'-अदा से अँगड़ाई लेने लगी।

निर्मल उठकर खड़ा हो गया। उसने कल्याणी से बिना पूछे ही दरवाजा अन्दर से बन्द कर लिया। हैंडिल घुमाते ही ताला अन्दर से बन्द हो गया। कल्याणी अपनी अदा में मुस्कराती रही–इसकी क्या जरूरत थी? पर्दे के पीछे क्या होता है, यहाँ कोई झाँककर नहीं देखता। सभी जानते हैं। समझते हैं। कोई देखना नहीं चाहता...''दरवाजा खुला ही रहने देते...''

कल्याणी के स्वर में जलते हुए मांस की गन्ध थी। मांस की या जलती हुई रबर की गन्ध। निर्मल को उबकाई आने लगी। बेहद गर्मी थी। हीटर जल रहा था। खिड़की खुली थी। फिर भी, कमरे में...धुँधलापन। हर चीज पर मद्धिम रोशनी की पीली परतें चढ़ गईं। जैसे, निर्मल ने अफीम खा ली हो। जैसे, कल्याणी के गले में नकली हीरों का हार न हो, असली साँप हो। फन काढ़ता हुआ नीला साँप...

अचानक जैसे कोई खास बात याद आ गई हो, निर्मल ने कहा, ''मेरी तबीयत अच्छी नहीं है, कल्याणी! मेरा सिर फटा जा रहा है!''कल्याणी के कमरे में आने के पहले उसका सिर दर्द से फटा जा रहा था। कमरे में आकर वह सिरदर्द भूल गया था। कल्याणी का भरा-पूरा शरीर और शरीर के अंग-अंग पर फैली हुई, लहराती हुई प्यास को देखकर सबकुछ भूल गया था।

''क्यों, क्या हुआ? बुखार तो नहीं है?'' कल्याणी ने सोचा, सहानुभूति दिखाना जरूरी है। निर्मल भावुक आदमी है (जरूर है!) प्यार के दो शब्द नहीं

कहे जाएँ, तो अब भी उल्टे पाँवों वापस लौट जाएगा। इसलिए बोली, "तुम बिस्तरे पर लेट जाओ, मैं सिर और गले में दवा मल देती हूँ। तुरन्त आराम महसूस होगा।"

"नहीं, यह अभी की बात नहीं है। काफी अरसे से मेरी तबीयत ठीक नहीं है। बुखार नहीं रहता। सिरदर्द भी नहीं। फिर भी लगता है, मैं बीमार हूँ। रात में नींद नहीं आती। पड़ा-पड़ा किताबें पढ़ता रहता हूँ। कल रात दो बजे मैंने तुम्हें फोन किया था। देर तक घंटी बजती रही। कोई जवाब नहीं मिला। शायद तुम कहीं बाहर थीं। तुम होतीं तो मैं तुम्हारे पास चला आता..."

"मैं यहीं थी। मैंने फोन उठाया नहीं। रात में कोई फोन करता है, तो मैं जवाब नहीं देती। डर लगता है। कुछ शोहदे मेरे पीछे पड़े हैं। कई लोगों के पैसे बाकी हैं। लोग यों भी तंग करना चाहते हैं..." कल्याणी ने शान्त स्वर में कहा। फिर, स्वेटर उतारकर आलमीरे में रखने लगी। इसी में वह अपना सारा सामान रखती है। ज्यादा सामान है भी नहीं। चन्द कपड़े हैं, मेडिकल-साइंस की चन्द किताबें। छोटा-सा ट्रांजिस्टर-सेट है। एक कीमती कैमरा भी है। और, प्रसाधन की चीजें हैं। आमतौर पर वह मेकअप नहीं करती। भारी मेकअप करनेवाली अमरीकी लड़कियों की महफिलों में वह सौन्दर्य और पवित्रता की देवी-जैसी दीखती है। मेकअप नहीं करना ही उसका जादू है। वह अपने जादू की कीमत जानती है। कल्याणी जानती है, निर्मल का सिर क्यों फटा जा रहा है।

"चलो, बिस्तरे में लेट जाओ...आओ, शरमाने की बात नहीं है। मैं सिर दबा देती हूँ।" कल्याणी ने उसका हाथ पकड़कर खींच लिया। बिस्तरे पर ले गई। खुद बाथरूम में चली गई। एक किनारे सिमटकर बैठा हुआ निर्मल सिर झुकाए रहा।

उसे नशा आ गया था। आँखें जल रही थीं। लगता था, उसकी सारी नसें एक साथ फट जाएँगी। खून के छीटों से भर जाएगी उसकी देह। उसके पाँव पत्थर बने जा रहे हैं। उसकी बाँहें बर्फ! वह किसी भट्ठी में बिठा दिया गया है। निर्मल पद्मावत ने अपने पाँवों पर खड़ा होना चाहा। खड़ा नहीं हो सका। पाँव जम गए हैं। बाँहें जम गई हैं। पूरा शरीर बर्फ की चट्टान बन गया है। चट्टान धीरे-धीरे पिघली जा रही है।

...कल्याणी बाथरूम से बाहर निकल आई। निर्मल पद्मावत ने देखा,

नंगे-नंगे दो पाँव। गोरे पाँव। सुडौल मांसपेशियाँ। भरे हुए टखने। घुटनों की गोल पट्टी। जाँघों पर पीली आभा और हरी-नीली नसें। नजरें ऊपर उठाने का साहस उसे नहीं हुआ।

कल्याणी पास आकर बोली, "अपने कपड़े हैंगर पर लटका दो, नहीं तो क्रीज टूट जाएगी। और, जरा उठो, मैं दूसरी चादर बिछाती हूँ।"

निर्मल चुपचाप उठ खड़ा हुआ। आलमीरे के पास चला गया। कल्याणी सिरहाने से एक लाल रंग की चादर निकालकर बिछाने लगी। आलमीरे के शीशे में, निर्मल को उसकी झुकी हुई छाया दीख पड़ी। कल्याणी की पीठ चौड़ी है। कमर के नीचे का पिछला हिस्सा बहुत चौड़ा है। वह बिस्तरे पर झुकी है। सिर घुमाकर कह रही है, "क्यों देर करते हो? आ जाओ न!"

निर्मल ने पहले बुश्शर्ट उतारी। खाली हैंगर ढूँढ़ने लगा। हैंगरों पर कल्याणी के कपड़े टँगे हैं। तह की हुई साड़ियाँ, ब्लाउज, चोलियाँ। रंगीन स्कर्ट। रंगीन स्कार्फ। नाच के वक्त पहने जानेवाले फ्रॉक, पेटीकोट, अंडरवियर, रबर के कप, स्तनों को ढँके रहनेवाली ब्रेसरी। एक भी हैंगर खाली नहीं है।

कल्याणी चादर बिछा चुकी है और बिस्तरे पर लेटी हुई निर्मल का इन्तजार कर रही है, "हैंगर नहीं है, तो किवाड़ पर कपड़े डाल दो। मैं बाद में आयरन कर दूँगी..."

और...तब, निर्मल पद्मावत ने देखा, साड़ियों, पेटीकोटों और स्कर्टों की कतारों के पीछे, आलमीरे की दीवार से लगा एक नरकंकाल झूल रहा है। सिर का हिस्सा नहीं है। सिर्फ बाँहों, टाँगों और फेफड़ों की हड्डियों का जाल है। सिर नहीं है। चमड़ा नहीं है। मांसपेशियाँ नहीं हैं, सिर्फ हड्डियाँ हैं–आदमी के शरीर का फ्रेम है। आदमी नहीं है।

निर्मल चीखा तो नहीं, मगर थरथरा उठा। फिर उसे याद आया, कल्याणी मेडिकल की स्टूडेंट थी। मगर उसका डर कम नहीं हुआ...कल्याणी औरत नहीं है, राक्षसी है। कपड़ों के पीछे नरकंकाल रखकर, इस कमरे में रहती है। फिर भी वह अपने कपड़े उतारने लगा। निर्मल का यही चरित्र है। पहले वह डर जाता है। फिर डर को भूलने की कोशिश करता है। अपने-आप पर नाराज होता है। दूसरों से बदला लेना चाहता है। अपनी नाराजगी और अपने डर का बदला...

"अलमारी में यह क्या टाँग रखा है तुमने?"

"पहनने के कपड़े हैं।"

"सिर्फ कपड़े नहीं हैं, एक नरकंकाल भी है। कहाँ से उठा लाई हो? अब तो मेडिकल में नहीं हो। इसे रखने से फायदा?"

"ओ हो...फायदा क्यों नहीं? नरकंकाल ही सही, एक नर का साथ तो रहता है।" बिस्तरे के पास आ गए हुए निर्मल पद्मावत को पास खींचती हुई, कल्याणी ने हँसकर कहा। कल्याणी के होंठ सूख रहे थे। गले के नीचे पसीना आने लगा था। पसीना और आलस। आलस, नशा और बेहद गर्मी! नसों में।

गर्मी से निर्मल भी परेशान हो रहा था...कल्याणी के हाथों की मजबूत पकड़ ने उसे आग का जलता हुआ पिंड बना दिया। वह रुका हुआ, लेकिन, खड़ा ही रहा। कपड़ों की कतारों के बीच से नरकंकाल झाँक रहा है। सिर नहीं है। मांसपेशियाँ नहीं हैं। सिर्फ हड्डियाँ हैं। बिस्तरे में नंगी पड़ी है कल्याणी, जिसके पास सिर्फ मांसपिंड है। शायद कहीं एक भी हड्डी नहीं है।

आदमी को मांसपिंड अपनी तरफ खींचता है। मांसपिंडों की गर्मी खींचती है। लहू खींचता है। आदमी जानवर है। मांसपिंडों को नोच डालना चाहता है।

निर्मल पद्मावत भेड़िए के भूखे बच्चे की तरह बिस्तरे में कूद पड़ा। जलती हुई भट्ठी में। कल्याणी उसे थामती हुई हँसने-खिलखिलाने लगी, अपने को बचाती हुई। करवटें फेरने लगी। निर्मल को महसूस होने लगा, कल्याणी उससे बहुत ज्यादा ताकतवर है। कल्याणी दोनों बाँहों से पलँग की दोनों पट्टियाँ थामे, मुँह के बल लेटी है और हँसती जा रही है। निर्मल उसे अपनी ओर खींच नहीं सकेगा। उसने कोशिश की, थक गया। कल्याणी की पीठ पर झुका हुआ निर्मल बेहद थक गया। कल्याणी खिलखिलाती हुई बोली, "बस, इसी ताकत पर दुनिया जीतने चले थे...?"

दो-तीन मिनट बाद कल्याणी ने पट्टियाँ छोड़ दीं और अचानक उसकी निगाहें घुटनों के बल पर उठते हुए निर्मल की ओर गईं। निर्मल बर्फ के टुकड़े की तरह ठंडा हो चुका था। मर चुका था...आँखों के अंगारे बुझ चुके थे।

"तुम यही आदमी हो? काले पत्थरों के पहाड़ की तरह दीखते हो! मगर, इतने-से आदमी हो? बस...! इसी के लिए...इतने ही के लिए मेरे पास आए थे?...छिः, छिः, मुझे बताया क्यों नहीं? पहले क्यों नहीं बता दिया?" कल्याणी चीखने लगी। बिस्तरे में लेटी हुई, हाथ-पाँव पटकने लगी।

निर्मल नीचे उतर आया। अपने कपड़े पहनने लगा। सिर झुकाए हुए।

अपमानित। कल्याणी गरजती रही, ''फिर कभी इधर नहीं आना, निर्मल!...तुम आदमी नहीं हो, नरक के कीड़े हो!...मत आना कभी!''

''मैं अब जाऊँगा!'' निर्मल पद्मावत ने कुल एक वाक्य कहा। मगर, अपनी जगह से वह हिला नहीं। पैंट और कमीज वह पहन चुका था...कल्याणी दोनों पाँव बिस्तरे से लटकाकर बैठ गई। अपने गले से नकली हीरों का हार उतारकर, उसने निर्मल के पाँवों के पास फेंक दिया। हार टूटा नहीं, फर्श पर बिखर गया।

कल्याणी बोली, ''अपना यह नेकलेस भी लेते जाओ!...कभी शादी करना, तो अपनी बीवी को पहनाओगे?'' कई दिन हो गए, निर्मल ने पूरे पच्चीस डॉलर में खरीदकर यह नेकलेस कल्याणी को पहनाया था। पहनकर बहुत खुश हुई थी कल्याणी।

...निर्मल नेकलेस अपनी जेब में डालकर, नीचे उतर आया। मगर, कल्याणी की चीख-पुकार उसका पीछा करती रही। उसकी जाँघ में गड़ता रहा, पैंट की जेब में पड़ा हुआ नेकलेस।

निर्मल फिर किसी दिन 'संग्रीला' होटल के उस फ्लैट में नहीं गया। फिर किसी दिन वह कल्याणी से मिला नहीं।...कल्याणी ने डॉक्टर रघुवंश से शादी कर ली...कल्याणी अपने देश लौट गई...कल्याणी मर गई। जहाँ ये दोनों काल्पनिक और अस्वाभाविक व्यक्ति दो रास्तों से चलकर एक ही जगह आ सकें, ऐसा कोई चौराहा नहीं रह गया...

13
5
2
5
40
Q

7

कॉफी की ट्रे हाथ में उठाए, प्रिया खुद ही आई। डॉक्टर ने खुश होते हुए कहा, ''यू आर द लकी मैन, निर्मल! तुम खुशकिस्मत हो। प्रिया ने अपने हाथ से तुम्हारे लिए कॉफी बनाई है...वैसे यह लड़की किसी की परवाह नहीं करती। मेरी भी नहीं। माँ इसकी बचपन में ही चली गई।''

प्रिया कपड़े बदलकर आई थी, गहरे पीले रंग की साड़ी बंगाल हैंडलूम की। कानों में नीलम के बुन्दे! जान-बूझकर चेहरे पर बिखेर ली गई लटें। और भोलापन!...प्रिया के मुखड़े पर सिर्फ भोलापन, और सिर्फ चंचलता...

और आँखों में ऐसा भाव कि जंगल की एक हिरनी शहर में लाकर छोड़ दी गई है; मगर प्रिया जंगल की नहीं, शहर की हिरनी थी।

उसने कहा, ''निर्मल साहब, मैंने 'कल्याणी मेन्शन' देखा है। कभी ऊपर नहीं गई। मेरी माँ का नाम कल्याणी था। जितनी ऊँची आपकी बिल्डिंग है, उतनी ही ऊँची मेरी माँ भी थी।''

निर्मल उदास हो गया। कल्याणी...'कल्याणी मेन्शन'...अतीत...स्मृतियाँ... वर्तमान...प्रिया...प्रिया...प्रिया...निर्मल के समूचे जीवन से सारी खुशी खत्म हो गई। हमेशा के लिए खत्म हो गई। अतीत को वर्तमान और वर्तमान को अतीत बनाया नहीं जा सकता। निर्मल उदास हो गया...वह जाहिर नहीं होने देता है। उसकी पीड़ा या उसकी प्रसन्नता कभी उसके चेहरे पर प्रकट नहीं होती। चेहरे पर नकाब चढ़ाए रहता है। लापरवाही की नकाब और नीली सादगी की नकाब!

उदासी उसकी आदत हो गई है। उदासी और खामोशी। तटस्थता।

सबल-सशक्त तटस्थता। पद्मावती नदी के किनारे बसा हुआ अपना छोटा-सा गाँव छोड़कर निर्मल बाहर की अजनबी दुनिया में चला आया था, और उदासी आदत बन गई थी। उदासी और परिश्रम। चौबीस घंटे चलते रहनेवाले ऑटोमेटिक मशीन का परिश्रम। लोग कहते थे, निर्मल पैसों के पीछे पागल है। कहते थे, 'न्यूरोसिस' का मरीज है। निर्मल पद्मावत ने अपने पागलपन की, अपनी मर्ज की, अपने इर्द-गिर्द के लोगों की परवाह नहीं की। वह करता रहा, जो कुछ उसने तय किया था। वह चारों ओर की दुनिया को जानता-समझता रहा। वह अपने दिमाग को एक नंगी तलवार बनाता रहा, तेज तलवार, जो अँधेरे की हर परत को काटती हुई, रोशनी के सारे टुकड़े उसके कदमों पर बिखेर दे।

परिश्रम और प्रतिभा आप-ही-आप आदमी को अकेला बना देती है। उसे दूसरों का साथ करने का अवकाश नहीं देती। इतना समय भी नहीं कि वह दूसरों के आलस्य, आराम, शौक, भावुकताओं का हिस्सेदार बन सके। परिश्रम आदमी को भीड़ बनने, और प्रतिभा भीड़ में खो जाने की इजाजत नहीं देती।

निर्मल ने एकान्त को अपना आवरण बनाया। दोस्ती नहीं, आराम नहीं, फुरसत नहीं। प्रिन्सेस स्ट्रीट पर एक ऊँचे 'स्काई-स्क्रैपर' के सिवाय कुछ भी नहीं! जीवन एक निर्णीत पथ है, एक प्रतिश्रुति...एक गतिबद्ध यात्रा...एक निश्चित योजना है जीवन। इस योजना में एक बार व्यतिक्रम हुई थी, कल्याणी! बाद में, वह भी नहीं। लेकिन धूप में चमकते हुए बादल के उजले टुकड़े की तरह दीखती हुई यह लड़की—प्रिया? नहीं, प्रिया भी नहीं!

तब निर्मल को लगा, यह लड़की प्रिया नहीं है। कानों में जगमगाते हुए नीलम के टुकड़े पहने हुए यह लड़की प्रिया नहीं है। कल्याणी है!...अपरिचित फूलों की गन्ध, अनजानी कहानियों का रूमान, अजनबी आँखों की चमक, और कल्याणी!

कल्याणी देर तक चीखती रही थी, "बस, इसी ताकत पर?...इतने ही के लिए...बस इतने ही के लिए?"

पद्मावत सोचता है। कई बरसों के बाद एक बार फिर वह सोचता है कि कल्याणी को पराजित करेगा। नीचा दिखाएगा। पार्क-स्ट्रीट सीमेट्री में सोई हुई कल्याणी को। वह पागल होने लगता है। जाहिर नहीं होने देता। उदास रहता है चुपचाप। खामोशी उसका नकाब है।

निर्मल समझ रहा था कि सामने प्रिया खड़ी है और कल्याणी पिछले ग्यारह वर्षों से पार्क-स्ट्रीट में सो रही है। लेकिन प्रिया कल्याणी थी। वही गन्ध, वही लय, वही चमक, वही रूमान और बड़े शहर के भीड़-भरे चौराहे पर अकेली, खुली छोड़ दी गई हिरनी का भाव। प्रिया नहीं है, कल्याणी है।

वह आतंकित हो गया। उसके दिमाग में यह मरणान्तक भ्रम, यह अस्तित्व-घातक 'इल्यूजन' कैसे पैदा हो रहा है? वह इस भ्रम से मुक्ति नहीं पा सकेगा।

उसने आँखें बन्द कर लीं। उसके चेहरे की सारी रोशनी गायब हो गई। कमरा बहुत धुँधला-धुँधला हो रहा था। निर्मल बेहद बदसूरत और उम्रदराज दीखने लगा। मगर प्रिया ने दोबारा पूछा, तो उसने कहा, "जब चलना चाहो, ले जाऊँगा। 'कल्याणी मेन्शन' तुम्हारा अपना घर है। मैंने तो चाहा था, तुम्हारे पापा वहीं चलकर रहें। अपना एक नर्सिंग-होम बनाएँ। ये किसी तरह राजी नहीं हुए..."

डॉक्टर रघुवंश कॉफी का पहला घूँट पीकर ही खाँसने लगे। कॉफी बहुत काली है। शायद, दूध डाला ही नहीं गया। आँखों से आँसू छलक आए। खाँसी का दौर बढ़ता गया। दम फूल गया। सिगरेट का टुकड़ा, उँगलियों से छूटकर, 'मोएजिक' फर्श पर फिसलता-तैरता रहा। फिर निर्मल ने उसे जूते से मसल दिया। सिगरेट का एक बेकार टुकड़ा। आग की एक बेजरूरत चिनगारी...

"निर्मल भाई, कभी भाभी को यहाँ लाइए न! मैं सोसाइटी-मैगजीनों में उनकी तस्वीरें देखती रहती हूँ। उनसे मिलवाइए कभी...मेरा एक काम हो जाएगा। कॉलेज की लाइब्रेरी के लिए हम लोग एक 'वेराइटी-शो' कर रहे हैं। मिसेज पद्मावत से उद्घाटन करवाएँगे..." प्रिया इतना कहकर मुस्कराई। प्रिया की मुस्कराहट को अनदेखा कर जाने की कोशिश करते हुए, निर्मल को याद आया कि शीरीं उसका इन्तजार कर रही होगी। गंगा-जमुनी पलँग के किनारे बेले के मोटे गजरे की तरह ऋजु-आयत वह लेटी हुई होगी। पास की डेक-टेबुल पर 'वारमूथ' की बोतल पड़ी है। नीले शीशे का नन्हा-सा गिलास! शीरीं एक घूँट पीती है। जाँघों के बीच पड़े तकिए को दबाती है...आँखें बन्द किए, मुस्कराती और सिहरती रहती है। छत की तरफ देखती है। बीच छत में सफेद और रंगीन शीशों का बड़ा-सा फानूस झूल रहा है। खुली खिड़कियों से तेज

हवा आती है। फानूस के छोटे-छोटे बत्तीदानों से टकराती रहती है। शीशों का हलका संगीत, हलका जलतरंग, हलकी ध्वनियाँ बड़ी ही तन्द्रिल हैं।

शीरीं सामने की दीवार की तरफ देखती है। आधी दीवार बहुत बड़ी एक पेंटिंग से ढँकी है, पार्श्व में कोई पहाड़ी शहर! हाथरिक्शों पर लदे हुए मर्द। सड़कों के किनारे पत्थरों और पीतलों के गहनों की दुकानें सजाए हुए तिब्बती औरतें। पहाड़ों की बर्फानी चोटियाँ। बर्फ पर दौड़ते हुए बच्चे...पार्श्व में एक पहाड़ी शहर है। सामने दो औरतें हैं। एक औरत बेहद गोरी, दूसरी साँवली। दोनों सड़क के किनारे रेलिंग के सहारे खड़ी हैं। एक-दूसरे की ओर बड़े ही अरमान से देख रही हैं। बर्फ में डूबे शिखर नहीं, खेलते हुए बच्चे नहीं, खूबसूरती नहीं, मौसम नहीं, नीचे की अथाह घाटी नहीं—वे दोनों औरतें सिर्फ एक-दूसरे को देख रही हैं। उनकी दृष्टि में प्यार है, मगर प्यार में शीतलता नहीं है...उत्ताप-ही-उत्ताप!

शीरीं यह उत्ताप देखती रहती है और 'वारमूथ' लेती रहती है। धीरे-धीरे चुस्की लिए जाने की शराब है यह। रम की तरह गले से सीने में और सीने से दिमाग में चढ़ नहीं जाती। धीरे-धीरे देह के हर अंग पर असर करती है। मीठा असर। शीरीं मीठे असरवाली चीजें पसन्द करती है। उत्ताप उसे प्रिय है, किन्तु, ज्वालामुखी की तरह जलना-पिघलना नहीं, वह लकड़ी के कोयले की तरह धीमे-धीमे सुलगना चाहती है।

शीरीं 'कल्याणी मेन्शन' की उन्तीसवीं मंजिल पर रहती है। कुल सात कमरों का फ्लैट है उसका। और जब चाहती है, टेलीफोन से खबर करके तीसवीं मंजिल की छत पर आ जाती है। निर्मल के बेडरूम में चली आती है। किन्तु, बिना सूचित किए नहीं। निर्मल ने एक बार मना कर दिया था। निर्मल स्वयं शीरीं को शायद ही कभी बुलाता है। बुलाए भी तो कभी-कभी वह ऊपर जाना नहीं चाहती। मयूरपंखी पलँग पर लेटी हुई सामने की दीवार पर लगा हुआ यह विशाल चित्र देखती रहना चाहती है। मगर निर्मल पद्मावत बुला रहा है, तो जाना ही होगा।

निर्मल ने कहा, "डॉक्टर, मैं एक खास काम से आया था। कल शाम को 'सिटिजेन्स-क्लब' में शीरीं के जन्मदिन की पार्टी है। आपको और प्रिया को आना ही होगा। हमारी शादी के दो साल बीत चुके। आप अब तक शीरीं से

मिले नहीं। वह मिलना चाहती है।"

"सिटिजेन्स-क्लब में क्यों? तुम अपने यहाँ लोगों को बुला सकते थे?"—डॉक्टर रघुवंश ने पूछा। पद्मावत सवाल का मतलब समझ गया। शीरीं के पूर्व-पति विश्वजीत मेहता उर्फ, बिशू मेहता अब भी सिटिजेन्स-क्लब के सभापति हैं। शीरीं पहले शीरीं मेहता थी। अब दो साल से पद्मावत हो गई है—प्रेसिडेन्सी-मजिस्ट्रेट की अदालत से तलाक का मुकदमा जीतने के बाद। वैसे मुकदमा जीतने के छह महीने पहले ही वह निर्मल के साथ रहने चली आई थी। अपनी काली 'कैडिलॅक' गाड़ी में बैठकर, खुद ही गाड़ी चलाती हुई, सदर्न एवेन्यू के मेहता हाउस के बड़े फाटक से बाहर निकल गई थी। मेहता साहब बरामदे में चुपचाप खड़े थे। इन्तजार कर रहे थे कि शीरीं एक बार मुड़कर उनकी ओर जरूर देखेगी। उसने देखा नहीं, चली गई। विश्वजीत मेहता जानते थे, वह हमेशा-हमेशा के लिए चली जा रही है। मगर यह नहीं जानते थे कि निर्मल पद्मावत के पास चली जाएगी।

निर्मल ने उन्हें अपमानित किया था...वे अपमान का कोई बदला नहीं ले सके थे। बदला लेने की ताकत उनमें थी, मगर वे भयभीत हो गए थे। निर्मल आदमी नहीं, भयंकर राक्षस है! यह आदमी नहीं है—महाकवि गोएथे का 'मेफिस्टो' है...शेक्सपियर का 'ओथेलो'...एमिलि ब्रांटे का 'हेथक्लिफ'...यह आदमी शैतान है!

शीरीं मेहता अपने पति का अपमान सह नहीं सकी थी। वह सीधी निर्मल पद्मावत के पास चली गई। 'कल्याणी मेन्शन' की लिफ्ट पर चढ़ी और लिफ्टमैन द्वारा रोके जाने के बावजूद तीसवीं मंजिल की छत पर आ गई।

किन्तु छत पर आकर आतंकित हो गई, शीरीं मेहता! रात के अँधेरे में सोए समुद्र की तरह 'कल्याणी मेन्शन' की लम्बी छत नींद में है। कोई आवाज नहीं, शब्द नहीं, गूँज नहीं। मौत का सन्नाटा...

एक किनारे बना हुआ है, निर्मल का फ्लैट। दरवाजे के पास अल्सेशियन कुत्तों का जोड़ा, लोहे की मजबूत जंजीर में बँधा है। शीरीं को देखकर भी भूँकते नहीं। चुपचाप बैठे हैं, दोनों कुत्ते। खिड़कियों के मोटे स्टील-गिलास के भीतर हलकी रोशनी दीखती है। और कुछ नहीं दीखता। खिड़कियाँ बन्द हैं। दरवाजे बन्द हैं।

रात के आठ बज रहे थे। लिफ्टमैन लिफ्ट के साथ नीचे लौट चुका था।

जाते वक्त शिकायत के स्वर में कह गया था, "आज मेरी नौकरी चली जाएगी, मेमसाहब! मालिक के बिना पूछे मैं आपको ऊपर ले आया हूँ।"

शीरीं मेहता सूनी छत की इस अथाह खामोशी से डरने लगी। फिर सीधी दौड़ती हुई छत के दूसरे किनारे चली गई। जैसे वह छत की लम्बाई छूना-देखना चाहती हो। इतनी बड़ी छत, इतनी लम्बी-चौड़ी, कि आसानी से फुटबाल-मैच के लिए स्टेडियम बनाया जा सकता था।

शीरीं छत के किनारे चली गई। कमर तक उठी हुई दीवार पर दोनों हाथ फैलाकर नीचे देखने लगी। आदमी जितना ऊपर चढ़ता है, नीचे की जमीन को उतना ही भूलना चाहता है, क्योंकि नीचे देखने पर उसे डर लगता है। नीचे गिर जाने का डर! मगर तीस मंजिलों की ऊँचाई पर खड़ी होकर, शीरीं मेहता नीचे देखने लगी, तो उसका सारा डर मिट गया। उसने देखा—नीचे समूचा शहर है। नीचे सारी रोशनी है। नीचे मेहता हाउस है; और बरामदे में टहलते हुए बिशू मेहता उसका इन्तजार कर रहे हैं।

शीरीं को इन्तजार से नफरत है। वह खुद किसी का इन्तजार नहीं करना चाहती। जो कुछ चाहती है, तत्काल चाहती है, उसी क्षण! क्षण बीत जाने पर उसकी चाह मिट जाती है। रह जाती है घृणा!

उसने आँखें ऊपर उठाकर देखा। आसमान में बादल नहीं हैं, छोटे-छोटे तारे जगमगा रहे हैं। शीरीं को लगा, चाँद यहाँ ज्यादा दूर नहीं है। हवा यहाँ तेज आँधी बन गई है। जरा उछलते ही चाँद को पकड़ लिया जा सकता है। मगर चाँद नहीं है। अँधेरी रात है। आज चाँद नहीं उगेगा?

लिफ्टमैन ने नीचे जाकर निर्मल के प्राइवेट सेक्रेटरी धनवन्तलाल से कहा। धनवन्तलाल ने तुरन्त निर्मल को फोन किया। एक मेमसाहब ऊपर चली गई हैं, लिफ्टमैन ने बहुत रोका, मगर उसे धक्का देकर खुद ही लिफ्ट चलाने लगीं। हाथापाई करने की हिम्मत बेचारे को नहीं हुई। किसी 'बड़े' परिवार की महिला दीखती हैं। शायद पी रखी है। हुक्म दिया जाए, तो दरबान को ऊपर भेजकर...

"रहने दो!...शीरीं मेहता होगी। मेहता-इंडस्ट्रीज के मालिक की बीवी! तुम बिशू मेहता को फोन कर दो कि शीरीं मेरे यहाँ आ गई हैं। वे कोई फ्रिक नहीं करें। मैं समझा-बुझाकर उन्हें वापस भेज दूँगा।" निर्मल ने जरा भी अस्त-व्यस्त हुए बिना, धनवन्तलाल से इतनी बातें कहीं। फिर वह अपनी कम्पनी की

बैलेंस-शीट देखने में खो गया। ऑडिट का हिसाब पूरा हो चुका है। आखिरी बार जाँच कर लेना जरूरी है...एक पैसे का भी फर्क नहीं होना चाहिए।

तीन-चार दफा बैलेंस-सीट पढ़ जाने के बाद, निर्मल ने सारे कागजात ड्रॉअर में सँभालकर रख दिए। थक़ान से भरी हुई अँगड़ाई लेकर उठ खड़ा हुआ। कुर्सी की बाँह से ओवरकोट उठाकर पहन लिया...छड़ी लेकर बाहर आ गया।

शीरीं मेहता छत के किनारे खड़ी है। उसके इर्द-गिर्द फैला हुआ है कोहरे का जाल! वह डूब चुकी है।

निर्मल पद्मावत छत पर फैले अँधेरे में डूबी हुई शीरीं को देखता हुआ, एक कोने में बना अपने कॉटेज के सामने खड़ा था। दोनों कुत्ते 'एलर्ट' हो चुके थे। जब तक बँधे रहते हैं, ये कुत्ते बहुत शान्त रहते हैं...खुलते ही पागल हो जाते हैं, पालतू नहीं रहते। जंगली जानवर बन जाते हैं, फिर भी निर्मल से डरते हैं, सिर्फ निर्मल से।

दूर छत के किनारे खड़ी औरत शीरीं मेहता नहीं है। कल्याणी है। शीरीं नहीं, कल्याणी। बचपन से ही कलेजे में तीर की तरह चुभा हुआ एक सपना। तीर निकाला गया, तो प्राण भी साथ ही निकल आएँगे। कल्याणी ने 'संग्रीला' होटल के बरामदे में निर्मल से कहा था, "बस, यहीं तक! इससे आगे मोटर-कारें जा सकती हैं, ऊँची बिल्डिंगें जा सकती हैं, बैंक एकाउंट जा सकते हैं, सोने की ईंटें और हीरों के टुकड़े जा सकते हैं। निर्मल पद्मावत नहीं जा सकता। यह कल्याणी का फ्लैट है, मैनहट्टन की नीग्रो-औरतों का 'ब्रोथेल-हाउस' नहीं है..."

निर्मल लौट आया था। फिर कभी वहाँ वापस नहीं गया। अपने सपने को सीने की आखिरी धड़कनों में छिपाए हुए खामोश रहा। चुपचाप भीड़-भरी सड़कों पर अकेला चलता रहा। दस-ग्यारह साल का काला-कलूटा, बदसूरत और बीमार लड़का निर्मल, जिसकी माँ घर बेचकर एक लॉरीवाले के साथ चली गई थी।

यह लड़का बैंकों, संस्कृतियों, कम्पनियों, सभ्यताओं, इन्कमटैक्स, प्रजातन्त्र, धर्म और दिन-रात धुआँ उगलने और जहर फैलानेवाली फैक्ट्रियों की दुनिया में अजनबी था। सरकस से पकड़ लाए गए हाथी के बच्चे की तरह अजनबी। नेपाल के किसी पहाड़ से उतरकर, गोरखा पलटन में भरती होकर, सरकसवाले गोरखाली नवयुवक की तरह अजनबी। इसी का बच्चा रिंग-मास्टर

की चाबुक के डर से तिपाई पर चारों पाँव रखकर खड़ा हो जाता है, सूँड उठाकर तमाशबीनों को सलाम करता है।

गोरखाली नौजवान रोटी, शराब और पहाड़ों में रोती हुई, इन्तजार करती हुई, अपनी अन्धी माँ के लिए कन्धे पर राइफल रखता है। जर्मनी में या फ्रांस या कोरिया या जापान में बमबारी में, या गोरिल्ला-युद्ध में, मैदान में या हॉस्पिटल में—मर जाता है। मिलिटरी गजट में सूचना छपती है, 'लैन्स-नायक रणबहादुर थापा या हवलदार खड्गमानसिंह, गोरखा-राइफल्स, नम्बर तीन हजार सात सौ अठारह, या चार हजार एक सौ बाईस, इम्फाल या कश्मीर या लियोपॉल्डविले या एमस्टर्डम के मोर्चे पर लड़ते हुए खेत रहा।' जिस पहाड़ पर रणबहादुर थापा या खड्गमानसिंह की माँ रहती है, वहाँ मिलिटरी गजट कोई नहीं पढ़ता। किसे याद रहता है, कि हाथी का बच्चा किस जंगल से फँसाकर लाया गया? किसी को याद नहीं रहता। कौन मारा गया? कौन रात-दिन घुल-घुलकर मर रहा है? किसी को याद नहीं रहता। पता भी नहीं चलता। लोग मरते हैं। मरते जाते हैं। जिन्हें अपने जीने, और अपने जिए जाने के सबूतों का प्रचार करना नहीं आता—कोई उनकी याद नहीं रखता है। याद रखने से हमारा क्या फायदा? इस लम्बे जुलूस में कौन कहाँ छूट गया; कौन कहाँ पाँव घसीट रहा है; क्यों याद किया जाए? जुलूस चलता रहेगा। लोग शामिल होंगे, साथ चलेंगे...पीछे छूट जाएँगे।

निर्मल पद्मावत ने तिपाई पर पाँव नहीं रखा। कन्धे पर राइफल नहीं रखी। तमाशबीनों को सलाम नहीं किया। जुलूस में शामिल नहीं हुआ। वह मर नहीं गया। वह जिन्दा रहा। उसने अपने जिए जाने का सबूत दिया...वह अजनबी था। उसने अपने लिए उजाले का रास्ता चुन लिया, पूँजी और मुनाफे का उजाला...मगर उसके कलेजे में एक तीर था। तीर निकला नहीं—क्योंकि वह तीर एक सपना था, जख्म नहीं था। और जिसकी आत्मा में शक्ति होती है कि वह अपने सपनों को जीवित रख सके, वह नहीं मरता है। निर्मल नहीं मरता! शीरीं मेहता भी नहीं!

शीरीं अँधेरे और कोहरे के जाल में डूबी जा रही थी। निर्मल अपने कॉटेज के सामने खड़ा था। अल्सेशियन कुत्ते जंजीरों से छूटने के लिए बेताब हो रहे थे।

शीरीं निर्मल पद्मावत को देखती है। मगर चुपचाप खड़ी रहती है। पास

नहीं आती। इन्तजार करती है। निर्मल तेज कदमों से उसकी ओर चला गया। छड़ी का सहारा लिए, लम्बी छत पार करके वह पास आ गया...

शीरीं मुस्कराती है। पद्मावत ऐसी मुस्कराहटों का आदी हो गया है। ऊँचे दफ्तरों की 'रिसेप्शनिस्ट' लड़कियाँ मुस्कराती हैं। नई कम्पनियों के शेयर बेचनेवाले दलाल मुस्कराते हैं। होटलों के मैनजेर...थियेटरों के कलाकार... अभिनेता...राजनीतिक लीडर...सभी मुस्कराते हैं। मुस्कान एक ही होती है–शीरीं मुस्कान!

निर्मल शीरीं से नहीं पूछता है कि वह बिना पूछे, बिना इजाजत लिए पागलों की तरह, यहाँ क्यों चली आई है। निर्मल सवाल नहीं करता; वह कहता है, "जब यहाँ तक आ गईं, तो फ्लैट के अन्दर भी आ जाना था...बाहर क्यों खड़ी हो? चलो, अन्दर चलकर बैठो। मैं तुम्हारा इन्तजार कर रहा था। सोचता था, तुम फोन करोगी–आ जाओगी! खैर, आओ..."

निर्मल पद्मावत ने शीरीं के दोनों हाथ आगे बढ़कर थाम लिए। शीरीं चीख पड़ी, "हाथ छोड़ दीजिए!...मैं चलती हूँ।"

निर्मल के हाथ नहीं थे, लोहे की मजबूत हथकड़ी थी। शीरीं झनझनाने लगी। क्या कोई आदमी, पत्थर की चट्टान की तरह, कठोर हो सकता है? आदमी नहीं! निर्मल आदमी नहीं है!...शीरीं अपनी कलाई सहलाती हुई खड़ी रह गई। मुस्कराती हुई...लेकिन, अब!

"मैंने मेहता को सूचित कर दिया है कि तुम यहाँ हो। चलो शीरीं, कमरे में चलकर बैठो। बहुत थक गई हो। यू आर एक्साइटेड! बात क्या है? मुझ पर नाराज हो? किस बात के लिए?" निर्मल अँधेरे को थोड़ा-सा कम करने के लिए, लाइटर जलाने लगा। वह सिगरेट पीना चाहता था।

"मैं एक्साइटेड नहीं हूँ...समझ-बूझकर ही यहाँ आई हूँ। आपको बहुत करीब से देखना चाहती थी। जो आदमी बिशू मेहता की इनसल्ट कर सकता है, उसे देखना चाहती थी। और कोई काम नहीं है, बस!" शीरीं धीमे कदमों से कॉटेज की ओर जाने लगी। निर्मल से दूर-दूर चलती हुई। बहुत नाप-तोलकर हर कदम रखती हुई।

अल्सेशियन कुत्तों ने सिर झुका लिया।

बड़े कमरे की बड़ी मेज पर टेलिप्रिंटर की व्यापारिक सूचनाएँ पड़ी हैं। आज

की सारी डाक...ट्रंक-कॉल के मैसेज...दफ्तर की जरूरी फाइलें, ताजा अखबार। इन चीजों के अलावा, सेक्रेटरी धनवन्तलाल अपनी तरफ से काले गुलाब के चन्द ताजा फूल और एक बर्थ-डे कार्ड रख गया है।

आज ही निर्मल का जन्मदिन है...उसे याद आया। वह चालीस साल का हो गया। याद नहीं था उसे। गुलाब के काले फूलों ने याद दिलाई है। उन्नीस साल पहले, ठीक इसी दिन वह कल्याणी से आखिरी बार मिला था। निर्मल का जन्मदिन था। वह कल्याणी के एपार्टमेन्ट में गया था। कल्याणी संगमरमर की तराशी हुई एफ्रोदिती दीख रही थी। सुन्दरता की नग्न प्रतिमा—एफ्रोदिती! आज यह शीरीं वैसी ही दीख रही है...वही नाक-नक्श, वही उम्र, वही चंचलता, वही मुस्कान। आँखों में वही आलस, वही गन्ध, वही लय, वही चमक, जिप्सी-संगीत की वही जंगली गूँज और गमक...

शीरीं मेहता नहीं है, कल्याणी है।

कल्याणी ने टेबुल से सिगरेट-केस और माचिस उठा ली। सोफे पर बैठकर पाँव झुलाने लगी। दोनों हाथ घुटनों के पास बँधे हैं। होंठों के एक किनारे सिगरेट। पलकों के बेहद लम्बे रेशे। हाथों की उँगलियाँ बेहद लम्बी। सामने की दीवार पर फैली हुई, निर्मल की चौड़ी छाया, किन्तु उसकी लम्बाई को छोटा बना रही है।

कमरे में घड़ी नहीं है। निर्मल की कलाई पर भी नहीं। शीरीं की रिस्टवॉच बन्द हो गई है। हर रोज चाबी नहीं दी जाए, तो घड़ी बन्द हो जाती है। घड़ी के लिए चाबी अनिवार्य है। वक्त जानने के लिए, वक्त की पाबन्दी अनिवार्य है। वक्त समझने के लिए! अब क्या वक्त हो गया है? किस बात का वक्त? किसलिए?

कल्याणी नहीं है, शीरीं मेहता है।

निर्मल ने ग्रीटिंग-कार्ड दराज में रख दिया। अपनी कम्पनी का बैलेंस-शीट पढ़ते वक्त इन फूलों की ओर, ग्रीटिंग-कार्ड की ओर उसका ध्यान नहीं गया था। बैलेंस-शीट देखने में इतना वक्त बीत गया। जरूरी कागजात पढ़ने पड़े।

सेक्रेटरी की दैनिक रिपोर्ट पढ़नी पड़ी। जरूरी चिट्ठियाँ। नेशनल जूट मिल की ट्रेड यूनियन ने फिर धमकी-भरा पत्र लिखा है। अगले हफ्ते से वे लोग हड़ताल करेंगे।

'कल्याणी मेन्शन कर्मचारी समिति' का सभापति कई दिनों से मिलना चाहता है। कर्मचारियों की तनख्वाह बढ़ानी पड़ेगी। महँगाई का भत्ता देना पड़ेगा। धनवन्तलाल ने लिखा है, 'नए जूट मिल के लिए सीमेंट और लोहे का परमिट चाहिए। कंट्रोल-विभाग के मंत्री को किसी बड़े होटल में पार्टी देनी होगी।' पार्टी देने की बात पढ़कर निर्मल पद्मावत मुस्करा उठा था। यह घूस नहीं देता है। घूस चाहे रुपयों की हो, या किराए की किसी औरत के मांसल शरीर की हो, या बड़े होटलों में शराब के दौर और शराब के गानों के दौर—निर्मल घूस नहीं देता है। वह जानता है, घूस बड़ी बात नहीं है। सीमेंट और लोहा भी बड़ी बात नहीं है। जूट मिल भी नहीं। 'कल्याणी मेन्शन' भी नहीं। कोई भी बात बड़ी बात नहीं है।

निर्मल घूस नहीं देता है। सौदा करता है। निर्मल खरीदता है। निर्मल बेचता है। बीच का मुनाफा न वह खुद खाता है, और न किसी को खाने देता है। बीच के मुनाफे से—यानी, दलाली से उसे नफरत है। वह जिससे माल खरीदता है, उसी को पैसा देता है। वह जिसके हाथ सामान बेचता है, उसी से पैसा लेता है। बीच का आदमी नहीं होता। दलाल नहीं होता है।

निर्मल सीमेंट की फैक्टरी और जूट मिल के बीच खड़े कंट्रोल मंत्री को पार्टी नहीं देगा। क्यों देगा? निर्मल को सीमेंट चाहिए। सीमेंट फैक्टरी को अपने सीमेंट की कीमत। अब यह कंट्रोल मंत्री कौन होता है? क्या उसने सीमेंट बनाया है? क्या उसने फैक्टरी खड़ी की है? जूट मिल के खाते में पार्टी सीमेंट फैक्टरी के मालिक को दी जाएगी, क्योंकि वह निर्मल को सीमेंट की बोरियाँ देगा। हजार-हजार बोरियाँ। और कंट्रोल मंत्री क्या देगा? कागज का एक टुकड़ा—परमिट!

इस परमिट की कीमत क्या है? निर्मल पद्मावत परमिट से नफरत करता है। पिछली रात 'मेहता इंडस्ट्रीज' के स्वत्वाधिकारी विश्वजीत मेहता ने निर्मल को यही परमिट देना चाहा था। सिटिजेन्स-क्लब में शामिल होने का परमिट। शीरीं मेहता के साथ डांस-फ्लोर पर जाने का परमिट। वाल्ज के मादक संगीत की धुन पर नाचने का परमिट।

साधारण स्थिति में निर्मल किसी क्लब में या सभा-सोसाइटी में शामिल नहीं होता। वह और जो भी हो, 'डेमोक्रेट' नहीं है। खूबसूरती से झूठ बोलना नहीं जानता। शिकार और व्यापार और प्यार के किस्से नहीं जानता। बातूनी नहीं है। शराब नहीं पीता। ब्रिज या रमी नहीं खेलता। बिलियर्ड नहीं खेलता। अपने सामाजिक मित्रों की बीवियों से नहीं खेलता। उसका कोई मित्र नहीं है।

एक डॉक्टर रघुवंश हैं। अपने हॉस्पिटल, लेबोरेटरी और नर्सिंगहोम में व्यस्त रहते हैं। और कोई नहीं है। और किसी की जरूरत भी नहीं है। निर्मल आदमी नहीं है। मशीन है। मगर थाम्सन शिपिंग कम्पनी के चीफ इंजीनियर मिस्टर माथुर ने कहा, "आज सिटिजेन्स-क्लब चलना ही होगा। मानसून-बॉल है। शहर का सारा 'क्रीम' वहाँ इकट्ठा होगा। आपसे कितने ही बिजनेसमैन परिचित होना चाहते हैं। सभी ने मुझे मजबूर किया है, आपको जरूर लाऊँ... प्लीज निर्मल साहब, मेरी एक बात रख लीजिए..."

"आप चलिए। मैं ठीक ग्यारह बजे वहाँ आ जाऊँगा।" निर्मल ने संक्षिप्त उत्तर दिया। स्वीकृति इसलिए दी कि डांस में शामिल हुए उसे बरसों बीत गए थे। कल्याणी के साथ वह 'संग्रीला' होटल के फ्लोर पर शामिल होता था। साथ डांस करनेवाले जोड़े निर्मल से नफरत करते थे। मगर निर्मल और कल्याणी को नाचते देखकर मुग्ध हो जाते थे। ब्लैक प्रिंस और परियों की राजकुमारी! निर्मल और कल्याणी। आसपास कितने ही मर्द-औरतें नाचती रहती थीं। कितने ही लोग कुर्सियों पर बैठे होते थे। मगर सभी की निगाहें इन्हीं दोनों पर होती थीं। निगाहें हटती नहीं थीं। निर्मल के नाच में जादू था। कल्याणी के नाच में पागलपन। निर्मल के पाँव में जादू था। कल्याणी के पाँवों में वहशत।

संगीत की लहरें उठती थीं। ताल और लय में बँधे पाँव घूमते थे, फिसलते थे, लहरों पर तैरते रहते थे। कल्याणी उसके कान से होंठ सटाकर कहती थी, "मैं थक गई हूँ, निर्मल डियर!"

निर्मल ने स्वीकृति इसलिए दी कि वह कल्याणी की थकान को दोहराना चाहता था। कल्याणी का पागलपन याद करना चाहता था। कल्याणी... 'संग्रीला' होटल...पार्क-स्ट्रीट सीमेट्री! नाचनेवाले के पाँव घूम-फिरकर वहीं आ जाते हैं। संगीत की लहरें वहीं लौट आती हैं। लौट आने के सिवाय और कोई उपाय नहीं रह गया है। वही बेबसी है और वही अकेलापन!

ठीक ग्यारह बजे निर्मल पद्मावत अपनी लम्बी कार का दरवाजा खोलकर नीचे उतरा। माथुर साहब क्लब के लॉन में उसकी प्रतीक्षा कर रहे थे। माथुर साहब और सिटिजेन्स-क्लब के सभापति–विश्वजीत मेहता।

निर्मल का मेहता साहब से परिचय नहीं है। मगर उसके दफ्तर में मेहता साहब की फाइल है। फाइल में विस्तृत परिचय लिखा हुआ है। मेहता साहब अठारह कम्पनियों के डाइरेक्टर हैं। बेहद चालाक पूँजीपति हैं। बिजनेस के सारे जायज-नाजायज हथकंडे जानते हैं। माहिर आदमी हैं। शुरू में एक इंश्योरेन्स कम्पनी के कानूनी सलाहकार थे। वकालत भी कर चुके हैं। फिर उसी कम्पनी के डायरेक्टर बन गए। कैसे बन गए? निर्मल के दफ्तर की फाइल में सारा हाल लिखा हुआ है। पैंतालीस साल की उम्र में विश्वजीत मेहता ने एक स्टील फैक्टरी के मालिक की लड़की से विवाह किया। फिर स्टील फैक्टरी के मालिक का देहान्त हो गया। मालिक के दो लड़के थे। दोनों एक साथ कार एक्सीडेन्ट में मारे गए। एक इंश्योरेन्स कम्पनी...एक स्टील फैक्टरी...दो जूट मिल...एक शिपिंग कम्पनी...विश्वजीत मेहता अठारह कम्पनियों के मालिक हो गए। कैसे हो गए?

जब उन्होंने अपनी पत्नी को तलाक दे दिया। इलजाम लगाया गया कि उनके तीन बच्चों की माँ अपने ड्राइवर के साथ दो हफ्ते एक होटल में चोरी-चोरी रह चुकी है। ड्राइवर को अदालत में हाजिर नहीं किया जा सका। पता नहीं, देश के किस अँधेरे कोने में वह गायब हो गया। होटल के बैरों ने गवाही दी। मैनेजर ने गवाही दी। पुलिस ने सबूत पेश किए। विश्वजीत मेहता की पत्नी अपने बच्चों के साथ मेहता हाउस से चली गई। मेहता साहब दयालु व्यक्ति हैं। बच्चों की परवरिश के लिए हर महीने दो सौ रुपए पत्नी को भेजते हैं। पत्नी के ड्राइवर की तनख्वाह भी दो सौ रुपए ही थी।

मेहता साहब की नजरों पर चढ़ने से पहले शीरीं शहर के एक बड़े रेस्तराँ में अंग्रेजी गाने गाती थी। वह अपनी बड़ी बहन के साथ किराए के कमरे में रहती थी। अठारह-उन्नीस साल की होगी। अठारह साल की उम्र में किसी रेस्तराँ के मद्धिम रोशनीवाले स्टेज पर खड़ा होना, माइक थामकर हलके-फुलके और गर्म-गर्म गाने सुनाना बहुत अच्छी बात नहीं है। सौभाग्य की बात तो एकदम नहीं है। मगर बड़ी बहन के लाख समझाने के बावजूद, सीनियर कैम्ब्रिज की पढ़ाई छोड़कर शीरीं जान-बूझकर एक आर्केस्ट्रा पार्टी में शामिल

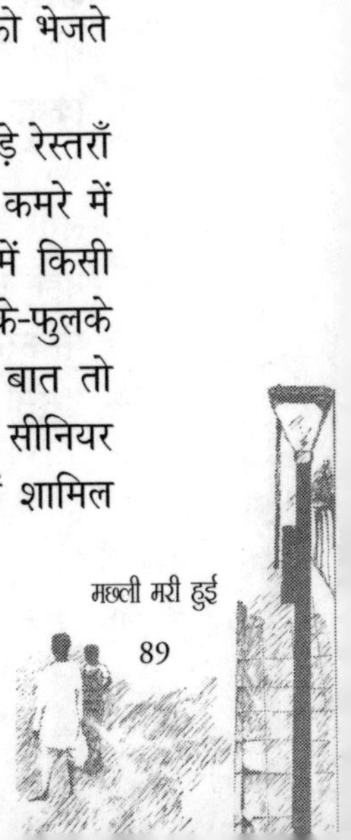

हो गई थी। शुरू-शुरू में विदेशी संगीत के सांस्कृतिक कार्यक्रमों में भाग लेती थी। फिर 'प्रोफेशनल' हो गई। जिस रेस्तराँ में गाती थी, शाम को वहाँ शहर की ऊँची सोसाइटी के लोग आते थे। होटलों और नाइट-क्लबों की रंगीन दुनिया में शीरीं सेल्सबर्ग का नाम रोशन हो गया। शीरीं सेल्सबर्ग...

शीरीं के पिता अब्राहम सेल्सबर्ग अपनी यहूदी पत्नी के साथ इजरायल में रहते थे। स्वयं क्रिश्चियन थे, इजरायल में ज्यादा दिन टिक नहीं पाए। पत्नी का देहान्त हो गया। यहाँ आ गए। फिर थोड़े पैसे और थोड़ा कर्ज छोड़कर स्वयं भी स्वर्ग चले गए। सेल्सबर्ग साहब धार्मिक व्यक्ति थे और चित्रकार थे। ईसा मसीह के जीवन से सम्बन्धित उनके कितने ही चित्र अब भी विक्टोरिया-मेमोरियल के संग्रहालय में सुरक्षित हैं। अब भी शहर के पुराने लोगों को उनकी थोड़ी-थोड़ी याद है। हर शाम वे अपनी छोटी-छोटी दोनों बेटियों के साथ चौरंगी के शान्त फुटपाथों पर घूमते दीख पड़ते थे।

शीरीं सेल्सबर्ग शाम को रेस्तराँ में गाती थी। रेस्तराँ बन्द होने से काफी पहले अपनी बहन के पास चली आती थी। दोनों बहनें प्रार्थना करती थीं और आँखें बन्द करके एक ही बिस्तरे में, एक ही रजाई के नीचे दुबककर सो जाती थीं। जीवन में कोई कुंठा नहीं! कोई अपमान नहीं था। कहीं पराजय नहीं। दोनों बहनें सोचती थीं, शादी नहीं करेंगी, किराए के इसी कमरे में सारी उम्र काट डालेंगी। एक ही बाथरूम में स्नान करना, एक ही प्लेट में खाना-पीना, एक ही बिस्तरे में सो रहना—और चाहिए ही क्या? रेडियो है, कपड़े हैं, चन्द किताबें भी हैं। दोनों बहनें कपड़े भी एक ही डिजाइन और एक ही रंग के पहनती थीं। लोग समझते थे, जुड़वाँ बहनें हैं। शीरीं चार साल छोटी थी, मगर शरीर भरा-पूरा था। साड़ी पहनती थी, तो कश्मीरी लड़कियों की तरह दिखती थी। कलकत्ता की गर्म आबोहवा ने देह के रंग पर असर किया था। असर किया था बेफिक्री ने, स्वभाव की चंचलता ने, शहर की जिन्दगी ने!

तब अचानक शीरीं महसूस करने लगी कि बड़ी बहन देर से घर लौटने लगी है, और फैशनपरस्त हो गई है। साथ बिस्तरे में सोती है, मगर लिपटकर नहीं सोती। प्यार नहीं करती। गुस्सा भी नहीं करती। बस बात-बात पर मुस्कराती रहती है। और अक्सर मकान-मालिक की लड़की आकर कहती है, "सुसी, तुम्हारा फोन आया है!"

बड़ी बहन को कौन फोन करता रहता है, यह जानने को छोटी बहन

बेचैन हो उठी। वह डरने भी लगी। कहीं वह किसी से शादी तो नहीं कर लेगी? छोड़कर चली तो नहीं जाएगी? फिर क्या होगा? इस डर ने शीरीं को सिखाया कि आदमी को मजबूत बनना चाहिए। हर राह पर अकेले चलने की आदत डालनी चाहिए।

शीरीं ने रेस्तराँ के स्टेज पर आकर और भी 'गर्म' और जंगली गाने शुरू किए। लोगों की भीड़ बढ़ने लगी। कन्धों पर झूलते बालों को झटका देकर, बाँहें फैलाकर, होंठों पर वहशी मुस्कराहटें और आँखों में जंगली चमक पैदा करके शीरीं सेल्सबर्ग गाने लगी–

द ब्वाएज ऑफ कैलकटा
ओह, ओह,
द ब्वाएज ऑफ कैलकटा
दे रियली नो हाउ टु किस
दे नो हाउ टु...
ओह, ओह,
द ब्वाएज ऑफ कैलकटा
दे नो हाउ टु नेट ए फिश
दे रियली नो...

और रेस्तराँ में लोगों की भीड़ बढ़ने लगी। जंगली गानों के लिए, गानेवाली जंगली लड़की के लिए! इस भीड़ में सेठ ताराचन्द थे। खानबहादुर यूसुफ अली थे। महारानी श्यामगढ़ थीं। जूट-प्रिंस कृष्णन् चेट्टियर थे। और विश्वजीत मेहता...

जिस दिन पहली बार मेहता साहब शीरीं की बड़ी बहन के कमरे में आए, उसी दिन उन्होंने अपने वकील को बुलाकर कहा, "अब वक्त आ गया है। डाइवोर्स-सूट की तैयारी शुरू कर दो!"

विवाह के पहले ही शीरीं मेहता-इंडस्ट्रीज की डायरेक्टर बना दी गई। विवाह के बाद दो-तीन साल यूरोप में रह आई। ऊँची जिन्दगी के कायदे-कानून सीख आई। विश्वजीत मेहता की बीवी बनने के लिए, ऊँची सोसाइटी में पेश होने के लिए, जो कुछ सीखना चाहिए, शीरीं ने सारा कुछ ढंग से सीखा है।

फिर भी आँखों से वह जंगलीपन नहीं गया है। चेहरे से कभी-कभी वही

सस्तापन झाँकने लगता है, जो रेस्तराँ में गानेवाली और किराए के बिस्तरों में सोनेवाली औरतों के चेहरों पर जमा होता है। शीरीं सस्ती औरत है। उसके आचार-व्यवहार में सामन्त घराने की कुलीन स्त्रियों की शालीनता नहीं है। नहीं है 'एरिस्टोक्रेसी'। शीरीं जो चाहती है, माँग लेती है। ताकत होती है, तो छीन लेती है, झपट लेती है। शीरीं शतरंज नहीं खेलती, जुआ खेलती है—ताश के तीन पत्तों का जुआ। जीत जाती है, खुश होती है। हार जाती है, रोने लगती है। फिर भूल जाती है और सो रहती है। बीते हुए का पछतावा नहीं। आगे होनेवाले की फिक्र नहीं। जीने का एकमात्र तरीका रह गया है, वर्तमान को जिए जाना। पहले अँधेरा था। फिर अँधेरा होगा। अभी अगर रोशनी की एक हलकी-सी भी किरन बाकी है, तो उसे जी लो। यह किरन जिन्दगी है। यह किरन...ये फूल...

पाँव दबाए हुए, चालाक बिल्ली की तरह शीरीं मेहता उठी। मेज के पास, निर्मल पद्मावत के नजदीक आकर खड़ी हो गई। निर्मल ने इतने बरसों बाद एक औरत को अपने इतने करीब देखा। वह खुश नहीं हुआ। सोचने लगा।

शीरीं ने गुलाब के फूल उठा लिए। अचानक बेहद खुश होती हुई बोली, "उफ, ये काले गुलाब...निर्मल बाबू, मैंने पहली बार काले गुलाब देखे हैं (मैंने पहली बार तुम्हें देखा है)...ये फूल बहुत खूबसूरत हैं...बहुत ताजा...और बहुत जहरीले! (ठीक तुम्हारी ही तरह हैं ये फूल)...ब्लैक ट्यूलिप...काले गुलाब... ब्लैक...निर्मल बाबू, आप किस्मत पर यकीन करते हैं या नहीं?"

निर्मल सोचता रहा कि उसे भाग्य पर विश्वास नहीं है। वह कर्मलेख पर भरोसा नहीं करता। धर्म पर नहीं। नैतिकता पर नहीं। वह किसी ईश्वर पर भी भरोसा नहीं करता। कर्मलेख अकर्मण्यता सिखाता है। नैतिकताएँ गलत कैदखाने की दीवारें हैं। धर्म अन्धा बनाता है। ईश्वर पर भरोसा करते ही अपनी शक्ति पर अनास्था हो जाती है...

पाप की तरह नैतिकता भी नशा है। नैतिकता भी आदत है। नैतिकता भी आदमी को गुलाम और अन्धा बनाती है। जैसे किसी औरत का प्यार अन्धा बनाता है। जैसे बूढ़े जूलियस सीज़र को अबोध शिशु की तरह दिखाई पड़ती क्लियोपैट्रा ने अन्धा कर दिया था। जैसे कल्याणी...जैसे शीरीं मेहता...नैतिकता क्या है? नैतिकता एक ऐय्याशी की आदत के सिवाय क्या है?

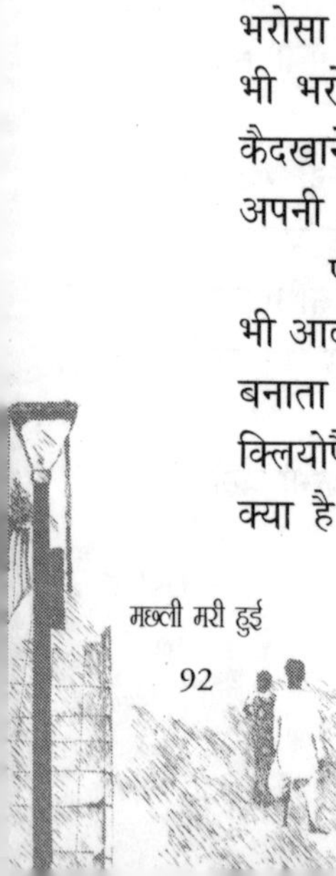

निर्मल इस आदत पर यकीन क्यों करे? इस किस्मत पर? वह शीरीं मेहता पर भी यकीन नहीं करेगा। वह सिर्फ बदला लेगा...विश्वजीत मेहता से नहीं, वह पार्क-स्ट्रीट सीमेट्री में सोई हुई औरत से बदला लेगा। विश्वजीत मेहता ने उसका कुछ नहीं बिगाड़ा है। बिगाड़ने की ताकत उसके पास नहीं है। वह व्यंग्य कर सकता है, उपहास कर सकता है, गालियाँ और फब्तियाँ कस सकता है, बिगाड़ नहीं सकता। सिर्फ बार-बार पूछ सकता है, ''डॉक्टर रघुवंश की बीवी भी पहले न्यूयार्क में रहती थी। आप उसे जानते थे? वहाँ 'संग्रीला' में रहती थी। मैंने कितनी ही बार उसके साथ डांस किया था। शी वाज ए नाइस लेडी! आप उसे जानते थे? वह न्यूयार्क के सारे हिन्दुस्तानियों में पॉपुलर थी।''

सिटिजेन्स-क्लब के बड़े हॉल में कॉकटेल की टेबुल पर बैठकर मेहता साहब अपने मेहमान से बार-बार यही सवाल पूछने लगे। निर्मल उन्हें बार-बार टालता रहा और आसपास बैठे हुए अन्य व्यक्तियों से परिचय करता रहा। सभी लोग उससे मिलने को उत्सुक थे। इतने कम वक्त में कोई भी आदमी तीस मंजिल के ऊँचे स्काई-स्क्रैपर का मालिक नहीं बनता है। निर्मल पद्मावत जादूगर है। निर्मल पद्मावत अरब और इजरायल से चोरी-चोरी सोना मँगवाता है। निर्मल पद्मावत बैंकों में डाके डलवाता है। निर्मल पद्मावत जाली नोट बनाता है। निर्मल पद्मावत जादूगर है, शैतान है!

लम्बी टेबुल के दोनों ओर मर्दों और खूबसूरत औरतों की भीड़ लगी है। कॉकटेल का दौर चल रहा है। माथुर साहब परिचय कराते जा रहे हैं। सभी के आकर्षण का केन्द्र है निर्मल। तब विश्वजीत मेहता पूछते हैं, ''आपने अपनी बिल्डिंग का नाम 'कल्याणी मेन्शन' क्यों रखा? कल्याणी तो डॉक्टर रघुवंश की बीवी थी!''

''मैं कल्याणी से परिचित था। वैसे भी कल्याणी बहुत खूबसूरत नाम है...शीरीं से भी ज्यादा खूबसूरत!'' निर्मल ने इतनी देर में पहली बार मेहता साहब से हलका-सा मजाक किया। आसपास बैठे लोग हँस पड़े। निर्मल को पता था कि शीरीं से शादी करने के लिए मेहता को कितनी मेहनत करनी पड़ी है। और शादी से पहले शीरीं क्या करती थी, क्या नहीं करती थी। निर्मल को सारा कुछ पता है। शहर के सभी पूँजीपतियों और राजनीतिक नेताओं के बारे में फाइलें उसके दफ्तर में हैं। फाइलों में सारी जानकारी है। यह जानकारी ही

निर्मल पद्मावत की बड़ी पूँजी है।

कॉकटेल का दौर खत्म होते ही डांस शुरू होगा। आर्केस्ट्रा बजने लगेगा। लोग कुर्सियाँ खींचकर किनारे-किनारे बैठ जाएँगे। फ्लोर खाली हो जाएगा। कुर्सियों से स्त्री-पुरुषों के जोड़े उठेंगे, संगीत की धुन पर नाचने लगेंगे। संगीत तेज होता जाएगा। नाच की गति बढ़ती जाएगी।

शीरीं मेहता हाथ में छोटा-सा गिलास थामे, अपनी एक सहेली के साथ टहल रही थी, मेहमान-नवाजी कर रही थी। घूमकर बोली, ''मेरा नाम किसने लिया? हू हैज दैट करेज?''

और अपने पतिदेव की कुर्सी के पीछे आ खड़ी हुई। मेहता साहब हँसते हुए बोले, ''नाम खूबसूरत न हो, मगर हमारी शीरीं की खूबसूरती का मुकाबला नहीं है!''

शीरीं खुश हो गई। निर्मल ने आँखें ऊपर उठाकर एक बार शीरीं मेहता को देखा, फिर मुस्कराता हुआ बोला, ''लगता है, मिस्टर मेहता, आपने कल्याणी की तस्वीर भी नहीं देखी। कभी डॉक्टर के यहाँ जाकर तस्वीर देख आइए।''

निर्मल की बात सुनकर शीरीं नफरत और गुस्से से भर गई। इस मानसून-बॉल के जलसे में आने के लिए वह लगातार पाँच घंटों तक लिन्सडे-स्ट्रीट के एक प्रसिद्ध ब्यूटी-सैलून में बैठी रही है। पूरे पाँच घंटे मेकअप करने में खर्च हुए हैं। और अब यह काला आदमी किसी तस्वीर की फरमाइश करता है!

सौन्दर्य के सिवाय, यौवन को स्थाई बनाए रखने के प्रयत्नों के सिवाय शीरीं मेहता के जीवन का कोई उद्देश्य नहीं रह गया है। हाथ की लम्बी उँगलियाँ, नाखून, बरौनियाँ, गोरे-गोरे पाँवों के टखने, पिंडलियाँ, होंठ, बाँहें, देह का हर अंग वह बाँधकर, सँभालकर, जतन से रखती है। शरीर-रक्षा के सिवाय, और कभी-कभी विश्वजीत मेहता के बिस्तरे में जाने के सिवाय उसे कोई काम नहीं है। वैसे वह कई सामाजिक संस्थाओं की अध्यक्षा है। कई कम्पनियों की डायरेक्टर है। सभा-सोसाइटी में जाती है। उद्घाटन करती है। प्राइज बाँटती है। रेसकोर्स में अपने घोड़ों की पीठ सहलाती है। बड़ी-बड़ी दुकानों में जाकर जो चीज पसन्द आ गई, खरीद लेती है। मगर शृंगार-प्रसाधन से अधिक किसी काम में उसका जी नहीं लगता। बिस्तरे में भी जाने में नहीं। क्योंकि बिस्तरा

ठंडा होता है। बिशू मेहता बूढ़े हो गए हैं। उनके बुढ़ापे में नर्मी नहीं है, लचीलापन नहीं है, जरा भी कोमलता नहीं है। उनमें सूखे हुए पेड़ की डाल का कड़ापन है।

शीरीं हरियाली चाहती है। शीरीं अपनी बड़ी बहन का बिस्तरा चाहती है। चाहती है कोमलता। और प्यार! बड़ी बहन की बाँह पर सिर रखकर सोने में उसे सुख मिलता था। विश्वजीत मेहता से बातें तक करने में उसे डर लगता है। कठोरता का डर! आक्रमण का डर! सूखे हुए पेड़ की सूखी डाल का डर! वह यह सब नहीं चाहती है।

शीरीं नहीं चाहती है कि वह कभी बूढ़ी और बदसूरत हो जाए। वह सर्वहारा है। बाकी सबकुछ खो चुकी है। अब वह अपने रूप-यौवन को पकड़े रहना चाहती है। अपने शृंगार-गृह में आदमकद शीशे के सामने खड़ी होती है। अपने-आपको देखती रहती है। मुग्ध होती रहती है।

निर्मल के व्यंग्य से यह नशा जैसे टूट गया। खाली गिलास टेबुल पर पटककर वह आगे बढ़ गई। जलती हुई। गुस्से से तड़पती हुई।

किन्तु निर्मल पर मेहता साहब की नाराजगी का कारण दूसरा था। जिस जमीन पर निर्मल ने 'कल्याणी मेन्शन' खड़ा किया था, वह जमीन मेहता साहब की पहली पत्नी की थी। मेहता साहब के ससुर मरते वक्त वसीयतनामे में यह जमीन अपनी बेटी के नाम लिख गए थे। शीरीं के प्यार के नशे में, और पत्नी को जल्द-से-जल्द तलाक देने की फिक्र में मेहता साहब को याद ही नहीं रह सका, नहीं तो वे किसी-न-किसी तरह जमीन अपने नाम करवा ही लेते। वैसे जमीन पर कब्जा उन्हीं का था।

पत्नी को तलाक मिल गया। और तब निर्मल पद्मावत ने मेहता साहब की पूर्व-पत्नी से पूरी जमीन खरीद ली। मेहता साहब ने सिविल कोर्ट में मुकदमा किया। हार गए। हाइकोर्ट में भी हार गए। किसी भी उपाय से जमीन वापस नहीं ले सके। निर्मल ने 'कल्याणी मेन्शन' की नींव डाल दी...

असली गुस्सा यही है। और इसी गुस्से के कारण विश्वजीत मेहता कहते हैं, "मुझे कल्याणी की तस्वीर देखने की जरूरत नहीं है, मिस्टर पद्मावत, मैं हर साल सर्दियों में न्यूयार्क जाता था और 'संग्रीला' में ठहरता था। और हर रात मैं आपकी कल्याणी को बुलवाता था। ज्यादा नहीं, वह एक रात के लिए कुल पचास डॉलर लेती थी। कुल पचास डॉलर और दो-एक बोतल वारमूथ

की शराब!''

निर्मल पद्मावत कुर्सी से उठकर खड़ा हो गया। जैसे म्यान से निकलती हुई तलवार खिंचती है। उसने बड़े ही शान्त स्वर में कहा, ''मेहता सा'ब, कल्याणी मर चुकी है। उसे गाली मत दीजिए!''

और इतना कहते-कहते जैसे निर्मल का चेहरा बहुत बदसूरत हो गया। कितनी ही गहरी रेखाएँ उसके चेहरे पर उभर आईं, स्याह लकीरें। जैसे निर्मल क्षण-भर के लिए आदमी नहीं रहा, खूँखार जानवर बन गया। मगर नशे में बुत बने हुए विश्वजीत मेहता ने उसकी ओर नहीं देखा। जोरों से बोलने लगे, ''गाली क्यों दूँगा? मैं भटियारा नहीं हूँ! गाली क्यों दूँगा? मगर कल्याणी तो प्रॉस्टीच्यूट थी! शी...वाज...प्रॉस्टीच्यूट! वह शरीफ औरत नहीं थी। पता नहीं, उसने डॉक्टर को कैसे फँसा लिया...शी वाज...''

बिशू मेहता की बात पूरी नहीं हो सकी। निर्मल ने जरा आगे झुककर, दाएँ हाथ के पंजे से उनकी टाई और कॉलर पकड़कर खींच लिया और बाएँ हाथ से एक तगड़ा घूँसा उनके चेहरे पर जमा दिया।

मेहता साहब चीख पड़े, फिर अपनी कुर्सी के साथ फर्श पर उलट गए। बेहोश हो गए। मुँह से खून बहने लगा।

सिटिजेन्स-क्लब के लिए यह बड़ी ही विचित्र घटना थी। ऊँची सोसाइटी के सभ्य-संस्कृत लोग शराब पीकर या जुआ खेलते हुए या प्रेमिका के लिए आपस में झगड़ते हैं। गालियाँ बकते हैं। मगर हाथापाई पर नहीं उतरते। हाथापाई करना गँवारों का काम है। पढ़े-लिखे लोग तो अक्ल से काम लेते हैं। अक्ल से, नहीं तो पैसे से! हाथापाई करने के लिए, मार-पीट के लिए, खून-खराबी के लिए, हत्या करने के लिए मछुआ टोली, चाइना टाउन, वेलेस्ली स्ट्रीट के गुंडे हैं। पैसों से गुंडों को खरीदा जाता है। खुद हाथापाई नहीं की जाती!

बेहोश मेहता साहब और उनके मुँह से बहते हुए रक्त को देखकर हॉल में बैठे सारे लोग आतंकित हो गए। औरतें चीख मारकर बेहोश होने लगीं। एक मोटे गुजराती सज्जन 'पुलिस-पुलिस' पुकारने लगे। मगर निर्मल पद्मावत चुपचाप अपनी जगह पर खड़ा रहा। शान्त, स्थिर और निश्चल! उसके चेहरे से वह बदसूरती गायब हो चुकी थी। आ गई थी कोमलता। अब राक्षस नहीं दीख रहा था। आदमी ही लगता था, मजबूत और हिम्मतवर आदमी—जो अपने अपमान का बदला खुद लेना जानता है।

तीन-चार बैरे मिलकर मेहता साहब को बाथरूम उठा ले गए। फिर उन्हें फर्स्ट-एड दिया गया। हाथ-मुँह धुलाया गया। आधा घंटे बाद ही मेहता साहब ठीक-ठाक होकर आ गए। शरमाते हुए। सीधे निर्मल के पास चले आए। बोले, "निर्मल साहब, कल्याणी से इतना प्यार था, तो उससे शादी क्यों नहीं कर ली?"

और इतना कहकर वे मुस्कराने लगे। निर्मल मुस्कराया नहीं, कुछ बोला भी नहीं। कुछ ही दूर बैंड-स्टैण्ड के पास शीरीं मेहता खड़ी थी। निर्मल उसी की ओर देख रहा था।

शीरीं मेहता उसी के फ्लैट में खड़ी थी और निर्मल उसी की ओर देख रहा था। शीरीं काले गुलाब देख रही थी। निर्मल को देख रही थी और कह रही थी, "आप किस्मत पर यकीन नहीं करते, मगर मैं यकीन करती हूँ। यह तो किस्मत की ही बात है कि कल रात आप सिटिजेन्स-क्लब में गए। और उन्होंने आपकी माशूक की बात छेड़ दी..."

इतना कहकर शीरीं मेहता अचानक इस काले और बदसूरत दस साल की उम्र के बेवकूफ लड़के के सामने मेज पर दोनों हथेलियाँ रखकर झुक गई और खिलखिलाने लगी। सीने की सारी ताकत लगाकर हँसने लगी। निर्मल का यह फ्लैट इस हँसी की आग में जलकर भस्म हो जाएगा। जैसे यह कल्याणी मेन्शन इस हँसी के भूकम्प में बालू की दीवार की तरह ढह जाएगा। जैसे यह सारी धरती ज्वालामुखी बन जाएगी, यह सारा आकाश धुएँ से, आग की तेज लपटों से, अँधेरे से, मौत से भर जाएगा। जैसे यह शीरीं मेहता...

निर्मल पद्मावत ने निगाहें ऊपर उठाईं, तो सामने कल्याणी खड़ी थी। अपरिचित फूलों की वही परिचित सुगन्धि। अनजान गीतों की वही पहचानी लय। अजनबी आँखों की वही हमदर्द चमक। और कल्याणी...

शीरीं मेहता लाल रेशम की साड़ी पहने थी, देवी-प्रतिमा की तरह दीख रही थी। गले में नकली हीरों का वही हार...

शीरीं ने कहा, "निर्मल डियर, मुझे तुमसे नहीं, मेहता से नफरत हो गई है। तुमने उसे इन्सल्ट किया, फिर भी वह तुम्हारे सामने झुककर खड़ा हो गया। फिर भी उसने मुझसे कहा कि मैं तुम्हारे साथ डांस करूँ..."

कल्याणी ने कहा, "तुम 'संग्रीला' होटल के मेरे कमरे से भाग खड़े हुए, निर्मल। दोबारा आए नहीं। तुम डरपोक थे। तुम कमजोर थे। बिना साहस किए किसी को प्यार नहीं मिलता है। मैं आ गई हूँ..."

शीरीं ने कहा, "मैं आ गई हूँ, क्योंकि मैं मेहता की तरह बुजदिल नहीं हूँ। मैं ताकतवर इंसान को प्यार करती हूँ, बुजदिल को कभी नहीं!"

कल्याणी ने कहा, "तुम साहसी बनो, निर्मल! प्यार तुम्हारे कदमों पर फैल जाएगा। मैं इसीलिए आ गई हूँ..."

निर्मल पद्मावत प्रलय-जैसी उस निर्मल खिलखिलाहट को बर्दाश्त नहीं कर सका। चुपचाप कमरे से बाहर चला आया। कल्याणी बाहर नहीं आई। शीरीं मेहता बाहर नहीं आई। उसकी खिलखिलाहटें कमरे के अन्दर ही रुकी रहीं...

आदमी कभी इतना ताकतवर और कभी कहीं इतना कमजोर क्यों हो जाता है? ताकत कहाँ से आती है? और कमजोरी?

निर्मल को विश्वजीत मेहता से जरा भी डर नहीं लगा था। लेकिन अपने फ्लैट में आई हुई उसकी पत्नी से वह भयभीत हो रहा है। जैसे वह कल्याणी से भयभीत हो गया था। भयभीत होकर भाग आया था। निर्मल अपने ही कमरे से भाग आया। देर तक अपने तीस मंजिल के मकान की छत पर टहलता रहा। अकेला और उदास। उदासी निर्मल की आदत बन गई है। उदासी, अकेलापन, मेहनत और कलेजे में तीर की तरह चुभा हुआ एक सपना!

रात के कितने बजे हैं, पता नहीं। चारों ओर अँधेरा है। नीचे की सड़कों पर बिजली के लट्टू जल रहे हैं। चाँदनी नहीं है। आदमी क्या इसी अँधेरे के लिए अपना सारा अतीत, सम्पूर्ण वर्तमान, अपनी सारी उपलब्धियाँ, सम्पूर्ण अस्तित्व बेच डालता है? इसी अँधेरे के लिए? इसी नींद के लिए, जिसमें डूबकर आदमी सपने न देख सके?

निर्मल पद्मावत छत के अँधेरे में भटकता रहता है। हाथ में छड़ी भी नहीं है। पाँवों में दर्द उभरने लगा है। आँखें बन्द हो जाना चाहती हैं। कंठ सूख रहा है। पानी नहीं है। अँधेरे की इस नदी में एक बूँद पानी नहीं है। एक बूँद भी नहीं!

वह छत के किनारे खड़ा हो जाता है। नीचे झाँकता है। छत से नीचे कूद जाना कितना आसान है। गलत सपने से छुटकारा पा लेना कितना आसान

है। कलेजे से तीर खींच लेना...

फ्लैट के दरवाजे पर खड़ी कल्याणी चीखती है, "निर्मल, वापस आ जाओ!"

फ्लैट के दरवाजे पर खड़ी शीरीं मेहता चीखती है, "मुझे अँधेरे में डर लगता है, निर्मल!"

निर्मल मुस्कराने लगता है। धीमे कदमों से वापस लौटने लगता है। पास आकर कहता है, "चलो, शीरीं, बाहर घूमने चलते हैं। थोड़ी देर हुगली के किनारे बैठेंगे। फिर तुम्हें मेहता हाउस छोड़ आऊँगा!"

"चलो...मगर अब मैं मेहता हाउस नहीं जाऊँगी! तुम मुझे चला जाने दोगे?" शीरीं ने पूछा और निर्मल के पास खिसक आई।

बड़ा ही अजीब सवाल है, निर्मल सोचने लगा, बड़ी ही अजीब लड़की है।

निर्मल लिफ्ट में खड़ा हो गया। निर्मल की बाँह का सहारा लिए खड़ी शीरीं मेहता मुस्कराती रही। लिफ्ट नीचे उतरने लगी। लिफ्टमैन को ताज्जुब हुआ। यह औरत कौन है? पागल की तरह ऊपर गई थी। अब जैसे नींद में है। पहली बार उसने निर्मल को किसी औरत के साथ देखा है। पहली बार उसने इतनी खूबसूरत औरत देखी है। उसे अपने मालिक की पसन्द पर खुशी हुई। मालिक यह बात समझ गया। निर्मल ने पूछा, "फ्रेडरिक, तुम्हारी शादी हो चुकी है?"

लिफ्टमैन घबरा गया। इतने बरसों में पहली बार उसके मालिक ने उससे बात की है। चंचल होता हुआ बोला, "यस सर! तीन साल हो गए!"

"बच्चे हैं?" निर्मल मुस्कराया।

"यस सर! साल-भर की एक बच्ची है, सर! जिस महीने उसका जन्म हुआ, मैनेजर साहब ने मेरी सैलरी बीस रुपए बढ़ा दी थी, सर! हम लोग बहुत आराम से हैं, सर!" फ्रेडरिक बोलता ही जाता, मगर रास्ता पूरा हो गया। शीरीं मेहता और निर्मल लिफ्ट के बाहर चले आए।

8

“मैं नहीं चाहता था। मगर शीरीं चाहती है कि सिटिजेन्स-क्लब में ही बर्थ-डे पार्टी हो! उसका जन्मदिन है। वह जैसा चाहेगी, वही होगा,” निर्मल ने डॉक्टर रघुवंश को उत्तर दिया।

डॉक्टर बड़ी ही फीकी हँसी हँसे। निर्मल का उत्तर उन्हें पसन्द नहीं आया। बोले, “तुम मिसेज पद्मावत को मना कर सकते थे। मुझे पता है मेहता साहब तुम्हारे दुश्मन हो गए हैं। तुम्हारा नुकसान करने की कोशिश में रहते हैं। मगर पद्मावत, उन्हें इसका अधिकार है। तुमने उनकी बीवी छीन ली है। अब और कितना अपमान करना चाहते हो?”

“अपमान की बात नहीं है, डॉक्टर!” निर्मल ने कहना शुरू किया, “सिर्फ शीरीं की जिद है...”

“नहीं, जिद नहीं है। कठोरता है। अपनी पत्नी से कहो, वह आदर करना सीखे। मेहता का नहीं, तुम्हारा आदर करे। आदर न करे, कम-से-कम करुणामयी तो बने। तुम्हारी पत्नी के मन में करुणा नहीं है। करुणा होती तो वह अपने अपमानित पति को छोड़कर तुम्हारे पास भाग नहीं आती!” डॉक्टर रघुवंश ने बहुत थके हुए स्वर में कहा और खाँसने लगे। प्रिया उनके लिए एक गिलास पानी लाने चली गई। निर्मल ने कहा, “आपकी सेहत ठीक नहीं है, कुछ दिनों के लिए पहाड़ पर चले जाइए...”

“सबसे बड़ी बात है करुणा!” निर्मल की बात अनसुनी करके वे कहते रहे, “और कुछ नहीं चाहिए। सिर्फ करुणा चाहिए। एक यह हो तो सारा दुःख मिट जाता है...” कहते-कहते वे चुप हो गए। प्रिया पानी का गिलास लेकर

आ चुकी थी। वे पानी पीकर उठ खड़े हुए। कुछ बोले नहीं। प्रिया को देखकर मुस्कराए। निर्मल को देखकर मुस्कराए। कल्याणी अपनी कब्र में कितनी अकेली है। हम सभी अपनी-अपनी जिन्दगी के कैदखाने में कितने अकेले हैं। उम्र की कैद। अरमानों की कैद। कैद सपनों की। कैद बीते हुए की और होनेवाली घटनाओं की। तीस मंजिल का स्काई-स्क्रैपर हमारा दोस्त हो सकता है? क्या हमदर्द हो सकती हैं दवाएँ? इंजेक्शंस, ऑपरेशन-थियेटर, मरीज, तरह-तरह की बीमारियाँ? साथ दे सकते हैं नाच, गाने, जलसे? किताबें साथ दे सकती हैं?

साथ दे सकती है करुणा और सहानुभूति। दया और ममता। और माया। किन्तु शीरीं पद्मावत में या निर्मल पद्मावत में यह सब नहीं है। है सिर्फ अँधेरा!

"अच्छा, अभी चलता हूँ, इनविटेशन-कार्ड कल सुबह भेजूँगा। प्रिया, अपने साथ डॉक्टर को जरूर लाओगी।" निर्मल ने कहा और नीचे की सीढ़ियाँ उतरने लगा।

निर्मल अजनबी है। निर्मल अपने-आपसे अजनबी है।

9

धनवन्तलाल ने कहा, "एक बार आप खुद जूट मिल चलिए। मैनेजर से कंट्रोल नहीं किया जा रहा है। बार-बार उसका टेलीफोन आता है। पुलिस वहाँ मौजूद है, मगर..."

"मगर पुलिस घूस माँगती है। यही न? घूस लेगी, तब मजदूरों पर लाठी-चार्ज करेगी और उनके लीडरों को गिरफ्तार करेगी। ट्रेड-यूनियनवाले भी घूस माँगते हैं। घूस लेंगे, तब हड़ताल खत्म करेंगे। क्यों? यही बात है न?" निर्मल पद्मावत ने फाइलें देखते-देखते ही पूछा। उसके चेहरे पर जरा भी चिन्ता नहीं थी। मन में भी नहीं। केवल आश्चर्य था। ऐसा क्यों हो रहा है!

"हाँ, ऐसा ही है!" धनवन्तलाल चिन्तित है। धनवन्तलाल जानता है कि नेशनल जूट मिल की इस हड़ताल के पीछे ट्रेड-यूनियन का नहीं, सेठ विश्वजीत मेहता का हाथ है। मेहता और उनके दोस्तों का हाथ। मेहता साहब भूले नहीं हैं। भूल जाना सम्भव नहीं है। प्रिंसेस स्ट्रीट की यह इमारत बहुत ऊँची है। शीरीं पद्मावत बहुत लम्बी, बहुत तेज गाड़ी में चलती है। निर्मल सिटिजेन्स-क्लब में जाता है। मुस्कराता रहता है। सेठों-बनियों की बीवियाँ उसकी तरफ दौड़ी आती हैं। वह किसी के पास नहीं जाता। किसी को करीब आने नहीं देता है।

"ठीक है! मैनेजर से कहो, मिल को लॉकअप कर देगा। और खुद कोठी खाली करके यहाँ चला आएगा।"

"लेकिन हम लोग तो सप्लाई के कितने ऑर्डर ले चुके हैं। उन्हें पूरा किए बिना तो मिल बन्द नहीं की जा सकती। बहुत घाटा लगेगा। बदनामी

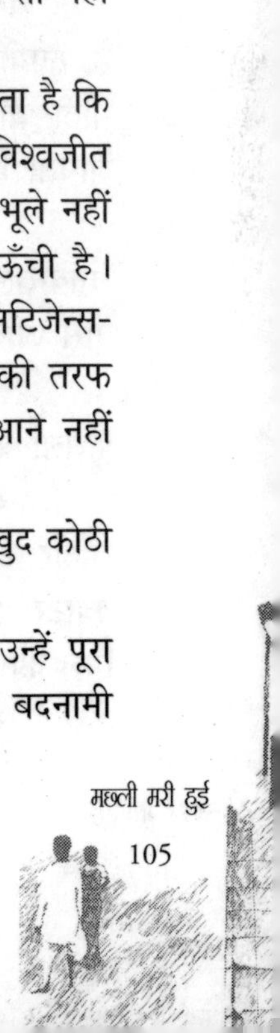

होगी। बिजनेस को बहुत धक्का लगेगा..."

"लगने दो। हम घाटा सह लेंगे। मगर यह नहीं हो सकता है कि हम घूस दें।" निर्मल ने आखिरी फैसला किया। फिर चुप होकर फाइलों में उलझ गया। वह आश्चर्यचकित है। ऐसा क्यों हो रहा है?

वह अपने मजदूरों को सबसे ज्यादा मजदूरी देता है। सबसे अच्छा बोनस देता है। मजदूरों के लिए बेहतर क्वार्टर हैं। मैदान हैं। पार्क हैं। अस्पताल हैं। फिर भी मजदूर हड़ताल कर देते हैं। एक दिन का नोटिस देते हैं और काम रोक देते हैं। एक जुलूस निकालते हैं और काम रोक देते हैं। पुलिस कुछ नहीं कर पाती। सरकार चुप रहती है। नेशनल जूट मिल की चिमनियाँ धुआँ उगलना बन्द कर देती हैं। इसमें दोष किसका है?

मजदूरों का दोष नहीं है। वे अपने लीडरों का कहना मानते हैं। लीडरों का दोष नहीं है। वे मजदूरों का हित देखते हैं। हड़ताल होगी, तो मजदूरी की दर बढ़ेगी, मजदूरों की सुख-सुविधाएँ बढ़ेंगी। नेशनल जूट मिल की हड़ताल सफल होती है। क्योंकि नेशनल जूट मिल का मालिक पुलिस को अपनी तरफ मिलाकर नहीं रखता है। मालिक बेवकूफ है। इस शहर के कायदे-कानून नहीं जानता।

यह शहर घूस के रुपयों का शहर है। हर चीज के लिए घूस देनी पड़ती है, रुपयों की शक्ल में, तोहफों की शक्ल में, मीठी बातों की शक्ल में। निर्मल मीठी बातें नहीं जानता है। निर्मल मेहनत-मजदूरी जानता है। ईमानदारी जानता है। जानता है कि इसके अलावा कुछ जानने की जरूरत नहीं है।

धनवन्तलाल चला गया और एक मंजिल ऊपर चढ़कर शीरीं फ्लैट में आ गई। पास आकर खड़ी हो गई। निर्मल ने कहा, "जरा रुको, चलता हूँ।"

इसी वक्त प्रभासचन्द्र नियोगी का फोन आया। निर्मल ने कहा, "मैंने फैसला कर लिया है, जब तक हड़ताल नहीं रुकेगी, जूट मिल बन्द रहेगी।"

"यह गलत फैसला है। तुम मजदूरों की शर्तें अभी मान लो। खुद वहाँ जाकर कह आओ कि नया मैनेजर बहाल करोगे और नए मजदूरों के लिए नए क्वार्टर बनवा दोगे। यही दो माँगें हैं। फिर धीरे-धीरे अपने आदमियों को जूट मिल की यूनियन में घुसाओ। सारे बदमाश लीडरों को धीरे-धीरे निकाल बाहर करो।" सेठ नियोगी ने निर्मल पद्मावत को सही रास्ता बताना चाहा। सभी

मिल-मालिक ऐसा ही करते हैं। अक्लमन्दी से काम न लें, तो एक भी मिल नहीं चले। सारी फैक्टरियाँ बन्द हो जाएँ। मगर निर्मल अक्लमन्द नहीं है।

वह कहता है, "अब मुझसे यह सब नहीं होगा। जूट मिल बन्द हो जाए! घाटा मेरा ही नहीं है। मजदूरों को कहीं काम नहीं मिलेगा। धीरे-धीरे सारे मिल बन्द होते जा रहे हैं।"

शीरीं पद्मावत कहती है, "मैं प्रिया के साथ घूमने जा रही हूँ। डायमंड हार्बर तक जाऊँगी, जाऊँ?"

प्रिया का नाम सुनते ही निर्मल सारा कुछ भूल जाता है। भूल जाता है या भूल जाना चाहता है। प्रिया और डॉक्टर रघुवंश। डॉक्टर रघुवंश और कल्याणी। सारा कुछ एक पतले धागे से जुड़ा हुआ है।

"प्रिया कहाँ है?"

"अपनी कोठी पर! मुझे फोन किया था। मैं जाऊँ?"

"नहीं!" निर्मल सिर उठाकर शीरीं को देखता है। शीरीं चंचल है। वह चली जाना चाहती है। शाम हो चुकी है, इसीलिए भाग जाना चाहती है। देर से लौटेगी। चुपचाप अपने कमरे में सो जाएगी। निर्मल अपने फ्लैट में जगा रहेगा।

"क्या तुम्हारे साथ कहीं बाहर जाना होगा? कहाँ चलोगे?" शीरीं बेहद ठंडी आवाज में पूछती है।

"तुम अपने कमरे में बैठो। मैं आ रहा हूँ। आज कहीं नहीं जाएँगे।"

शीरीं समझ जाती है, निर्मल गुस्से में है। गुस्से में न होता, तो उसकी बात नहीं टालता। बेहद गुस्से में है। गुस्से में होता है, तो शीरीं के फ्लैट में आता है। वैसे नहीं आता। वैसे अपने फ्लैट में रुका रहता है। कहीं और चला जाता है। क्लब में जाकर 'रमी' खेलता है। व्यापार के प्लान बनाता है। मैनेजर से बातें करता है। अकेला अपनी 'ओल्डमोबील' कार में घूमता रहता है। शीरीं के पास नहीं आता।

शीरीं अकेली रह जाती है। प्रिया को फोन करती है। बुलाती है। पास बुलाती है। बहुत पास बुलाती है।

पिछले साल अपनी बर्थ-डे पार्टी के दिन सिटिजेन्स-क्लब में पहली बार वह प्रिया से मिली थी।

डॉक्टर रघुवंश नहीं आए थे। प्रिया आई थी। निर्मल ने दोनों का परिचय कराया था। खुद मेहता साहब की टेबुल पर चला गया था। शीरीं प्रिया को पहचान गई। पहली नजर में पहचान गई कि प्रिया उसकी दोस्त हो सकती है। और शीरीं की गलती से कॉफी का प्याला प्रिया के कपड़ों पर गिर गया। शीरीं चीख पड़ी, "चलो, धो डालो, नहीं तो दाग पड़ जाएँगे।"

हैंडलूम की सफेद साड़ी पर कॉफी के दाग। दोनों औरतें उठीं और बाथरूम की ओर चली गईं। रास्ते में प्रिया ने कहा, "मैं आपसे मिलना चाहती थी, सिर्फ इसीलिए यहाँ आई।"

"तुरन्त धो डालने से दाग धुल जाएगा। तुम जरा भी फिक्र मत करो।" शीरीं ने उत्तर दिया।

प्रिया वाश-बेसिन के पास खड़ी हो गई। शीरीं ने आँचल पानी में भिगोया और साबुन डालकर मलने लगी। फिर पानी निचोड़ दिया। बोली, "तुरन्त सूख जाएगा। तुम जरा भी फिक्र मत करो।"

प्रिया मुस्कराई। शीरीं इतनी चिन्तित क्यों हो रही है? दाग नहीं धुलेगा तो क्या है? प्रिया दोबारा मुस्कराई। वाश-बेसिन के ऊपर शीशे में प्रिया खड़ी है और प्रिया के पीछे शीरीं पद्मावत खड़ी है। एक ही शीशे के फ्रेम में दो औरतें।

शीरीं ने प्रिया को बाँहों में बाँध लिया। झिझकती हुई बोली, "प्रिया, तुम बेहद खूबसूरत हो!"

निर्मल ने शीरीं से किसी दिन भी ऐसी बात नहीं कही है। शायद उसने कभी शीरीं की खूबसूरती की ओर ध्यान ही नहीं दिया है। उसने केवल शीरीं से शादी की है विश्वजीत मेहता को अपमानित करने के लिए और धनपतियों के ऊँचे समाज में प्रवेश करने के लिए। बस! खूबसूरती की ओर नहीं देखा है। अवकाश पाकर भी नहीं।

शीरीं के चेहरे में और पूरे शरीर में एक अजीब बात है। कभी वह बेहद खूबसूरत लगती है, कभी बेहद बदसूरत। इसके बीच की स्थिति में वह कभी किसी क्षण नहीं रहती। वह जलती हुई मरुभूमि की तरह गर्म रहती है या बर्फ की ठंडी चट्टान! वह कभी किसी क्षण साधारण और शान्त नहीं रहती।

निर्मल अपनी पत्नी के शरीर का वह वैचित्र्य देख नहीं पाता। अवकाश

पाकर भी नहीं।

प्रिया के साथ घूमने जाने की आज्ञा लेने आई थी, तो शीरीं बहुत गर्म थी। गर्म और ताजा और कोमल। कोमल और बेहद खूबसूरत। मगर निर्मल के इनकार करते ही वह बर्फ की बेडौल और बदसूरत चट्टान बन गई।

चट्टान बनकर निर्मल पद्मावत के पास रुकी नहीं रही। चुपचाप कमरे से बाहर निकल आई। लिफ्ट में नहीं गई। सीढ़ियों से उतरती हुई अपने फ्लैट में चली आई। प्रिया को फोन करने लगी।

"मैं नहीं आ सकूँगी, प्रिया! निर्मल मेरे कमरे में आ रहा है।"

"इस वक्त? उन्हें क्या और कोई काम नहीं है? अभी तो शाम ही हुई है..." प्रिया ने हँसते हुए पूछा।

"तुम्हीं यहाँ आ जाओ न, प्रिया। मेरी जान बच जाएगी। तुम आओ तो हम तीनों कहीं बाहर चलेंगे।"

"तुम्हारी जान बचाने से मुझे क्या फायदा होगा?...निर्मल मुझ पर नाराज हो जाएँगे...ऐसा करो, शीरीं! फुरसत हो जाए तो मुझे फोन कर दो। मैं चली आऊँगी..."

शीरीं ने फोन रख दिया। नौकरानी को बुलाकर सोने-बैठने का कमरा ठीक करने लगी। लगभग महीने-भर बाद निर्मल यहाँ आ रहा है। कभी-कभी आता है। जब गुस्से में होता है। प्यार में होकर आने की जरूरत उसे नहीं होती। खुश रहता है, तो शीरीं से दूर रहता है। खुश रहता है, तो शीरीं और प्रिया को साथ रहने की छूट देता है।

और शीरीं उसके गुस्से का इन्तजार नहीं करती है। उसे गुस्सा नहीं चाहिए। कभी नहीं चाहिए। निर्मल का गुस्सा उसे बेहद तकलीफ देता है। उसे लगता है, जैसे निर्मल उसे किसी अँधेरी गुफा में धकेलता लिए जा रहा है। मौत की अँधेरी गुफा। गुफा में जहरीले जानवर हैं। साँप-ही-साँप हैं और वह समुद्र से निकाली गई कोई मछली बन गई है। नीली मछली। बेहोश मछली। पानी के लिए तड़पती हुई मछली। मगर गुफा अँधेरी है। गुफा में साँप-ही-साँप हैं। जहरीले साँप। रोशनी की कोई किरन कहीं बाकी नहीं है।

शीरीं को ऐसा क्यों महसूस होता है? क्या इसलिए कि वह तीस-बत्तीस साल की हो चुकी है, और विश्वजीत मेहता या निर्मल पद्मावत ने उसे कभी माँ बनने का एक छोटा-सा अवसर नहीं दिया है? क्या इसीलिए?

नहीं। शीरीं माँ बनना नहीं चाहती है। बचपन में ही उसकी यह आकांक्षा मर चुकी है।

वह तब पाँच-छह साल की छोटी-सी लड़की थी। उसकी माँ को बच्चा होनेवाला था। उसकी माँ अपने बिस्तरे में छटपटा रही थी। एक मिड-वाइफ पास खड़ी थी। एक नर्स खड़ी थी। पिताजी खड़े थे। माँ दर्द से बेहोश थी। घंटों के बाद घंटे बीतते जाते थे। माँ कभी-कभी शान्त हो जाती, कभी तड़पने लगती थी। तब मिड-वाइफ और नर्स ने शीरीं को कमरे से बाहर निकाल दिया। पिताजी बाहर चले आए। कमरा अन्दर से बन्द हो गया।

अन्दर माँ चीखती-छटपटाती रही। फिर सबकुछ शान्त हो गया। मरा हुआ बच्चा मिड-वाइफ की कारीगरी से बाहर निकाला गया। काठ की तरह सूखा हुआ, नीला पड़ गया हुआ, मरा हुआ बच्चा।

डॉक्टरों को बुलाया गया। मगर माँ बच नहीं सकी। हाथ-पाँव फूलने लगे। सारे शरीर में सेप्टिक का जहर फैलने लगा। माँ मर गई। और छह साल की छोटी-सी शीरीं के मन में माँ बनने की आकांक्षा दफन हो गई।

अकेले में उसकी बड़ी बहन ने शीरीं को बताया था कि पिताजी के पास सोने से ही माँ के पेट में बच्चा आ गया था। बच्चा आने के कारण ही माँ बीमार हो गई थी और मर गई थी।

शीरीं को अपने पिता से भी नफरत हो गई। पिता से, दुनिया के हर मर्द से, वह अपनी बड़ी बहन को प्यार करने लगी। आसपास की सारी लड़कियों को प्यार करने लगी। किसी मर्द को नहीं। किसी दिन नहीं।

10

शीरीं पद्मावत अपने पलँग पर लेटी है। निर्मल के आने का इन्तजार कर रही है। निर्मल शीरीं के दरवाजे पर खड़ा है। अपने मन को शान्त करने की कोशिश कर रहा है। निर्मल सोच रहा है। परिवार, घर, पत्नी, परिजन, कुटुम्ब, अपनी सन्तान!...प्रस्तर-युग में वन-सभ्यता को त्यागकर पहली बार समतल भूमि पर आकर जीवन आरम्भ करने की कल्पना किसने की होगी? किसने परिवार शुरू किया होगा? किसने समाज...किसने नारा दिया होगा कि जीवन को टुकड़ों में बाँट दो? अस्त्र-शस्त्र, पशु-चर्म, आखेट, काष्ठ-संचय के हिस्से बाँट लो, स्त्रियों के हिस्से बाँट लो? किसने कहा होगा कि जंगल से, पर्वत-कन्दरा से, घाटियों से बाहर आओ; गंगा, सिन्धु और ब्रह्मपुत्र के बीच की समतल भूमि पर फैल जाओ! और क्यों कहा होगा? परिवार से क्या लाभ है?

निर्मल सोच रहा है कि शीरीं सेल्सबर्ग को शीरीं मेहता और शीरीं मेहता को शीरीं पद्मावत बनाने से क्या लाभ है? शीरीं तो वही रहती है—वही एक औरत! एक औरत जो बेहद खूबसूरत है और बेहद बदसूरत है। जो हर ताकतवर चीज से डरती रहती है। धर्म से डरती है। पुरुष के प्यार से डरती है। समाज-व्यवस्था से डरती है। छिपी रहना चाहती है। सामने आना नहीं चाहती।

निर्मल ऐसी औरत से क्या करेगा? निर्मल खुद अपने से क्या करेगा? कल्याणी देर तक चीखती रही थी और रोती रही थी...

निर्मल सोचता है, परिवार की कल्पना मैंने ही की है। मैंने ही सम्पत्ति-

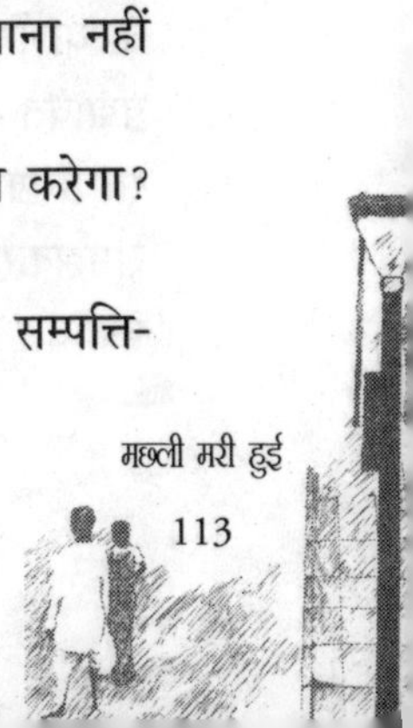

संचय को परिवार की कल्पना का आधार बनाया। मैंने ही स्त्री-सन्तान, गाय-बैल, मदिरा, मांस, मृगचर्म, अश्व, लोहे-पत्थर के हथियारों को अपनी व्यक्तिगत सम्पत्ति बनाया। वस्तुओं और स्थितियों पर मेरे सघन स्नेह ने ही आदि-युग में परिवार की स्थापना की। मैं कृषि-कार्य में लगा। व्यापार में, सेवा में, यज्ञ में, विद्यादान में, भिक्षाटन में, राजनीति में गया। मैंने इतिहास लिखना शुरू किया। मैंने अपनी पसन्द की स्त्री को अपने परिवार की स्वामिनी बनाया। मैंने सन्तानोत्पत्ति...नहीं, नहीं...जैसे आग का एक दहकता शोला निर्मल पद्मावत की छाती में भड़क उठता है। मैंने सन्तानोत्पत्ति नहीं की। मैं सन्तानहीन रहा।

"बाहर क्यों खड़े हो?" शीरीं के इस छोटे-से सवाल ने निर्मल को अन्दर धकेल दिया। अन्दर बहुत धीमी रोशनी जल रही है। नीली रोशनी जैसे सूना आसमान हो। सितारे एक भी नहीं। सिर्फ बर्फ का एक गोल टुकड़ा, चाँद। एक चाँद शीरीं है। बर्फ का एक गोल टुकड़ा।

शीरीं पलँग से नीचे उतर आई है। दूसरे पाँव की सैंडिल ढूँढ़ रही है। एक कोने में ऊँची तिपाई पर एक नंगी हब्शी औरत खड़ी है। हाथों में हाथ बाँधे हुए। हँसती हुई। चेहरा स्याह है। कमर बेहद पतली, खून के रंग की आँखें, लाल होंठ, काली बाँहें किसी जंगली नाच की मुद्रा में। पाँवों पर पाँव चढ़ाकर आखिरी नंगेपन को ढँकने की कोशिश नहीं की गई है।

और यह मूर्त्ति कमरे की हर चीज पर हावी है। किताबों पर, फूलों पर, थरथराते हुए परदों पर, सोफा-सेट पर, पलँग पर, हर चीज पर हावी है—दो फुट की नंगी हब्शी औरत! खून के रंग की आँखें, बेहद लाल होंठ!

लाल होंठों ने कहा, "मुझ पर बहुत नाराज हो क्या? मुझे प्रिया के साथ जाने नहीं दिया..."

निर्मल, शीरीं को नहीं, हब्शी औरत को देख रहा था। स्थिर दृष्टि से। कल्याणी, प्रिया, शीरीं! इन सबके अन्दर बैठी यह नंगी काली औरत निर्मल पद्मावत को पागल बना रही है। निर्मल पागल है नहीं। निर्मल अक्लमन्द है। साधारण मनुष्यों से उसकी तुलना नहीं की जा सकती। हर कदम सोच-समझकर उठाता है। कभी पीछे नहीं हटता। आगे ही बढ़ता चला आता है। पद्मावत नदी के किनारे बसे छोटे-से गाँव से कराची, कराची से बम्बई, बम्बई

से न्यूयार्क और न्यूयार्क से कलकत्ता। तीस मंजिलों का स्काई-स्क्रैपर। नेशनल जूट मिल। मिलर एंड मिलर कम्पनी। इंडिया शिपिंग कॉरपोरेशन। वेस्ट बंगाल बैंक। हुगली ग्लास वर्क्स और शीरीं पद्मावत!

मगर आदमी किसी जगह इतना कमजोर और इतना पागल क्यों हो जाता है?

धीरे-धीरे उम्र ढलती जाती है। मगर, उत्ताप नहीं ढलता। इच्छाएँ और भी प्रबल होती हैं। मन और भी पागल।

"कभी-कभी मुझे भी तुम्हारी जरूरत होती है। एक दिन घूमने नहीं गईं तो क्या हो गया?" निर्मल ने कोने में जाकर हब्शी औरत के सामने खड़े होते हुए पूछा। निर्मल के कंठ की शुष्कता से शीरीं को बड़ी ही विरक्ति हुई। यह आदमी और कुछ न करे, मीठी बातें तो कर सकता है। विरक्ति में भरकर उसने उत्तर दिया, "तुम जो चाहोगे, वही होगा। मैं तो पत्थर हूँ!"

निर्मल जैसे पत्थर की चोट खाकर पीछे घूम गया। पलँग के पास शीरीं खड़ी, अकेली, असहाय, और बेहद खूबसूरत। एक उम्मीद में डूबी हुई खूबसूरती।

भूखा बाघ अपने शिकार की ओर देखकर तड़पता है। अचानक सामने भरी राइफल तनी हुई देखकर पानी के नाले के पास खड़ी प्यासी हिरनी अँधेरी झाड़ी की तरफ देखकर तड़पती है। जंगल खामोश है। हवा रुकी हुई। कहीं कोई आवाज नहीं। हरकत नहीं। रोशनी की एक किरण नहीं!

निर्मल पद्मावत ने शीरीं को अपनी बाँहों में बाँध लिया। शीरीं उसकी पत्नी है। शीरीं के शरीर से खेलने का उसे अधिकार है। धार्मिक अधिकार, सामाजिक अधिकार, नैतिक अधिकार। शीरीं इनकार नहीं कर सकती। इनकार करना चाहती है। मगर निर्मल की बाँहें पत्थर की हैं। निर्मल की छाती लोहे की चट्टान है।

शीरीं ने आँखें बन्द कर लीं। अपने शरीर को एकदम ढीला छोड़ दिया। समय तेज बहती हुई नदी है। वह डूब जाना चाहती है। निर्मल ने उसे अपनी गोद में डाल लिया। बड़ी सावधानी से उसके ब्लाउज के बटन खोलने लगा। बटन पीठ की तरफ हैं। निर्मल की उँगलियाँ थरथराने लगी हैं। शीरीं का दम फूल रहा है। तेज साँसें, गर्म साँसें। निर्मल कहता है, "आज तुम्हें मुझसे नफरत

नहीं होगी। आज नहीं...''

''दरवाजे बन्द कर दो...शायद...''—कहती हुई शीरीं निर्मल के गले में बाँहें डाल देती है। निर्मल उसकी आवाज नहीं सुन पाता, समझ नहीं पाता है। लोहे की चट्टान बिजली की गर्म भट्ठी में डाल दी गई है। शीरीं पागल हो रही है। समय रुक गया है। शीरीं डूब चुकी है। शीरीं पिघले हुए लोहे की गर्म नदी में डूब चुकी है।

निर्मल भूखा बाघ है और बिस्तरे पर बेहोश पड़ी शीरीं को देखता है। शीरीं उलटी पड़ी है। मांस के मुलायम पिंडों का समूह। कहीं एक दाग नहीं है। कहीं स्याही नहीं है। कहीं अँधेरा नहीं। गन्दगी नहीं। शीरीं शारीरिक सौन्दर्य की बेदाग मूरत है। और निर्मल पद्मावत पागल हो रहा है। अपने नैतिक अधिकार से पागल हो रहा है।

निर्मल बिस्तरे से नीचे उतर गया। उसने अपनी कमीज और पैंट उतारकर हैंगर पर डाल दिए। अंडरवियर उतार डाला। बनियान पहने रहा। तब शीरीं पद्मावत ने आँखें खोलीं। लगभग चीखती हुई बोली, ''आते क्यों नहीं?...देर क्यों करते हो?...आओ!''

शीरीं की चीख सुनकर निर्मल को लगा जैसे उसकी नसें तड़तड़ाती हुई फट जाएँगी। उसकी देह टुकड़े-टुकड़े हो जाएगी। टुकड़े-टुकड़े होने से पहले वह शीरीं के पलँग पर कूद गया। शीरीं चुपचाप उलटी पड़ी रही। खामोश। आँखें बन्द किए। वह धार्मिक स्त्री है। प्रार्थना कर रही है।

शीरीं मन-ही-मन अपने प्रभु से प्रार्थना कर रही है। हर बार जो हुआ है, इस बार भी वैसा ही न हो जाए। इस बार नहीं! सिर्फ इस बार नहीं!

निर्मल ने दोनों हाथों की ताकत लगाकर शीरीं को अपनी ओर सीधा कर लिया...उसकी आँखें बन्द हैं। उसका कलेजा बन्द है। बन्द देह जलती है। लाल होंठ जलते हैं। शीरीं गर्म भट्ठी की तरह जलती है...लेकिन पता नहीं क्यों, ठीक इसी वक्त निर्मल पद्मावत को याद आया कि नीचे चित लेटी हुई औरत शीरीं नहीं है...कल्याणी है!...'संग्रीला' होटल की कल्याणी चीखती हुई पागल होकर कह रही है...

देर हो चुकी थी। शीरीं ने आँखें खोल दीं और एक हाथ आगे बढ़ाकर निर्मल को उसने वक्त पर पकड़ना चाहा। पी लेना चाहा। मगर देर हो चुकी थी। बर्फ का टुकड़ा अब पानी में था और पानी की भाप बनकर हवा में उड़

जाने में देर नहीं लगती है।

आदमी जब आदमी नहीं होता, बर्फ का पिघलता हुआ टुकड़ा होता है—वह मर जाता है। निर्मल मर गया।

हर बार यही होता है। निर्मल अपने नैतिक अधिकार का लाभ उठा नहीं पाता। निर्मल दरिद्र है। सर्वहारा है...सर्वहारा!!

तब शीरीं पद्मावत जाल तोड़कर निकलती हुई मछली की तरह उछल पड़ी। निर्मल के बिखरे हुए, टूटे हुए, शरीर पर कूद गई। दोनों हाथों से निर्मल की देह पीटने लगी, "बस! इतना ही चाहते थे? सिर्फ इतना ही चाहते थे?... बोलो? तुम्हें मेरा जरा भी खयाल नहीं...मुझे मार क्यों नहीं डालते?..."

परदा खिसकाकर अन्दर आती हुई प्रिया ने कहा, "अँधेरे में किस पर नाराज हो रही हो, शीरीं? कौन है?"

और निर्मल और निर्मल की देह पर चढ़ी हुई शीरीं को देखकर प्रिया पत्थर की अहिल्या बन गई। जम गई। एक कदम भी आगे या पीछे नहीं खिसक सकी। यह दृश्य उसने जीवन में पहली बार देखा है। तस्वीरों में देखा होगा, बेडरूम के पलँग पर पहली बार देखा है।

निर्मल पद्मावत ने शीरीं की कमर पकड़कर उसे उठा लिया और जैसे रेलवे के कुली मालगाड़ी के डिब्बों में पार्सल फेंकते हैं, बड़ी बेरहमी से सामने के सोफे की ओर फेंक दिया। शीरीं लाश की तरह आधी सोफे पर और आधी फर्श पर पड़ी रह गई। उससे करवट तक नहीं ली गई।

प्रिया दौड़कर सोफे के पास गई। शीरीं को सँभालने की कोशिश करने लगी। निर्मल चुपचाप तौलिए से अपनी देह साफ करता रहा। फिर कपड़े पहनकर कमरे से बाहर चला गया। प्रिया और शीरीं की ओर मुड़कर उसने देखा तक नहीं।

प्रिया ने कहा, "उठो शीरीं! आओ, बिस्तरे में चलकर लेटो। तुम्हें आराम की जरूरत है। चलो, चलो...जो हो गया, उसे भूल जाओ।"

मगर ऐसा नहीं हो सका। निर्मल पद्मावत वापस आ गया। दरवाजे के अन्दर नहीं आया। बाहर ही खड़ा रहा और बोला, "प्रिया, बाहर आओ। मुझे तुमसे काम है।"

प्रिया जाना नहीं चाहती थी। प्रिया उससे नफरत करती थी और डरती

थी। शीरीं ने उसे सारा कुछ बता दिया था।

निर्मल बीमार है। उसे किसी अच्छे डॉक्टर के पास जाना चाहिए। औरत के पास नहीं। मगर वह डॉक्टर के पास नहीं जाता। यों वह नपुंसक नहीं है। मगर बीमार है, कमजोर है। औरत के साथ रुक नहीं पाता है। शीरीं ने प्रिया को सबकुछ बता दिया है। प्रिया नफरत करती है। शीरीं के प्रति उसे सहानुभूति है। निर्मल के प्रति नहीं। ऐसा था, तो निर्मल ने विवाह क्यों किया? शीरीं को इस अन्धे कुएँ में क्यों ला पटका? किसलिए?

मगर निर्मल पद्मावत ने बुलाया, तो प्रिया को बाहर आना ही पड़ा। वह निर्मल से बेहद डरती है।

शीरीं अपने कमरे में अपने बिस्तर पर अकेली रह गई। अकेली, प्यास से छटपटाती हुई, जलती हुई।

उसने प्रिया और निर्मल के जाते ही दरवाजा अन्दर से बन्द कर लिया। पलँग पर पाँव फैलाकर बैठ गई। एकदम नंगी। आदि-नारी शीरीं पद्मावत! वासना से अभिभूत। इच्छाओं से जर्जर। शीरीं पुरुष नहीं चाहती है। चाहती है अपनी ही जैसी कोई युवती। वह स्वयं को चाहती है। आत्मरति! पररति नहीं मिले, तो और क्या उपाय है? प्रिया भी चली गई। निर्मल उसे कहाँ ले गया है? उसके साथ भी वही करेगा, जो मेरे साथ करता रहता है? उसे भी नंगा कर देगा? उसे भी पागल कर देगा? उसके भी नंगेपन और पागलपन का कोई प्रतिकार नहीं करेगा?

शीरीं पद्मावत ने अपने ही हाथों से अपने स्तनों को दबाया। दबाने से तकलीफ होती है। औरत यह तकलीफ चाहती है। चाहती है, दूध पीता हुआ बच्चा अपने दाँत उसके स्तनों में गड़ा दे। यही स्त्री का चरम सौभाग्य है। परम गति है।

शीरीं ने अपनी भरी हुई दोनों जाँघें देखीं। बड़े प्यार से उन पर उँगलियाँ फेरने लगी। उँगलियाँ कहाँ रुकती हैं? क्यों रुकती हैं? अपनी ही देह की आग को बर्दाश्त करने की ताकत नहीं रह गई। कमरा अन्दर से बन्द है। एकान्त है। शीरीं किस तरह अपने को दो हिस्सों में बाँट दे? पलँग पर लेटी हुई शीरीं। और, शीरीं के अंग-प्रत्यंग को अपने शरीर से दबाती हुई शीरीं। यह कैसे सम्भव है?

शीरीं पलँग पर खड़ी हो गई। खड़ी होकर नीचे झुकी। और नीचे झुकी। सिर के बाल सामने आ गए। स्तन घुटनों से चिपक गए। शीरीं ने अपने हाथ जाँघों के बीच में डाल दिए और वह चीखकर बिस्तरे पर गिर पड़ी। स्प्रिंगदार पलँग थरथराने लगा। शीरीं पागल है। बेहोश है। भूखी बिल्ली है। शीरीं तड़पती है। अपने शरीर को नोच-नोचकर खा जाना चाहती है।

जगह-जगह से लहू छलछला रहा है। शीरीं हँस रही है। ठहाके लगा रही है। पसीने-पसीने हो रही है। करवटें बदलती है। उछलती है। शीरीं भूखी बिल्ली है। शीरीं मछली है। शीरीं मरी हुई मछली है।

11

यह त्रिकोण नहीं है। यह त्रिकोण नहीं है, जिसके तीन बिन्दुओं पर निर्मल और शीरीं और प्रिया, स्थायी-अस्थायी रूप से स्थित हैं। यह एक लम्बी रेखा है। लम्बी और टेढ़ी-मेढ़ी रेखा, जिसकी गति का निश्चय नहीं और न जिसकी अगति का ही निर्णय है। इस रेखा पर जगह-जगह लोग खड़े हैं। हारे हुए लोग, थके हुए लोग, गलत जेहाद में लड़ते हुए लोग। गलत अन्दाज में लड़ते हुए लोग।

लोग दूसरी स्थितियों और घटनाओं से लड़ते हैं। यह लड़ाई गलत है, यह लड़ाई नकली है। लोगों को सबसे पहले अपने-आपसे लड़ना चाहिए। नहीं तो एक वक्त आता है, जब आदमी खुद ही खुद को पराजित करने में खुश होने लगता है। पराजय उसकी आदत बन जाती है। पराजय उसकी अकेली खुशी।

निर्मल पद्मावत खुश होता है। देर तक तड़पते रहने के बाद पलँग पर मरी हुई मछली शीरीं को देख-देखकर खुश होता है। पराजय पद्मावत की है, शीरीं की नहीं। शीरीं असहाय है। उसने मेहता को त्याग दिया है। उसने बाहर निकलने के सारे रास्ते बन्द कर लिए हैं। वह मछली इस जाल से निकल नहीं सकती। यह अन्धा कुआँ नहीं टूटेगा। यह अँधेरी गुफा नहीं छूटेगी। कैद है शीरीं सेल्सबर्ग! एक ऐसी लड़की कैद है, जिसने शारीरिक सुख और शान्ति के सिवाय कुछ जाना नहीं था, चाहा भी नहीं था। कोई सपना नहीं। कोई प्यार भी नहीं। शीरीं सेल्सबर्ग सपनों से और प्यार से डरती थी। न्यू-टेस्टामेन्ट की कहानियाँ पढ़ती थी और डरती थी। शीरीं सेल्सबर्ग समझती थी कि मनुष्य का

मन प्रकृति से ही पापमय और अपराधी है; और इसीलिए अपने मन की भावनाओं-इच्छाओं से भागती रहती थी। हर चीज से भागती रहती थी। रोकती थी सिर्फ बड़ी बहन की उदार छाया। इस छाया में उसे शान्ति मिलती थी। पिता की मृत्यु के बाद से ही शान्ति मिलती थी। यह शान्ति यौन-तृप्ति की शान्ति थी।

दोनों बहनें एक ही कमरे में रहती थीं। एक ही बिस्तरे में। लोहे की स्प्रिंगदार खाट पर तोशक बिछा होता था। तोशक पर फूलदार चादर।

एक दिन बड़ी बहन ने बियर से भरे गिलास के साथ समझाया कि दो औरतें भी परस्पर शारीरिक जीवन बिता सकती हैं। बिना किसी पुरुष की सहायता लिए बिता सकती हैं। बड़ी बहन ने तरीका बताया। अपने बनाए तरीके पर आगे बढ़ती गई। शीरीं आश्चर्यचकित थी। वह बेहद उत्तेजित थी। बहन जो करना चाहती थी, करने देती थी! तनिक भी इनकार नहीं, जरा भी एतराज नहीं! कोई पुरुष शीरीं को इतनी शीतलता, इतनी शीतल उत्तेजना, इतनी उत्तेजक शारीरिक वेदना नहीं दे सकता था। नहीं दे सका था।

दोनों बहनें रात में बिस्तरे पर इकट्ठी सोती थीं। दरवाजे और खिड़कियाँ बन्द कर लेती थीं। सीलिंग फैन पूरी स्पीड में चलता रहता था। दिसम्बर-जनवरी में भी घंटे-दो-घंटे के लिए चलता रहता था। शीरीं खुश थी कि बड़ी बहन इतनी प्यारी है। इतनी होशियार है। शीरीं भीग जाती थी। उसे महसूस होता था, उसके हाथ और पाँव ठंडे पड़ रहे हैं। जमे जा रहे हैं। फिर भी वह बड़ी बहन की नंगी देह से लिपटी रहती थी। अपनी उँगलियों से उसे सहलाती और थपथपाती रहती थी। शीरीं की उँगलियाँ भीग जाती थीं। बड़ी बहन खुशी से चीखती थी और शीरीं के स्तनों पर दाँत गड़ा देती थी। खुशी और पागलपन और बेहोशी!

और इस बेहोशी में शीरीं को धर्म का या पाप का या किसी बात का डर नहीं लगता था। उसे सबसे बड़ा डर था, वह गर्भवती हो जाएगी इसलिए वह जान-बूझकर किसी पुरुष के पास नहीं जाती थी। अवसर मिलने पर भी नहीं। वैसे कभी-कभी तो हर औरत मौके-बेमौके फँस जाती है। इनकार किया नहीं जाता। किया भी जाए, तो छुटकारा नहीं मिलता।

शीरीं बहुत कम उम्र की थी, फिर भी उसकी माँ उसे ये सारी बातें बताती थी। बता देती थी कि शीरीं के पिता सेक्स के मामले में कितने कमजोर हैं,

कैसे-क्या करते हैं। माँ उसे बताया करती थी, हर मर्द जानवर होता है। जंगली जानवर! औरत को उसके जंगलीपन के आगे झुकना ही पड़ता है। झुकना ही चाहिए। झुकना चाहिए और नफरत करनी चाहिए। क्योंकि मर्द खूँखार होता है। औरत को तकलीफ देना ही उसे आता है, सुख देना नहीं।

फिर भी शीरीं अपने पिता को प्यार करती थी। हरदम उन्हीं के पास बनी रहती। घूमने के लिए जाते वक्त माँ उसे कपड़े पहनाने लगती तो गुस्सा होती थी। पिता ही उसे नहलाते थे, कपड़े पहनाते थे, साथ बाहर ले जाते थे। वापस लौटकर वह पिता के साथ ही खाना खाती थी। उन्हीं के पास सोती थी। रात में किसी-किसी दिन उसकी माँ आती थी। सो रहती थी। उसकी नींद खुलती थी और वह ऐसी बातें देखती थी, जिनकी समझदारी उसे नहीं थी। उसे डर होने लगता था। डरकर सो जाती थी। नींद में डरती थी। तरह-तरह की आकृतियाँ! आदमी जानवर बन जाता है। जानवर अपने विशाल सींगों पर शीरीं को उठा लेता है। शीरीं को जलती आग में पटक देता है। एक ऊँचा पहाड़ है। कई ऊँचे पहाड़ हैं। पहाड़ पर जानवर हैं। हर जानवर के सींग पर शीरीं लदी है। चीख रही है। छटपटा रही है। उसकी नई फ्रॉक चिथड़े-चिथड़े हो गई है। पहाड़ हिल रहे हैं। पहाड़ टूट रहे हैं। शीरीं सेल्सबर्ग की नींद खुल जाती है। उसकी माँ उसके पिता की जाँघों पर बैठी हुई है और कह रही है, "शीरीं, डर लग रहा है? छाती पर क्रॉस बनाकर सो जाओ। डरो नहीं!"

कमरे में अँधेरा है। सीलिंग फैन पूरी स्पीड में चल रहा है। शीरीं डर रही है। कहीं उसकी माँ उसके पिता को जान से तो नहीं मार देगी? मगर, पिता के प्रति शीरीं की माया-ममता अधिक दिनों तक टिक नहीं सकी। पिता का स्थान बहन ने ले लिया। माँ का देहान्त हुआ। पिता की जिन्दगी बदल गई। वे दोहरी जिन्दगी जीने लगे। एक ओर शराब और दूसरी ओर चित्रकला। एक ओर मृत्यु, दूसरी ओर धार्मिकता। क्रिश्चियन पौराणिक कथाओं को विषय बनाकर उन्होंने लगातार तस्वीरें बनाईं। तस्वीरें नहीं बिकती थीं। वे बेचना भी नहीं चाहते थे। वे मरना चाहते थे और अपनी दोनों बेटियों को भूल जाना चाहते थे।

घर में दोनों बहनें अकेली रहती थीं। बाहर के लोग आते थे। बड़ी बहन को चॉकलेट-टॉफी देते थे। छोटी बहन चॉकलेट खाती रहती थी, मुस्कराती रहती थी। मुस्कराती थी और सारी बातें समझने की कोशिश करती थी।

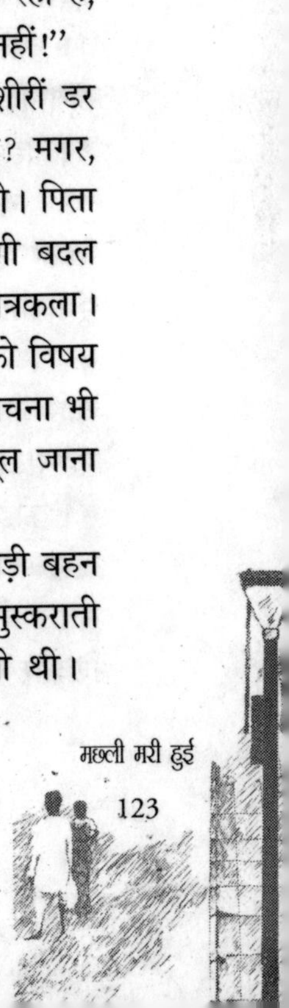

कोशिश वह आज भी कर रही है। निर्मल पद्मावत को समझना चाहती है। समझना चाहती है, इतना ताकतवर आदमी इतना कमजोर क्यों है! डॉक्टरों से पूछना चाहती है, मगर डरती है। निर्मल को मालूम हो गया, तो वह जिन्दा नहीं छोड़ेगा। मगर उसकी कमजोरी के बावजूद वह निर्मल को प्यार करती है। आदर करती है, श्रद्धा करती है। निर्मल जीवन के और हर लमहे में ईमानदार है। गलत बात नहीं करता। अन्याय नहीं करता। अक्लमन्द है। मिल के अपने मजदूरों से भी ज्यादा मेहनती है। नेपाली और पठान दरबानों-सिपाहियों से भी ज्यादा ताकतवर है। किसी से नहीं डरता, किसी बात से नहीं डरता है। सभी लोग उससे डरते हैं। यह काला-कलूटा, बदसूरत आदमी पता नहीं कब क्या कर डालेगा!

निर्मल पद्मावत शेयर-बाजार में जाता था। बड़े-बड़े दलाल उसकी राय मानकर चलते थे। वह बाजार की हालत बदल देता था। सोने का भाव ऊँचा चढ़ता है। निर्मल बेचता नहीं है, टेलीफोन पर बैठा हिसाब करता रहता है और सोना खरीदता जाता है। निर्मल खरीदता है, तो भाव और ऊँचा चढ़ता है। सोना और टाटा कम्पनी का इस्पात और पंजाब नेशनल बैंक के शेयर और हिन्द मोटर कम्पनी और जूट, चाय और अभ्रक की खान...निर्मल स्टॉक-एक्सचेंज पर हावी हो जाता है। जैसे वह आदमी न हो, चीनी लोककथाओं का काला जादूगर हो! मगर उसने शेयर बाजार में जाना बन्द कर दिया। अचानक बन्द कर दिया। उसने देखा, यह बाजार जुए का बाजार बन गया है। वह कभी जुआ नहीं खेलेगा।

बाजार में निर्मल पद्मावत की साख है और दुश्मनी भी है। विश्वजीत मेहता से उसकी दुश्मनी है। मेहता दुश्मनी निभाना जानता है। मेहता ने पूँजीपतियों के एक पूरे दल को निर्मल के खिलाफ ला खड़ा किया है। इस दल के हाथ में अखबार हैं और पूँजीपतियों के अखबारों को पूरी आजादी है। वे चाहें जो कुछ छाप सकते हैं। उनके पास अपना कागज है। विदेशों से मँगवाई गई रॉटरी मशीनें हैं, झूठी-सच्ची खबरें बनानेवाले अपने पत्रकार और सम्पादक हैं। कोई भी खबर ईजाद की जा सकती है। कोई भी खबर छप सकती है। अखबार अब अखबार नहीं रह गए हैं। जनता के खिलाफ पूँजीपतियों की लड़ाई के हथियार बन गए हैं। जनता पैसे देकर ये अखबार खरीदती है और शिकार बनती है। अखबारी समाचारों का शिकार बनती है। अखबार तीसरी

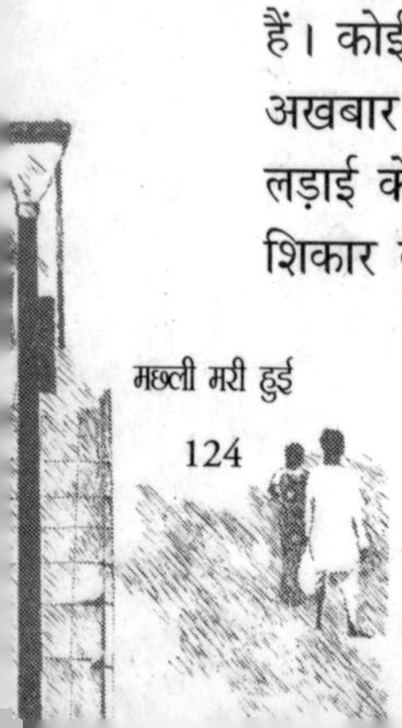

लड़ाई का डर फैलाते हैं। अखबार सामाजिक बीमारियाँ फैलाते हैं। अखबार हमारे सामने बीमार औरतों, बीमार खेल-तमाशों, बीमार खुशियों का नंगा जाल बिछाते हैं। क्योंकि हम आजाद मुल्क के आजादी-पसन्द नागरिक हैं, हमें इस जाल में फँसना ही होगा!

हमें बोलने और लिखने की आजादी है। हमें समाचार छापने की आजादी है। हमें अखबार निकालने की आजादी है। आजादी है, मगर इस आजादी का फायदा उठाने की ताक़त हमारे पास नहीं है। ताकत है उनके पास, जिनके पास बैंक है, पूँजी है, प्रेस है, मशीनें हैं, कागज है, आयात-निर्यात का लाइसेंस है, देश का सोना बाहर और बाहर का सोना देश में लाने की ताकत है! ताकत है उनके पास! जनता के पास इस ताकत के नीचे दबे रहने की आजादी है। इसके अलावा कुछ भी नहीं है!

निर्मल पद्मावत यह बात जानता है और नए सिरे से लड़ाई करना चाहता है। शीरीं यह बात जानती है और निर्मल के प्रति श्रद्धा रखती है।

इस श्रद्धा के कारण ही शीरीं जरा-सी बात पर मेहता को छोड़कर चली आई थी। अब निर्मल की कमजोरी के बाद भी उसे त्याग नहीं पाती है। निर्मल को त्यागने की बात वह सोच भी नहीं सकती! किसी और कारण से नहीं, केवल श्रद्धा के कारण। यह श्रद्धा निरी श्रद्धा नहीं है। इस श्रद्धा में करुणा है—ठीक वही करुणा, जो डॉक्टर रघुवंश में थी कल्याणी के प्रति—सुदूर विदेश में वेश्या का जीवन बितानेवाली कल्याणी के प्रति। निर्मल से शीरीं सारी कहानी सुन चुकी है।

कल्याणी बीमार हो गई थी। निर्मल ने उसके पास न जाने की प्रतिज्ञा कर ली थी। डॉक्टर रघुवंश कल्याणी को बचपन से जानते थे। पढ़ने-लिखने में बड़ी तेज लड़की थी। न्यूयार्क की चमक-दमक में आकर खो गई, बीमार हो गई। समूचे चेहरे पर फफोले निकल आए थे। समूची देह नीली पड़ गई थी। बिस्तरे से उठ नहीं पाती थी। कराहती रहती थी। फफोलों से मवाद निकलता रहता था।

डॉक्टर रघुवंश ने उस पर दया नहीं की। केवल करुणा! इस करुणा में दया नहीं थी। डॉक्टर को पता था, स्वस्थ हो जाने के बाद कल्याणी फिर वही दुर्दान्त और भयानक स्त्री बन जाएगी। फिर वही मछली बन जाएगी, जो पानी के अलावा किसी चीज की परवाह नहीं करती है। इसलिए दया नहीं। मगर

इसलिए घृणा भी नहीं। केवल करुणा। इस करुणा में कल्याणी की जीवनी-शक्ति के प्रति श्रद्धा है।

शीरीं पद्मावत की इस करुणा में निर्मल की प्राण-शक्ति के प्रति श्रद्धा है। शीरीं घृणा नहीं कर पाती। निर्मल अन्धी पिपासा में पागल होकर शीरीं का मांस नोंच डालता है, हड्डियाँ तोड़ने लगता है, फिर भी नहीं! वह अपने को बचाने की कोशिश नहीं करती। सहती रहती है। वहशी जानवर को सहती रहती है। करुणा करती है। शीरीं करुणामयी है। शीरीं बीमार है, भूखी है, न्यूरोटिक है, 'होमोसेक्सुअल' है—मगर करुणामयी है।

शीरीं ग्रीस के पास आइजेन-समुद्र में बसे छोटे-से द्वीप लेस्बस में रहनेवाली ग्रीक-कवयित्री सैफो है। सैफो कम-उम्र लड़कियों से घिरी रहती थी और उनके साथ यौन-सम्भोग करती थी। उसे एथिस से प्यार था। उसे एथिस और ऐसी ही कितनी लड़कियों से प्यार था। मगर इस प्यार के कारण उसने अपने पति केर्कोलस से घृणा नहीं की। सैफो अपने पति के प्रति करुणामयी ही रही। उसने क्लीस-जैसी प्यारी और खूबसूरत लड़की को जन्म दिया। जन्म देना शीरीं भी चाहती है। मगर उपाय नहीं है। निर्मल कमजोर है। निर्मल बीमार है। निर्मल उलझनों, विवशताओं और शत्रुओं से घिरा है।

एक दिन विश्वजीत मेहता ने शीरीं को फोन किया था। शीरीं उससे मिलने एक रेस्तराँ में गई भी थी। निर्मल उस दिन कलकत्ता से बाहर था। मगर कोई फायदा नहीं हुआ। मेहता साहब शीरीं को दार्शनिक रसेल की उस कहानी की नायिका नहीं बना सके, जिसमें शैतान के जादू से प्रभावित होकर मिसेज एलेर्कर अपने पति को आत्महत्या के लिए मजबूर कर देती है। शीरीं कहानी की नायिका नहीं है। शीरीं निर्मल पद्मावत की पत्नी है। शीरीं श्रद्धा करती है।

और निर्मल? निर्मल पद्मावत जानता है, उसकी बीमारी शारीरिक नहीं; मानसिक है। वह हीन-भावना का शिकार है। इस हीन-भावना को दूर करने का उपाय नहीं है। उपाय थी कल्याणी। कल्याणी पार्क-स्ट्रीट सीमेट्री में सो रही है। कब्र से बाहर नहीं आ सकती। बाहर आ सकती है प्रिया। मगर प्रिया कल्याणी नहीं है।...शीरीं भी कल्याणी नहीं। कोई भी दूसरी कल्याणी नहीं है।

12

प्रिया बाहर चली आई। मन-ही-मन आतंकित होती रही। निर्मल साहब मुझे क्यों बुला रहे हैं? क्या उन्हें मेरे और शीरीं के रिश्ते का पता चल गया है? शीरीं ने उन्हें बता दिया है? कोई और बात है? क्या बात है? प्रिया डरी हुई थी। मन-ही-मन उत्तेजित थी। उसने शीरीं और निर्मल को देख लिया था। उन दोनों के समूचे नंगेपन में देख लिया था। भय। उत्तेजना। एक अनजान कँपकँपी। अब क्या होगा? किस तरह होगा?

शीरीं के बेडरूम के एक कोने में तिपाई पर हब्शी औरत नंगी खड़ी है। और नंगी खड़ी रहती है। लाल-लाल आँखें। लाल होंठ। शीरीं दर्द से तड़पती रहती है। निर्मल के पीछे-पीछे चलती हुई प्रिया सीढ़ियों पर चढ़ती हुई निर्मल के कॉटेज में आ जाती है। दफ्तर के कमरे में धनवन्तलाल खड़ा है। ईमानदार प्राइवेट सेक्रेटरी। दस साल की नौकरी में धनवन्तलाल ने कुल दो दिन की छुट्टी ली है। पहली बार अपनी शादी के दिन, दूसरी बार अपनी माँ के मृत्यु के कारण। पहले टाइपिस्ट था। फिर मिलर एंड मिलर कम्पनी में बड़ा बाबू बन गया। फिर जूट मिल में एकाउंटेंट। अब साहब का प्राइवेट सेक्रेटरी है। दफ्तर के दूसरे लोग जलते हैं, और बेहद डरते हैं। वैसे धनवन्तलाल दोस्ती करने लायक आदमी है, डरने लायक नहीं। ईमानदारी और मेहनत में निर्मल पद्मावत से जरा भी कम नहीं है। कभी झूठ नहीं बोलता। निर्मल के सामने कभी नहीं। इसलिए कभी-कभी निर्मल पर नाराज भी होता है। इस फर्म को कच्चा माल सप्लाई करने का ठेका क्यों दिया गया? इस आदमी को नौकरी क्यों दी गई? यह ऑडीटर बेईमान है। यह एजेन्ट ज्यादा कमीशन माँगता है। मगर हर बार

आप ही आप धनवन्तलाल की नाराजगी दूर होती रही है। निर्मल बहुत दूर की बात सोचता है। निर्मल भविष्य को समझता है, प्राइवेट सेक्रेटरी नहीं समझता और बाद में चकित हो जाता है।

"साहब जूट मिल तो बन्द हो गया। अब ऑर्डर पूरा कैसे किया जाए? फोन पर फोन आ रहे हैं? हम कैसे सप्लाई करें? क्या करें?" धनवन्तलाल बेहद गुस्से में है, बेहद उदास है।

"प्रिया, तुम दो मिनट बैठो। मैं जरा अपने सेक्रेटरी साहब से निबट लूँ," निर्मल प्रिया की ओर देखकर मुस्कराता है। प्रिया शरमा जाती है। यह आदमी इतनी जल्दी अपने को कैसे बदल लेता है? किस तरह...

निर्मल टेलीफोन उठाता है। फोन के दूसरे किनारे पर विश्वजीत मेहता खड़ा है और निर्मल के फैसले का इन्तजार कर रहा है। निर्मल मुस्कराता है, "यस, आई एम स्पीकिंग!...मुझे मंजूर है! घंटे-भर में सारे कागजात तैयार हो जाएँगे। आप जब चाहिए दस्तखत कर दीजिए...जी हाँ, मुझे मंजूर है... थैंक यू!..."

धनवन्तलाल आतंकित हो गया है। भय से उसकी आँखें फैल गई हैं। वह सिर झुकाकर सोफे पर बैठ जाता है। निर्मल की मुस्कराहट अभी तक होंठों पर कायम है। वह कहता है, "नेशनल जूट मिल मैंने मेहता के यहाँ बेच दी है। बीस हजार में बरसों पहले खरीदी थी। दो लाख रुपयों में बेच दी। सौदा घाटे का तो नहीं रहा, क्यों धनवन्त?"

"ऐसा नहीं कीजिए साहब! मेहता साहब के हाथों मत बेचिए...बाजार में पद्मावत इंडस्ट्रीज की इज्जत है..."

"इज्जत नहीं जा रही है," निर्मल ने टेबुल पर पड़े कागजों को उलटते-पलटते हुए कहा, "तुम जरा सोचकर देखो, धनवन्त! इज्जत मेहता की जाएगी, मेरी नहीं! नेशनल जूट मिल मेहता ने खरीदी है, सारा लेन-देन और सारी लाइबिलिटीज के साथ खरीदी है। अब मेरा क्या है? नेशनल की इज्जत उसकी इज्जत है, निर्मल पद्मावत की नहीं!"

"मगर आपने बेच क्यों दी? एक बार आप मिल में चलते तो हड़ताल बन्द हो जाती। मजदूर आपके सामने सिर नहीं उठा सकते..."

अपने प्राइवेट सेक्रेटरी की इस बात से निर्मल उदास हो गया। आँखें उठाकर उसने डॉक्टर रघुवंश की लड़की को देखा। वह सोफे के एक किनारे

पाँव-पर-पाँव रखे बैठी थी। सिर झुकाए एक पत्रिका देख रही थी। प्रिया इन्तजार कर रही थी, भयभीत हो रही थी।

निर्मल खड़ा हो गया। कुर्सी खिसकाकर फ्लैट के पीछे की खिड़की पर चला आया। नीचे फैला हुआ शहर दीख रहा है। एक लम्बा जुलूस। प्लेकार्डों पर लिखे हुए नारे। आगे चलती हुई औरतों के हाथों में झंडे। फुटपाथों पर दोनों ओर जुलूस देखती हुई जनता। जुलूस के पीछे-पीछे चलती हुई पुलिस की गाड़ियाँ। जुलूस के कारण चौराहों पर रुका हुआ ट्रैफिक, ट्रामें, बसें, टैक्सियाँ और ट्रक। जुलूस चौराहा पार कर जाएगा, तब ट्रैफिक का रास्ता खुलेगा। जुलूस धीरे-धीरे चलता है और दूसरों के रास्ते रोक देता है।

निर्मल जुलूस देखता रहता है। कहता है, "हड़ताल बन्द नहीं होती, धनवन्तलाल, मेरे जाने से भी नहीं! मजदूर सिर उठाते, गालियाँ बकते, हो सकता है, ईंट-पत्थर भी चलाते। मजदूरों की भीड़ जंगल के जानवरों की तरह होती है। एक बार खून का स्वाद चख लेने पर वे खून के प्यासे हो जाते हैं। उन्हें खून चाहिए और कुछ नहीं। खून यानी रुपया। खून यानी सिर्फ रुपया! उन्हें ज्यादा बोनस दो, ज्यादा मजदूरी दो, ज्यादा सुविधाएँ दो। काम के कम घंटे। छुट्टी का ज्यादा वक्त। रहने के लिए फ्री क्वार्टर। फ्री डॉक्टरी इलाज। फ्री दवाएँ देते जाओ। भीड़ खूनी जानवर है। वह खून पीती जाएगी। किसका खून है यह जानने की जरूरत भीड़ को नहीं होती है। विश्वजीत मेहता और उसके दोस्तों ने मुझे नीचा दिखाने के लिए नेशनल जूट मिल की भीड़ को मेरे खिलाफ कर दिया। भीड़ को मेरे खून का स्वाद बता दिया। अब यह जूट मिल अपने पास रखने का कोई फायदा नहीं था। हड़ताल टूट भी जाती, तो मजदूर काम नहीं करते, चोरी करते, मशीनें तोड़ डालते, रोज नई-नई माँगें पेश करते। अब भी वे यही करेंगे। उन्हें खून का स्वाद मिल गया है। खून पद्मावत का हो, या मेहता का, उनके लिए कोई फर्क नहीं पड़ता है। मुझे उम्मीद थी, मेहता नेशनल जूट मिल नहीं खरीदेगा। मगर इस बार भी वह मुझसे हार गया। वह नेशनल चला नहीं सकेगा। धनवन्तलाल सप्लाई का एक भी ऑर्डर पूरा नहीं कर सकेगा। इज्जत उसकी जाएगी। लॉकअप उसकी फैक्टरी में रहेगा! तुम जरा सोचकर देखो, मेरी बात समझ जाओगे..."

निर्मल अभी और बोलता ही रहता, मगर धनवन्तलाल मुस्कराता हुआ बाहर जा चुका था। वह लिफ्ट से नीचे उतरेगा। सीधा नेशनल जूट मिल

जाएगा। मजदूरों के लीडरों से बातें करेगा। हड़ताल टूटनी नहीं चाहिए। किसी तरह भी नहीं...

धनवन्तलाल के चले जाने से प्रिया और भी ज्यादा डरने लगती है। शरीर-विज्ञान की किताबों में लिखा है, मानसिक रूप से कुंठित व्यक्ति और भी अधिक भयानक होता है। दूसरों को कष्ट देकर वह अपनी शारीरिक हीनताओं को भूलना चाहता है। दूसरों को पीड़ित करके वह अपनी दुर्बलताओं का बदला लेना चाहता है। पता नहीं, अब क्या होगा...

प्रिया सिर झुकाए मैगजीन देखती रही। निर्मल पद्मावत खिड़की के बाहर बिखरा हुआ शहर देखता रहा। पद्मावत कुछ सोच नहीं रहा है, यह भी नहीं कि उसने प्रिया को शीरीं के कमरे से क्यों बाहर खींच लिया है। क्या केवल शीरीं को अपनी ताकत बताने के लिए? प्रिया सोच रही है।

प्रिया सोच रही है, वह स्वयं शीरीं के स्थान पर खड़ी हो जाए। कष्ट सहने का भी एक अलग आनन्द होता है। सैल्फ-टॉर्चर का आनन्द! वह चाहे तो खड़ी हो सकती है। कोई उसे रोक नहीं सकता। उसने केवल मेडिकल साइंस की किताबें ही नहीं पढ़ी हैं, उसने दुनिया देखी है। वह चाहे तो निर्मल पद्मावत को सँभाल सकती है। कोशिश कर सकती है कि निर्मल कमजोर न रहे। शायद सफल भी हो सकती है।

निर्मल काले पत्थरों का पहाड़ है। वह कोशिश करे तो इस पहाड़ पर हरियाली उग सकती है। मीठे पानी का झरना बहा सकती है। वह कोशिश करे तो...

"आप शीरीं को इतना क्यों सताते हैं, निर्मल साहब? शी इज सच ए फाइन क्रीचर..." अन्त में प्रिया ने इसी तरह अपनी बात शुरू की। निर्मल चौंककर पीछे घूम गया।

निर्मल प्रिया की बगल में सोफे पर बैठ गया। उसकी आँखों में देखता हुआ, उपहास के स्वर में बोला, "मैं उसका स्वामी हूँ और सताना मुझे अच्छा लगता है! वह विरोध क्यों नहीं करती?"

निर्मल ने प्रिया के उत्सुक, कोमल और क्रमशः कठोर होते हुए चेहरे को भरपूर निगाहों से देखा। प्रिया ने निर्मल को नहीं देखा। देखने की शक्ति नहीं है। शब्दों के अन्तराल में जाने की शक्ति नहीं है। शब्दों के अन्दर शब्द

हैं। शब्दों के अन्दर ध्वनियाँ हैं। ध्वनियों के अन्दर प्रतीक। प्रतीक में अर्थ है, या नहीं है, जानने की शक्ति नहीं है। शून्य को जानने-समझने की शक्ति नहीं है।

"आप तो पुराने सामन्तों की तरह बातें करते हैं!" प्रिया का चेहरा कठिन हो जाता है। प्रिया ने सर वाल्टर स्कॉट और अलेक्जेंडर ड्यूमा के उपन्यास पढ़े हैं। ब्रिटिश नाइटों और फ्रांसीसी मस्केटियरों की कहानियाँ। मादाम दि वैलरीज के लिए तलवारबाजी करते हुए बहादुर योद्धा...रूसी राजकुमारियाँ...अपनी रानी के कोमल हाथों के एक चुम्बन के लिए नौलखा हार चुरा लानेवाला दि आर्तग्ना...

"आप तो पुराने सामन्तों की तरह बातें करते हैं, निर्मल साहब!" आवाज बन्द टोकरी को तोड़कर निकलते हुए भूखे साँप की तरह बाहर निकली। फन काढ़कर कमरे में नाचने लगी। इस साँप को देखकर प्रिया स्वयं आतंकित हो गई। शीरीं ने कहा था...शीरीं ने कहा–शीरीं ने...

"बातें करने का मेरा तरीका मेरा अपना है प्रिया! इतिहास की किताबों से उधार लिया हुआ नहीं," निर्मल ने बड़े ही धीमे स्वर में कहा। फिर चुप हो गया। प्रिया के पास और कोई सवाल नहीं है। सवाल हो भी, तो पूछने का साहस नहीं है। उसने शीरीं की पीठ पर निर्मल के दाँत और पंजों के निशान देखे हैं। पीठ पर, जाँघों पर, शीरीं ने खुद ही कितनी बार निशान दिखाए हैं। निर्मल जानवर हो जाता है। रात के अँधेरे में और दिन के उजाले में जानवर हो जाता है। स्याह दागों से शीरीं का गोरा शरीर भर देता है। स्याह दाग। अजनबी दाग। बीमार दाग।

शीरीं पद्मावत जब अपने बेडरूम में होती है, तब ये दाग प्रिया को दिखाती है। सिटिजेन्स-क्लब में अपने जन्म-दिन के उत्सव में मिलने के बाद से ही दिखाती है। शीरीं प्रिया की सहानुभूति चाहती है। सहानुभूति के बाद अपनत्व। अपनत्व के बाद स्नेह। स्नेह के बाद शारीरिक सम्पर्क। सोफे पर लेट जाती है और अँगड़ाई लेती हुई कहती है, "मैं मर रही हूँ, प्रिया!"

यह मरण शब्दों में चित्रित नहीं किया जा सकता, रेखाओं में अंकित नहीं किया जा सकता। यह मरण सत्य है। और सत्य शब्दातीत है, रेखातीत। यह सत्य काल, स्थान और पात्र की सीमाओं से परे है। यह सत्य असत्य है।

पृथ्वी नहीं है। शून्य है और आदिम अन्धकार। शून्य है और दो स्त्री-

छायाएँ हैं। पुरुष नहीं है। पुरुष नहीं था। दो स्त्री-छायाएँ हैं। अन्धकार है, शून्य है, किसी वस्तु का कोई आधार नहीं है। कोई कारण नहीं है। कोई धर्म नहीं, स्वरूप नहीं, अवस्था नहीं। केवल दो स्त्री-छायाएँ। बाँहें नहीं हैं, हाथ नहीं हैं, उँगलियाँ नहीं, घुटने नहीं, पाँव नहीं, केवल दो मछलियाँ हैं। नीली मछलियाँ। और अन्धकार का सागर है।

मछलियाँ अँधेरे में तैर रही हैं, एक-दूसरे को पकड़ने के लिए उछल रही हैं। मगर बाँहें नहीं हैं। मछलियाँ एक-दूसरे में लिपटने के लिए तड़प रही हैं, मगर पाँव नहीं हैं।

अन्धकार सिकुड़ता है। सघन होता है। मछलियाँ पास आती हैं। सिमटती हैं। सटती हैं। एक-दूसरे से चिपक जाती हैं। एक-दूसरे से लिपटी रह जाती हैं। काल रुक जाता है। स्थान मिट जाता है। पात्रत्व समाप्त हो जाता है। दो नीली मछलियाँ हैं और अन्धकार है, शून्य है।

एक मछली कहती है, "और पास आओ, अपने होंठों से मुझे पी जाओ। मेरे होंठों में अपनी जीभ डाल दो। अपने शरीर से मुझे रगड़ती रहो। मैं मर रही हूँ..."

दूसरी मछली कहती है, "मैं मर रही हूँ...मेरी हड्डियाँ तोड़ डालो! मेरे होंठ अपने दाँतों से कुतर डालो। मार डालो मुझे...मैं मरना चाहती हूँ!"

लेकिन मरना चाहकर भी मर जाना आसान नहीं है। मछलियाँ इसलिए मरती हुई रहकर भी जिन्दा रह जाती हैं।...क्योंकि दोनों के मन में एक पुरुष जिन्दा है। सिर्फ एक पुरुष!...उसका नाम है, निर्मल पद्मावत!

पास न होकर भी, शीरीं और प्रिया के मन में काले ब्रोंज की काली मूर्त्ति की तरह निर्मल पद्मावत खड़ा है...मुस्कराता हुआ। दो 'लेस्बियन' औरतें और दोनों के मन में, दिलो-दिमाग में, अंग-अंग में ब्रोंज की मूर्त्ति।

किन्तु, निरीह एकान्त में निर्मल के लिए सबसे बड़ा दुख! ऐसा दुख जो पुराने रोग की तरह उसका साथी और हमदर्द बना गया हो।

13

1790 ई. में मार्क्विस-दि-सादे के दो उपन्यास 'जूलियट' और 'जस्टीन' प्रकाशित हुए। दोनों में ही स्त्रियों के समलैंगिक प्रेम-कांडों का विस्तृत विवरण किया गया। कान्वेंटों में, बोर्डिंग-हाउसों में, शिक्षा-संस्थाओं और वेश्या-गृहों में रहनेवाली स्त्रियाँ...

बालजाक के उपन्यासों 'सुनहरी आँखोंवाली लड़की', 'पियरे गोरियो', 'सेराफिटा' और 'पेरिस-जीवन के दृश्य' में फ्रांसीसी समाज के सामन्ती परिवारों में फैले हुए 'लेस्बियनिज्म' के चित्र उपस्थित किए गए हैं।

1864 में प्रकाशित एल्फोंज डाउडे की किताब 'सैफो', पेरिस के जीवन का एक चित्र...1871 में प्रकाशित थामस हार्डी का उपन्यास 'डेस्पोट रेमेडीज'...

'डेस्पोट रेमेडीज' की नायिका सिथेरिया कुल अठारह साल की लड़की है। चालीस साल की मिस एल्डक्लिफ के साथ उसे शारीरिक कामसम्पर्क में आना पड़ता है।...बेडरूम के दरवाजे पर खड़ी होकर एक रात मिस एल्डक्लिफ पूछती है, "मैं भीतर आ जाऊँ, सिथेरिया!" बिस्तरे में आकर अपनी बाँहों में बाँधकर उसे कसकर दबाती हुई वह धीमे लहजे में कहती है, अनुनय-भरे स्वर में, "अब मुझे चूमो, डार्लिंग!"

सिथेरिया पहले इनकार करती है। इस बूढ़ी और बेहद पकी हुई औरत को चूमना उसे अजीब-सा लगता है। मगर एल्डक्लिफ के पास उसके अपने तर्क हैं। वह अपनी 'प्रेमिका' को समझाती है, "जिस तरह मैं तुम्हें चुम्बन लेती हूँ, तुम क्यों नहीं चूमती हो?...तुम्हारे होंठों में गर्मी नहीं है। क्या किसी मर्द ने कभी तुम्हें चूमा नहीं?...कभी गर्म नहीं किया तुम्हें?...सिथेरिया, मेरी प्यारी

सिथेरिया, जितना प्यार तुम अपने प्रेमी को देती हो, मुझे उससे ज्यादा प्यार दो! कोई भी मर्द तुम्हें जिस तरह प्यार करता होगा, मैं उससे बहुत ज्यादा सुख दूँगी!...मुझे प्यार करो, सिथी! मेरे और अपने बीच तुम किसी अजनबी मर्द को मत लाओ! मैं यह बर्दाश्त नहीं कर सकती।''

हार्डी के इस उपन्यास के पूरे सत्तावन वर्ष बाद, 1928 में एक अंग्रेज लेखिका रैडक्लिफ हाल का उपन्यास 'द वेल ऑफ लोनलीनेस' (अकेलेपन का अन्धा कुआँ) बाजार में आया।...स्टीफेन गॉर्डन एक ब्रिटिश सामन्त-परिवार की लड़की है। अपने माता-पिता की अकेली सन्तान! उसे लड़कों की तरह मरदाने लिबास में पाला जाता है। लड़कों-जैसा उसका नाम 'स्टीफेन' और वैसा ही रहन-सहन।

युवावस्था में पाँव रखते ही स्टीफेन अपनी एक सहेली एंजेला से 'इश्क' करने लगती है, और उसे मजबूर करती है कि वह अपने पति राल्फ क्रोस्बी को त्यागकर स्टीफेन के साथ रहने लगे।

एंजेला जी-जान से बढ़कर स्टीफेन को प्यार करती है। मगर वह अपने पति को किस तरह छोड़ दे? एंजेला अपने पति से शारीरिक सुख और सुरक्षा पाती है।...'इश्क' की यह बात खुल गई। पड़ोस के लोगों ने जान लिया कि एक कुँआरी लड़की दूसरी एक विवाहित लड़की के प्यार में पागल हो रही है।

...स्टीफेन भागकर पेरिस चली आई। विश्वयुद्ध शुरू हो चुका था। वह एक एम्बुलेन्स कोर में शामिल होकर आहत सैनिकों की देखभाल करने लगी। वहीं उसे मेरी लेवेलिन से मुलाकात हुई। एंजेला न सही, लेवेलिन ही सही!... स्टीफेन ने अपनी नई 'प्रेमिका' के साथ यौन-सम्पर्क किया। युद्ध समाप्त होने पर दोनों औरतें पेरिस लौट आईं। फिर बेलेरी सेमावर की सहायता से 'लेस्बियन' जिन्दगी बितानेवाली औरतों के एक दल में आ मिलीं।

स्टीफेन, जेमी, लेवेलिन और बारबरा, ये चार औरतें अपने बन्द कमरे के एकान्त में एक-दूसरे के शरीर से खेल-तमाशे करने लगीं।...बारबरा को निमोनिया हुआ। वह मर गई। जेमी को बारबरा से बेहद प्यार था। उसने आत्महत्या कर ली।...अपनी प्रेमिका के बिना जीते रहना व्यर्थ है।

इन घटनाओं के बाद मेरी लेवेलिन को अपने 'वर्तमान' और अपने व्यक्तित्व से घृणा हो गई। वह किसी एक स्वस्थ युवक के साथ शहर छोड़कर चली गई।...अब अकेली रह जाती है स्टीफेन गॉर्डन! और भगवान् से प्रार्थना

करती है–

> ''हमने तुम्हारे अस्तित्व से इनकार नहीं किया है, प्रभु!
> इसलिए तुम आओ और हमारी रक्षा करो। हमें स्वीकृति दो।
> हमें सारे संसार के सामने जीने का अधिकार दो, भगवान्!
> हमारे अस्तित्व को स्वीकार करो।''

1939 में डायना फ्रेड्रिक्स की 'आत्मकथा' प्रकाशित हुई। 1953 में कैरोल हेल्स का उपन्यास 'विंड-वोमन'...

प्यानो बजानेवाली एक लड़की लॉरेल डीन पहले अनजाने में, फिर जान-बूझकर वायलिन बजानेवाली एक लड़की जेल्डा से प्यार करने लगती है। यह प्यार भी 'होमोसेक्सुअल' है...''लॉरेल को महसूस हुआ कि वह मर जाएगी, अगर वह जेल्डा के कोमल शरीर पर अपनी उँगलियाँ न फेरती रहे! अगर वह उसके शरीर की गोल गहराइयाँ महसूस न करे...अगर वह उस खूबसूरत और गर्म मांसपिंड में...!''

यही चाहती है प्रिया। प्रिया शीरीं के खूबसूरत और गर्म मांसपिंड की गहराइयों में खो जाना चाहती है। मगर वह मछली है। उसके पास बाँहें नहीं हैं, पाँव नहीं हैं। वह तैर सकती है। डूब नहीं सकती। डूब जाना वह चाहती है। शीरीं में, निर्मल में नहीं। निर्मल आदमी नहीं है, जानवर है, खूँखार जंगली जानवर...

जंगली जानवर कहता है, ''बातें करने का मेरा तरीका मेरा अपना है। मैं किसी दूसरे का तरीका नहीं अपनाता हूँ, प्रिया, तुम मुझे गलत न समझो...''

''नहीं, मैं गलत नहीं समझती। आप किसी की नकल नहीं करते, मैं जानती हूँ। मगर शीरीं इतनी अच्छी औरत है...आप कोई सही तरीका क्यों नहीं निकालते...आखिर...शी इज योर वाइफ!''

''मुझे उम्मीद नहीं थी कि तुम यहाँ तक और इतने नीचे उतर आओगी! तुम्हारा इशारा मैं समझ रहा हूँ। ऐसे इशारे मुझे पसन्द नहीं हैं प्रिया!''

''पसन्दगी का सवाल नहीं है। एक औरत की जिन्दगी का सवाल है। आप उसे एक सन्तान नहीं दे सकते, तो उसके पास क्यों जाते हैं? एक ही बार उसे मार क्यों नहीं डालते?'' प्रिया सोफे से उठकर खड़ी हो गई। वह कमरे से बाहर भाग जाना चाहती है। यहाँ अब वह रुक नहीं सकती। निर्मल पद्मावत जानवर है। उसका मन जानवर का जंगलीपन देखना चाहता है। उसका शरीर

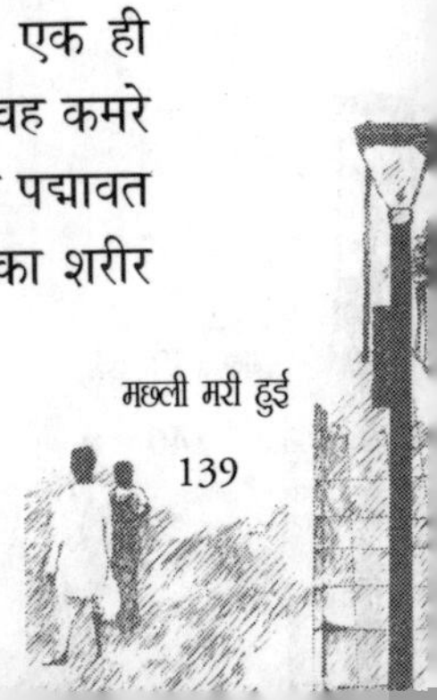

नहीं। शरीर थरथराने लगा है। उँगलियाँ काँप रही हैं। काँपती हुई उँगलियाँ शीरीं के पास लौट जाना चाहती हैं। शीरीं की कोमल देह...देह में वासनाओं का पागल ज्वार...अन्धकार सागर का ज्वार...तैरती हुई दो मछलियाँ...

अचानक समूचा फ्लैट हिलने लगता है। दीवारें हिलने लगती हैं। बाहर अल्सेशियन कुत्तों का जोड़ा भयानक आवाज में भूँक रहा है। आकाश फट जाएगा। धरती का गोला टुकड़े-टुकड़े होकर बिखर जाएगा।

कल्याणी पार्क-स्ट्रीट सीमेट्री से निकलकर निर्मल पद्मावत के फ्लैट में चली आई है। कल्याणी कहती है, "इतने कमजोर हो तो क्यों पास आते हो? किसलिए? आखिर किसलिए?"

"मैं कमजोर नहीं हूँ, यही बात मैं तुम्हें समझाना चाहता हूँ, कल्याणी!" निर्मल कहता है और 'कल्याणी मेन्शन' की छत पर बने अपने फ्लैट का दरवाजा अन्दर से बन्द कर लेता है। यह दरवाजा अब कभी नहीं खुलेगा। प्रिया की चीख-पुकार में दरवाजा खोलने की ताकत नहीं है।

14

निर्मल पद्मावत के पास अब कुल तीन चीजें बच गई हैं–मिलर एंड मिलर कम्पनी। कल्याणी मेन्शन। वेस्ट बंगाल बैंक के शेयर। इनकम टैक्स डिपार्टमेंट के अफसर इन तीनों के हिसाबखाते की जाँच कर रहे हैं।

अफसरों का कहना है कि निर्मल ने इनकम-टैक्स का लाखों रुपया गबन कर लिया है। निर्मल पद्मावत के सारे रजिस्टर जाली हैं। सारा एकाउंट जाल-फरेब है। इतने बरसों की मेहनत और होशियारी से उसने जो इमारतें खड़ी की हैं, सब झूठ हैं...

अफसर यही कहते हैं। क्योंकि विश्वजीत मेहता यही कहता है। सेठ ताराचन्द मनहरलाल यही कहता है। खानबहादुर यूसुफअली, महारानी श्यामगढ़, जूट प्रिंस कृष्णन् चेट्टियर, राजा हरिसिंह देव यही कहते हैं। विश्वजीत मेहता अकेला नहीं है। अकेला है निर्मल पद्मावत। अकेला ही रहना चाहता है। उद्योगपतियों के किसी भी दल में मिलना नहीं चाहता। अपना अलग दल भी नहीं बनाना चाहता है।

प्रभासचन्द्र नियोगी के साथ वह ग्रुप बना सकता था। शहर के सभी पुराने पूँजीपति नियोगी का साथ देते हैं। इन लोगों के व्यापार का ढंग पुराना है। किसी भी नए व्यवसाय में पूँजी नहीं लगाते। मुनाफे को सोना-चाँदी में बदलते हैं। बैंकों में या घर की दीवारों में जमा रखते हैं। खास मौकों पर बैंकों और दूसरे उद्योगपतियों को खासे सूद पर कर्ज देते हैं। करोड़ों रुपए का कर्ज। लाखों रुपए का सूद। सूद की रकम बढ़ती है। सोने की ईंटें बढ़ती हैं। दीवारें मोटी होती जाती हैं। सोने की दीवारों के ऊपर स्टील की दीवारें मोटी होती

जाती हैं। मगर पुराने पूँजीपति नए उद्योग-धन्धों में विश्वास नहीं करते। किसी को नया कल-कारखाना खोलने की सलाह नहीं देते। कांग्रेसी सरकार पर नाराज रहते हैं। कहते हैं, सरकार बेईमान है, सारे धन्धों को नेशनलाइज कर रही है।

नए उद्योगपति सरकार को बेईमान नहीं कहते हैं। वे सरकार को ईमानदार कहते हैं और समझते हैं कि ईमानदारी बड़ी आसानी से खरीदी जा सकती है। विश्वजीत मेहता नए उद्योगपतियों में हैं। पुराने राजा और पुराने नवाब अब उद्योगपति बन गए हैं। पुरानी रानियों ने अपने जेवरात और हीरे-जवाहरात बैंकों में जमा कर दिए हैं। पुरानी जमीन-जायदाद बेचकर नए कारोबार शुरू किए हैं। नए कारोबार। विदेशों से जहाजों में लदकर चोरी से सोना आता है। महारानी श्यामगढ़ खुद नहीं लातीं, उनके खरीदे हुए नौकर लाते हैं। करोड़ों रुपए का सोना। यह सोना विदेशी बैंकों में जमा होता है। महारानी साहिबा साल में कई बार विदेश जाती हैं। न्यूयार्क, लन्दन, पेरिस, रोम। अपने हवाई जहाज से जाती हैं। साथ में जाते हैं विश्वजीत मेहता या सेठ ताराचन्द या कृष्णन् चेट्टियर। आसाम के बागानों की चाय फ्रांस में बेची जाती है। हजारीबाग और कोडरमा-तिलैया का अभ्रक वाशिंगटन में खरीदा जाता है। विदेशों से मशीनें खरीदकर भारत में लाई जाती हैं। विदेशी पूँजीपतियों की सहायता से देश में नए उद्योग-धन्धे खुलते हैं। धान और गेहूँ की उपज घटती जा रही है। फैशन और ऐश-आराम के साधनों की उपज बढ़ती है। पूँजीपति सरकार से एक कदम पीछे नहीं रहेंगे। 'प्राइवेट सेक्टर' हमेशा पब्लिक सेक्टर से आगे बढ़ता रहेगा। सरकार जीवन-बीमे की संस्थाओं का राष्ट्रीयकरण करेगी। पूँजीपति ट्रान्सपोर्ट में पूँजी लगाएँगे। सरकार ट्रान्सपोर्ट के साधनों का राष्ट्रीयकरण करेगी। पूँजीपति मनोरंजन के साधनों में पूँजी लगाएँगे। फिल्म कम्पनियों में पूँजी लगाएँगे। अखबारों में, पुस्तक-प्रकाशन में, शिक्षा-संस्थाओं में पूँजी लगाएँगे।

सरकार ईमानदार है। ईमानदारी अब खरीद-बिक्री की चीज हो गई है। जनता के वोट खरीदे जाते हैं। राजनीतिक पार्टियाँ खरीदी जाती हैं। एम. एल. ए. और एम. पी. बिकते हैं। मिनिस्ट्री बिकती है। पूँजी हो, खरीदने की अक्ल हो, दुनिया की दुनिया खरीदी जा सकती है। नए पूँजीपति यह बात जानते हैं। इसीलिए उन्होंने निर्मल पद्मावत को चारों ओर से घेर लिया है।

उसके पीछे खूँखार शिकारी कुत्ते लगा दिए हैं। जाल बिछ गया है। तमाशा शुरू हो गया है...

अब देर नहीं है। निर्मल पद्मावत समझ रहा है, अब देर नहीं है।

प्रभासचन्द्र नियोगी ने उसे बार-बार समझाया है, वह लक्ष्मीचन्द्र कविरत्न को अपने यहाँ बुलाए और उसे सारी बातों का निपटारा करने का अधिकार दे। सबकुछ ठीक हो जाएगा। लक्ष्मीचन्द्र अपनी गाड़ी में बैठेगा। 'ग्रेट ईस्टर्न' होटल के अपने फ्लैट में आएगा। ह्विस्की की एक पूरी बोतल खोलकर बैठ जाएगा। टेलीफोन करना शुरू करेगा। इनकम-टैक्स कमिश्नर रामकृष्ण गोस्वामी। सेठ ताराचन्द का चीफ सेक्रेटरी रामबरन लाल। महारानी श्यामगढ़ का खास दोस्त सरदार किशनसिंह। ट्रेड यूनियन कांग्रेस का नेता प्रभात चक्रवर्ती।

रात के ग्यारह बजते-बजते सभी लोग लक्ष्मीचन्द्र कविरत्न के फ्लैट में चले आएँगे। होटल का यह फ्लैट ऐसे ही मौकों के लिए किराए पर ले रखा गया है। यह फ्लैट और तीन-चार एंग्लो-इंडियन और बंगाली लड़कियाँ। लड़कियाँ रात के कपड़े पहनकर आ जाएँगी। चुस्त-दुरुस्त कपड़े। टाइट-फिट।

सुबह तक निर्मल पद्मावत की किस्मत का फैसला हो जाएगा। महारानी श्यामगढ़ अपने मोहरों के साथ पद्मावत की तरफ आ जाएँगी। शतरंज का खेल पलट जाएगा। इनकम-टैक्स कमिश्नर के पास एक लम्बी-चौड़ी नई कार होगी। कार में दो-एक अदद गुड़ियों-जैसी लड़कियाँ होंगी।

क्योंकि लक्ष्मीचन्द्र कविरत्न दलाल है और कोई काम नहीं जानता है, बीच में खड़ा होना जानता है। बीच में खड़ा होना बुरा काम नहीं है। इस काम के बिना देश और समाज का काम नहीं चलता। कोई-न-कोई व्यक्ति, कोई-न-कोई जाति, कोई-न-कोई राष्ट्र, कोई-न-कोई सभ्यता दलाली करती ही रहती है। इसके बिना दुनिया आगे नहीं बढ़ सकती। इसके बिना विनिमय नहीं हो सकता। सौदा नहीं हो सकता। न किसी वस्तु का, न किसी विचार का।

नियोगी ने कहा, "तुम खुद नहीं कर सकते, तो मैं कविरत्न को फोन कर देता हूँ। वह सज्जन है। स्वयं तुम्हारे पास चला आएगा। ज्यादा-से-ज्यादा दो लाख रुपए खर्च होंगे। मिलर कम्पनी में सेठ ताराचन्द को थोड़े-से शेयर देने होंगे और रानी साहिबा के साथ किसी नए बिजनेस में साझेदारी करनी होगी। तुम तैयार हो जाओ, निर्मल! नई दुनिया का तौर-तरीका यही है..."

निर्मल पद्मावत दूसरों का तरीका नहीं अपनाता है। उसने एक ही वाक्य में उत्तर दिया, "मैं सिर्फ 'कल्याणी मेन्शन' बचाना चाहता हूँ।"

निर्मल के सोचने-समझने का तरीका उसका एकदम अपना है। वह सोचता है तीस-पैंतीस साल पहले की बात। जब उसकी माँ एक लॉरीवाले के साथ भाग गई थी। वह सोचता है—उसकी माँ लौटकर उसके पास आ जाए। रहने के लिए एक घर माँगे। सिर के ऊपर एक छाँव! और वह उसे यह 'कल्याणी मेन्शन' दे सके। तीस मंजिलों का ऊँचा स्काई-स्क्रैपर!

निर्मल अपनी माँ के लिए यह स्काई-स्क्रैपर बचाना चाहता है। और किसी चीज की उसे परवाह नहीं है। डॉक्टर रघुवंश या डॉक्टर रघुवंश की पत्नी कल्याणी या कल्याणी की लड़की प्रिया की भी नहीं...

15

प्रिया आधी रात के बाद निर्मल पद्मावत के कॉटेज से निकली, जैसे नरक की अँधेरी गुफा से कोई प्रेतनी...

यह प्रेतनी बहुत थके हुए कदमों से कल्याणी मेन्शन की सीढ़ियाँ उतरने लगी। चालीस-पचास सीढ़ियाँ उतरने के बाद रेलिंग का सहारा लेकर बैठ गई। उसे उबकाई आ रही थी। सामने झुककर कै करने लगी। कपड़े भीग गए। आँखें बन्द हो गईं। पेट के अन्दर की अँतड़ियाँ ऐंठने लगीं। बड़ी तीखी दुर्गन्ध से साँस घुटने लगी। दम बन्द होने लगा।

प्रिया मर जाएगी। नरक से बाहर आ गई है, मगर बच नहीं सकेगी। कै करती-करती मर जाएगी। अँतड़ियाँ बाहर निकल आएँगी। कलेजा बाहर निकल आएगा।

प्रिया ने जीभ बाहर निकाली और अपने होंठ तर करने लगी। होंठों पर कै का पीला लुआब जम गया है। आँखें बुझी जा रही हैं। नाक जल रही है। कपड़े रक्त और शराब से लथपथ हैं। ब्लाउज की एक बाँह फटकर नीचे उतर आई है। एक स्तन खुल गया है। स्तन पर नाखूनों और दाँत के दाग हैं। खून से छलछलाते दाग! दूसरे स्तन का अगला हिस्सा फट गया है। प्रिया की जीभ कट गई है।

प्रिया ने विरोध किया था। मगर प्रिया मर चुकी थी। फ्लैट के फर्श पर औंधी पड़ी हुई प्रिया मर चुकी थी और निर्मल पद्मावत ड्राअर से रम की बोतल निकालकर बार-बार पीता था और बार-बार चिल्लाता था, "प्रिया, तुम्हें निर्मल पद्मावत की ताकत का पता नहीं है।"

प्रिया को उसकी बातें सुनने का होश नहीं था। उसे गश आ गया था। उसके होंठों में शराब की भरी बोतल फँसाकर निर्मल उसे बार-बार होश में लाता था। होश में आने पर वह बड़ी ही पागल हँसी हँसती थी और कहती थी, "और करो...अभी मैं जिन्दा हूँ! अभी मैं होश में हूँ..." और क्षण-भर बाद फिर बेहोश हो जाती थी।

साड़ी जगह-जगह से चिथड़े हो गई है।...नसों की स्याह रेखाएँ। प्रिया होश में आती है। सीढ़ियों पर पाँव फैलाए बैठी अपनी जाँघें सहलाती है। हाथों की उँगलियाँ फूल गई हैं। जाँघों पर हलके-हलके हाथ फेरना अच्छा लगता है। हलका-हलका दर्द उभरता है। पेट के निचले हिस्से में कितनी जलन है! आग की लपटें उठ रही हैं।

प्रिया दोनों हाथों से अपना पेट दबाती है, जैसे अँतड़ियाँ बाहर निकल आएँगी। पेट दबाए, दाँतों से निचला होंठ काटती हुई, आँखें बन्द किए हुए, वह सीढ़ियाँ उतरने लगती है और कितना नीचे उतरना होगा? और कितनी सीढ़ियाँ हैं? कितनी सीढ़ियों के नीचे हवा है, खुलापन है, रोशनी है? या रोशनी की एक भी किरन कहीं बाकी नहीं है?

प्रिया के पाँव लड़खड़ाए। फिसल गई। रुई के गट्ठर की तरह सीढ़ियों से नीचे लुढ़कने लगी।

निर्मल ने नीचे दरबान को फोन कर दिया था। लिफ्ट प्रिया को लेने के लिए ऊपर जाकर नीचे लौट आई थी। लिफ्टमैन और दरबान सीढ़ियों से होकर बेतहाशा ऊपर भागते आ रहे थे। उन्होंने प्रिया को उठा लिया। फिर एक क्षण भी रुके नहीं। कार की पिछली सीट पर वह सुला दी गई। कुल दस ही मिनट के बाद डॉक्टर रघुवंश की कोठी के नीचे कार रुकी। नेपाली दरबान ने घंटी बजाई। डॉक्टर रघुवंश अब तक सोए नहीं थे। प्रिया का इन्तजार कर रहे थे। चिन्तित नहीं थे। निर्मल ने शाम ही को फोन कर दिया था, प्रिया उसके यहाँ है और शायद उसे लौटने में देर होगी...

डॉक्टर ने दरवाजा खोल दिया। दरबान कुछ बोले नहीं। प्रिया को गाड़ी से निकालकर उन्होंने बड़ी हिफाजत से अन्दर ड्राइंगरूम के एक सोफे पर लिटा दिया और चुपचाप वापस चले गए। डॉक्टर रघुवंश को लगा जैसे वे पागल हो जाएँगे। जैसे उनकी साँसें रुक जाएँगी। मगर वे डॉक्टर हैं। दूसरों को मौत से बचाना ही उनके जीवन का उद्‌देश्य है। प्रिया मर चुकी है? प्रिया मर जाएगी? क्या...

रात के ठीक तीन बजे थे। प्रिया को नहलाने-धुलाने के बाद मरहम-पट्टी करके डॉक्टर ने उसे पलँग पर सुला दिया था। खुद उसके सिरहाने बैठे गाइनोकोलॉजी की एक नई किताब पढ़ रहे थे। तभी निर्मल पद्मावत ने फोन किया, ''डॉक्टर, प्रिया की हालत कैसी है?''

अत्यन्त शान्त-स्थिर स्वर में डॉक्टर रघुवंश ने उत्तर दिया, ''थोड़ी देर पहले तक बेहोशी में बड़बड़ा रही थी। अब सो गई है। मैंने उसे मॉर्फिया दे दिया है। सुबह दस-ग्यारह से पहले नींद नहीं खुलेगी।''

बस, इतना कहकर डॉक्टर ने फोन रख दिया। वे जानते थे, निर्मल फोन करेगा। क्षमा-याचना नहीं करेगा, पश्चात्ताप नहीं करेगा, केवल प्रिया का हाल पूछेगा। वे जानते थे, किसी-न-किसी दिन यह बात जरूर होगी। निर्मल किसी न किसी दिन पागल हो जाएगा। कल्याणी और प्रिया में कोई फर्क नहीं समझेगा।

कल्याणी ने उन्हें निर्मल पद्मावत का नाम बताया था। 'संग्रीला' होटल की घटनाएँ बताई थीं। सबकुछ बता दिया था। यह भी कि निर्मल सेक्स के मामले में 'मेल-एडजस्टेड' है। बीमार है।

प्रिया स्वस्थ हो गई। हफ्ते-भर में उसके शरीर के जख्म भर गए। फिर भी वह अपने मकान से बाहर नहीं निकली। शीरीं पद्मावत ने कितनी बार फोन किया। कई सहेलियाँ मिलने आईं। डॉक्टर ने खुद कितनी बार कहा, ''एक बार निर्मल से मिल आओ। उसे तुम्हारी सख्त जरूरत है। उससे मिलकर तुम्हारी उदासी भी दूर हो जाएगी...''

प्रिया नहीं गई। डॉक्टर रघुवंश मेडिकल कॉलेज जाते रहे। हॉस्पिटल जाते रहे। मरीजों को देखते रहे। जो कुछ जिस तरह किया करते थे, करते रहे। और अन्त में एक रात, जब प्रिया सो चुकी थी, वे निर्मल पद्मावत के लिए एक पत्र लिखने बैठे।

शायद इससे पहले ऑफिशियल पत्रों के सिवा, उन्होंने कभी किसी को छोटा-सा भी कोई पत्र नहीं लिखा था। शायद इसके बाद भी नहीं लिखा।

डॉक्टर रघुवंश का पत्र :

''यह खत लिखने की कोई जरूरत नहीं थी। मगर आदमी कभी-न-कभी कोई बेजरूरत काम जरूर करना चाहता है। मेरे जैसा आदमी भी। इतनी छूट

तो एक बूढ़े आदमी को मिलनी ही चाहिए। खैर।

''तुम्हें शायद पता नहीं है। मगर मुझे मालूम था कि तुम कल्याणी के प्रेमी रह चुके हो। तुमने उसके लिए नकली हीरों का एक हार खरीदा था। उस रात जब प्रिया तुम्हारे नौकरों के साथ मेरे यहाँ लाई गई, तो वह हार प्रिया की गर्दन में झूल रहा था। हार को देखकर मुझे बड़ी हँसी आई। आदमी कभी-कभी बच्चों-जैसी हरकत कर बैठता है। तुमने वह पुराना और टूटा हुआ हार प्रिया के गले में क्यों डाल दिया? क्या औसत लोगों की तरह नाटक करना तुम्हें भी अच्छा लगता है? मेलोड्रामा? क्या तुम भी उस जिप्सी-नाच के नायक बनना चाहते थे, जिसमें कहानी का नायक अपनी प्रेमिका की बड़ी लड़की से विवाह कर लेता है? क्या जीवन में यह सम्भव है? सम्भव भी हो तो क्या यह उचित है?

''मैं तुम पर सम्भावनाओं और औचित्य के प्रश्न नहीं लादना चाहता। प्रश्नों का उत्तर तुम नहीं दे सकोगे। उत्तर तुम्हारे पास नहीं है। मेरे पास है।

''कल्याणी से मैंने विवाह किया था। विवाह करके मैंने उस पर दया नहीं की थी। मैंने दया अपने-आप पर की थी। पढ़ाई, पढ़ाई के बाद नौकरी, नौकरी के बाद डॉक्टरी के पेशे में उलझ जाने के कारण मुझे विवाह की फुसरत ही नहीं मिली थी। अमरीका गया, तो संयोग से वहाँ कल्याणी से मुलाकात हो गई। वह बीमार थी। मर रही थी। उसे बचाना बहुत मुश्किल था। बीमारी जहर बनकर नस-नस में फैल गई थी।

''मगर अपने डॉक्टर दोस्तों की सहायता से मैंने उसे बचा लिया। वह खूबसूरत औरत थी। मैं फुरसत में था। मैंने उससे शादी कर ली। शादी से पहले ही उसने मुझे बता दिया था कि वह अनगिनत मर्दों के साथ सो चुकी है। यही उसका पेशा रहा है। होटलों में नाचती रही है। शराब पीती रही है। सोती रही है। मैंने उससे नफरत नहीं की। मैंने अपने-आप पर दया की। मैं उसे साथ लेकर देश लौट आया। कुछ ही दिनों के बाद प्रिया का जन्म हुआ। और कुछ ही बरसों के बाद कल्याणी का देहान्त।

''कल्याणी ने मुझे बताया था कि वह तुम्हें प्यार करती थी। तुम्हें अपने कमरे से निकाल देने के बावजूद प्यार करती थी। उसे यकीन था, तुम उसके पास लौट आओगे। वह समझती थी, तुम केवल शर्म के कारण ही नहीं आ

रहे हो। अपमान के कारण नहीं। उसे यकीन था कभी-न-कभी तुम्हारी शर्म धुल जाएगी। तुम किसी दूसरी औरत के पास जाओगे, जो तुम्हें मौका देगी और तुम्हारी शर्म धुल जाएगी। तुम उसके पास लौट आओगे। तुम ताकतवर आदमी हो। उसे मुझसे छीनकर अपने साथ ले जाओगे। अपनी सुरक्षा के लिए ही उसने मुझसे शादी की। तुम्हारे लिए, सिर्फ तुम्हारे लिए ही उसने अपने को सुरक्षित रखना चाहा। अपना स्वास्थ्य, अपना रूप, अपना जीवन सुरक्षित रखना चाहा।

''मैं यह बात समझ भी रहा था। मैं जानता था कि कल्याणी-जैसी स्त्री ही प्यार कर सकती है। गृहस्थ स्त्रियाँ प्यार नहीं कर सकतीं। प्यार कर सकती हैं आवारा औरतें। जिन्हें किसी चीज की परवाह नहीं है। जो सामाजिक मर्यादाएँ नहीं मानतीं। नैतिक नियंत्रण नहीं मानतीं। धर्म नहीं मानती हैं। ऐसी औरतें कदम-कदम पर देह बेचती चलती हैं, मगर मन नहीं बेचतीं। पत्नी बनकर भी नहीं। वेश्या बनकर भी नहीं।

''कल्याणी जब तक जीवित रही, मेरे और उसके बीच दीवार बनकर तुम खड़े रहे। मैं तुम्हें पहचानता नहीं था। मगर कल्याणी को सीमेट्री में दफनाकर (वह न्यूयार्क में क्रिश्चियन हो गई थी और धर्म की बड़ी पाबन्द थी, इसीलिए मैंने उसे दफनाना ही उचित समझा) मैं शराब पी रहा था और पहली बार मैंने तुम्हें देखा। देखते ही तुम्हें पहचान गया। कल्याणी तुमसे कम ताकतवर आदमी से प्यार नहीं कर सकती थी।

''प्यार तुम्हें मैंने भी किया। कल्याणी नहीं थी और तुम्हें प्यार की बेहद जरूरत थी। तुम्हारे पागल जानवर को पालतू बनाने की जरूरत थी। मैंने सोचा था, प्रिया समझदार होकर तुम्हें पालतू बना लेगी। मगर तुमने अपनी व्यापारिक उलझनों में पड़कर शीरीं मेहता से शादी कर ली। पहली बार उसी दिन मुझे दुख हुआ था। तुम्हारे लिए दुख हुआ था।

''शीरीं मेहता 'होमोसेक्सुअल' थी। ऊँची सोसाइटी की कितनी ही लड़कियाँ उसके पीछे-पीछे भागती थीं। विश्वजीत मेहता कई बार शीरीं के साथ मेरे पास आए थे। उसका यह रोग दूर करना चाहते थे। मेरे पास कोई इलाज नहीं था। मैंने शीरीं को दूसरे डॉक्टरों के पास भेजा था। वह जाना नहीं चाहती थी। उसे अपनी जिन्दगी बेहद प्यारी थीं। उसे प्यारी थीं लड़कियाँ।

''तुमने उसी से विवाह किया। मुझे कष्ट हुआ था। वह तुम्हारी कमजोरी

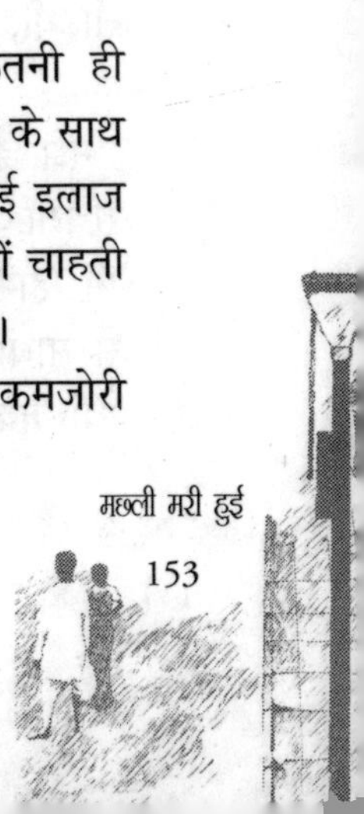

दूर नहीं कर सकेगी। वह तुम्हें अपने स्त्रीत्व का सुख नहीं दे सकेगी। सुख उसने नहीं दिया और तुम जानवर बने रहे। साधारण मनुष्य नहीं बन सके।

''साधारण मनुष्य होने से बढ़कर सुख की बात दूसरी नहीं है, निर्मल!

''कल्याणी होती और तुम्हारे पास होती, तो तुम्हें यह विश्वास हो जाता।

''असाधारण बनना, 'एब्नॉर्मल' बनना अधिक कठिन नहीं है। आदमी शराब की एक बोतल पीकर असाधारण बन सकता है। दौलत का थोड़ा-सा नशा, यौन-पिपासाओं की थोड़ी-सी उच्छृंखलता, थोड़े-से असामाजिक-अनैतिक कार्य आदमी को 'एब्नॉर्मल' बना देते हैं। कठिन है, साधारण बनना। कठिन है, अपनी जीवन-चर्या को सामान्यता-साधारणता में बाँधकर रखना। प्रवृत्ति सहज है। कठिन है निवृत्ति।

''मैं चाहता था, तुम अपनी उपलब्धियों में असाधारण बनो। अपनी परिस्थितियों में नहीं। मैं चाहता था, तुम ज्ञान में, शक्ति में, साहस में, धैर्य में, अपनी आत्मा में असाधारण बनो। अपने शरीर में नहीं। किन्तु शीरीं के सम्पर्क में रहकर यह सम्भव नहीं था, क्योंकि...

''आदमी की शुरुआत उसके अपने परिवार से होती है। परिवार का वातावरण और परिस्थितियाँ ही सबसे पहले उसके व्यक्तित्व और कार्यों पर प्रभाव डालती हैं। तुम पर शीरीं का प्रभाव पड़ा। तुम्हारा जानवर और भी जंगली बनता गया।

''और इस जंगलीपन का शिकार हुई, कल्याणी की लड़की—प्रिया!

''पर शिकार बनकर भी प्रिया ने वह काम कर दिया, जो कल्याणी करना चाहती थी। तुम आदमी बन गए। तुम जो कमजोरी महसूस कर रहे थे, वह दूर हो गई। मैंने खून से लथपथ प्रिया का शरीर देखा था। तुमने उसके साथ बलात्कार किया। एक बार नहीं, कई बार। कल्याणी ने तुम्हारी जो शक्ति छीन ली थी, प्रिया ने उसे वापस लौटा दिया। यह एक अच्छी बात हुई।

''मुझे इस बात का जरा भी दुख नहीं है कि तुमने मेरी बेटी के साथ राक्षसों-जैसा व्यवहार किया। मुझे खुशी है, क्योंकि शीरीं की दोस्ती करके प्रिया भी 'होमोसेक्सुअल' हो गई थी। और इसी तरह का राक्षसी व्यवहार उसे फिर से साधारण स्त्री बना सकता था। अब वह बीमार नहीं है। स्वस्थ हो गई है, स्वाभाविक हो गई है।

''तुम चारों ओर से मुसीबतों में घिरे हो। तुम्हारा जीवन संकट में है। शहर के ज्यादातर आदमी तुम्हारे खिलाफ हैं। अखबारों में तुम्हारे नाम पर गन्दे प्रचार किए जा रहे हैं। मगर मुझे इन बातों की चिन्ता नहीं है। तुम्हारा दिमाग ठीक रहा, तो कोई तुम्हें पराजित नहीं कर सकेगा। तुम सबसे ऊपर ही रहोगे। केवल अपने दिमाग पर कब्जा रखो।

''यह खत एक लम्बे उपदेश की तरह हो गया है। ऐसा होना नहीं चाहिए था। तुम्हें उपदेश देने की कोई जरूरत नहीं थी। मेरे इस बेजरूरत काम पर ध्यान नहीं दोगे। मैं बहुत बूढ़ा हो चुका हूँ।

''मेरे पास जो रुपए हैं, जो जायदाद हैं, सारा कुछ मैं शीतलदास मेडिकल कॉलेज के न्यूरोलॉजिकल डिपार्टमेन्ट को दिए जाता हूँ। मेरे पास अब अपना कुछ नहीं है। कुछ भी नहीं है, जिसके लिए मुझे दुनिया की और दुनिया को मेरी जरूरत हो सके।

''मुझे नींद की जरूरत है और मौत से ज्यादा आरामदेह नींद और क्या हो सकती है!''

16

निर्मल पद्मावत के लिए लिफाफे में पत्र बन्द करने के बाद डॉक्टर रघुवंश ने अलमारी से ब्रांडी की बोतल निकाली। गिलास में शराब भरकर देर तक पीते रहे। फिर वहीं टेबुल पर बाँहें पसारकर सो गए।

सुबह प्रिया की नींद नौकरों की चीख-पुकार और लोगों के शोर मचाने से खुली। वह अन्दर से दरवाजा बन्द करके सोई थी। बेखबर। बेसुध।

जब वह पिता के कमरे में पहुँची, तब डेथ-सर्टिफिकेट लिखा जा रहा था। ब्रेन-हैमोरेज से ही डॉक्टर रघुवंश की मौत हुई है। घाव अन्दर-ही-अन्दर पक रहा था। ज्यादा शराब पीने के कारण घाव फट गया।

लाश सफेद चादर से ढँकी जा चुकी थी। प्रिया माथे पर आँचल डालकर पास चली गई। चादर हटाकर उसने पिता का चेहरा देखा। फिर पाँवों के पास आकर प्रणाम किया। फिर कमरे से बाहर जाने के लिए घूमी ही थी कि जैसे उसे चक्कर आ गया। बेहोश होकर गिरने लगी, मगर पीछे खड़े निर्मल पद्मावत ने उसे सँभाल लिया। प्रिया सँभल गई। बोली, "जरा चक्कर आ गया था... अब ठीक हूँ!" और किनारे हटकर खड़ी हो गई।

लाश कुछ घंटों तक वहीं पड़ी रही। बाहर अर्थी तैयार की जा रही थी। शहर के सभी डॉक्टर आते रहे। मेडिकल कॉलेज के विद्यार्थी और नर्सें। पुराने दोस्त, पुराने मरीज, रिश्तेदार सभी आते रहे। प्रिया एक किनारे खड़ी रही, चुपचाप, उदासीन, जैसे डॉक्टर रघुवंश मरे नहीं हैं। जैसे यह सब नाटक हो रहा है। दुखान्त नाटक।

नाटक खत्म हो जाएगा और डॉक्टर रघुवंश नींद से उठकर कहेंगे,

''प्रिया, इतने लोग आए हैं, देखो, कॉफी पिलाई जा सकती है...''

रेशमी चादर और फूलों से ढँकी लाश सामने पड़ी है। मगर यकीन नहीं होता है। मौत का यकीन नहीं होता है।

प्रिया ने दूसरी बार मौत देखी है। माँ हॉस्पिटल में मरी थी। नर्सों-डॉक्टरों के बीच। दवा की बोतलें। गैस्पिरेटर। रबर की नलियाँ। ऑपरेशन-थियेटर। सिर के ऊपर जलता हुआ हजारों वाट का बल्ब। एक नर्स प्रिया को बाहर ले गई थी। नीचे पार्क में फूलों की क्यारियों के पास। प्रिया ने कंहा था, ''नर्स, वह बड़ा-सा फूल तोड़ दो। माँ को दूँगी। माँ को फूल बड़े प्यारे हैं...''

सूरजमुखी का एक फूल वह पिता को भी देना चाहती है। सूरजमुखी का एक फूल—प्रिया!

बड़े-से ट्रक पर अर्थी रखी गई। शव-यात्रा का जुलूस श्मशान की ओर विदा हो गया। प्रिया ट्रक पर डॉक्टर रघुवंश के पाँवों के पास बैठी रही। नीचे पैदल चलते हुए निर्मल पद्मावत को देखती रही। वह नंगे पाँव चल रहा था। शान्तिपुरी धोती पहने था, और सफेद बनियान के ऊपर सफेद चादर। निर्मल आगे-पीछे चलते हुए हजारों लोगों की भीड़ में था। फिर भी भीड़ से अलग था। ऊपर था। अकेला था। उसके साथ था डॉक्टर रघुवंश का शव। और वह अपने ऊँचे और मजबूत कन्धों पर विशालकाय दैत्य की तरह शव उठाए था। क्षितिज के लाल, जलते हुए श्मशान की ओर अकेला चला जा रहा था... एकदम अकेला। डॉक्टर रघुवंश का शव। कल्याणी का शव। प्रिया और शीरीं का शव। निर्मल के कन्धों पर एक ही शव नहीं है...

प्रिया ने अपनी आँखें बन्द करके मन-ही-मन निर्मल को प्रणाम किया।

डॉक्टर रघुवंश की लाश ट्रक से उतारकर, केवड़तल्ला श्मशान-गृह की बिजली से जलनेवाली चिता पर ले जाई गई। प्रिया खड़ी रही। हजारों लोग बाहर खड़े रहे। भीड़ में प्रिया ने निर्मल को ढूँढ़ने की चेष्टा की। निर्मल कहीं नहीं है। डॉक्टर रघुवंश की लाश जल रही है। निर्मल कहीं नहीं है।

प्रिया हाथरिक्शे पर बैठकर अपने घर चली आई। अभिमान से भरी हुई, पीड़ाओं से भरी हुई। सारा दिन सोई रही। रेडियो सुनती रही। सहानुभूति और संवेदनाओं से भरे पत्र और टेलीग्राम पढ़ती रही। अखबारों में छपी 'ओबिचुरी' पढ़ती रही। टेलीफोन पर पिता के मित्रों, हितैषियों और शिष्यों-सहयोगियों का

रुदन-सिक्त कंठ-स्वर सुनती रही। प्रतीक्षा करती रही। किसकी प्रतीक्षा? निर्मल ने फोन तक नहीं किया। शीरीं पद्मावत नहीं आई।

पूरा हफ्ता गुजर गया। प्रिया अपने पिता की लाइब्रेरी और लेबोरेटरी शीतलदास सेठ मेडिकल कॉलेज के अधिकारियों को सुपुर्द करने में व्यस्त रही। पिता ने अपनी सारी चल-अचल सम्पत्ति मेडिकल कॉलेज को दे दी है। प्रिया के लिए कुछ भी नहीं रहने दिया है। कुछ भी नहीं। मकान किराए का है। अब प्रिया कहाँ जाएगी।

डॉक्टर रघुवंश की मृत्यु के आठ दिन बाद, प्रिया अपने मकान से बाहर निकली। टैक्सी पर बैठ गई। उसके हाथ में एक लिफाफा था—निर्मल पद्मावत के नाम डॉक्टर रघुवंश का पत्र। पत्र प्रिया ने पढ़ा नहीं था।

प्रिया फ्लैट के दरवाजे पर आई। अल्सेशियन कुत्ते भौंकने लगे। निर्मल ने कहा, "अन्दर चली आओ प्रिया!"

कमरा उसी रात की तरह बिखरा पड़ा था। कोई चीज कहीं से हटाई नहीं गई थी। फर्श पर फूलदान टूट गया था, सिगरेट के टुकड़े, किताबें, सोफे का गद्दा फट गया था। टेबुल अपनी जगह पर नहीं। शराब की खाली बोतलें। गिलास। शीशे की सुराही तक एक ओर लुढ़की पड़ी थी।

कमरे में वही गन्ध थी, जो गन्ध पिता के मरने की रात तक प्रिया का पीछा करती रही थी। प्रिया को बेहोश कर रही थी, वही गन्ध।

प्रिया अन्दर चली आई। उसने लिफाफा टेबुल पर रख दिया। वह सोफे से उठकर खड़ा हो गया। सीधी निगाहों से प्रिया की आँखों में देखने लगा। जैसे शिकारी बुल-टेरियर हिरनों के झुंड की ओर देखता है। वह उदास था, गम्भीर, क्रोधित, जर्जर, बेहद थका हुआ। प्रिया दो कदम पीछे हट गई। दरवाजे पर झूलता पर्दा पकड़कर खड़ी हो गई। तब उसने ऐशट्रे में सिगरेट का टुकड़ा दबा दिया और प्रिया की ओर बढ़ा। तेजी से आगे बढ़ा। उसके होंठों पर बड़ी ही प्यारी मुस्कराहट तैरने लगी थी। शान्ति, स्निग्धता, करुणा, विष, सूरजमुखी और मुस्कराहटें...!

वह दरवाजे पर झूलते हुए पर्दे से लिपट गई।...निर्मल आगे नहीं बढ़ा। वापस लौट आया। लौटकर पास ही रखी बड़ी कुर्सी पर बैठ गया। चुपचाप।

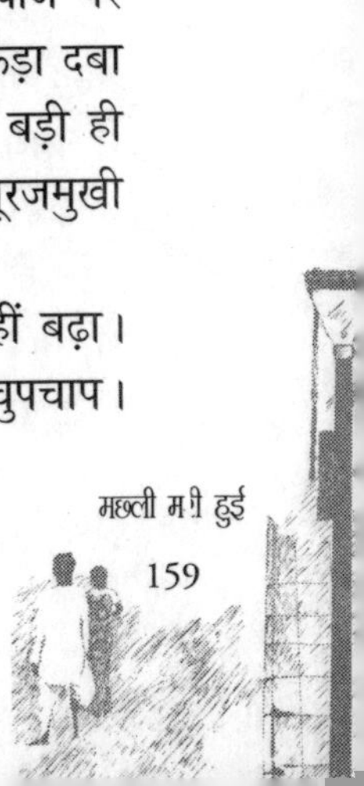

अन्दर-ही-अन्दर थका हुआ। प्रिया नजदीक चली आई। बोली कुछ नहीं। सोफे के एक किनारे पर बैठ गई, चुपचाप।

वक्त बीतता रहा। वक्त बहुत तेजी से बीतता रहा।...लगभग आधे घंटे तक दोनों व्यक्ति, एक-दूसरे से अजनबी बैठे रहे। फिर प्रिया ने पूछा, "अलमारी की चाबी कहाँ है? कॉफी बनाऊँगी! तुम पियोगे, न?"

निर्मल ने कहा, "अलमारी खुली है। तुम जब तक कॉफी तैयार करो, मैं जरा नीचे दफ्तर हो आता हूँ।...इनकम-टैक्सवाले मेरा इन्तजार कर रहे होंगे।...मिलर कम्पनी का ऑडिट चल रहा है।"

नीचे इनकम-टैक्स के तीन-चार अफसर बैठे थे। कम्पनी के हिसाब की जाँच कर रहे थे। धनवन्तलाल, इनकम-टैक्स कमिश्नर, श्रीनिवास सर्वाधिकारी, मिलर एंड मिलर कम्पनी का मैनेजर, रामचन्द्रन, दो-तीन किरानी, और लक्ष्मीचन्द्र कविरत्न। निर्मल के मना करने पर भी प्रभासचन्द्र नियोगी ने कविरत्न को उसकी मदद के लिए भेज दिया था।

निर्मल पद्मावत वहाँ रुका नहीं। सभी लोग उसकी ओर देखते रहे। वह बगल के अपने चैम्बर में चला गया। थोड़ी देर बाद श्रीनिवास सर्वाधिकारी और लक्ष्मीचन्द्र वहाँ आए। लक्ष्मीचन्द्र ने मुस्कराते हुए कहा, "एकाउंट की जाँच लगभग पूरी हो चुकी है। कहीं कोई गड़बड़ी नहीं है। आप कोई फिक्र न कीजिए, पद्मावतजी, सबकुछ ठीक हो गया है। मैंने धनवन्तलाल से बात कर ली है। कमिश्नर साहब से भी बात तय हो चुकी है।"

"क्या तय हो चुका है?" निर्मल सीधा तनकर बैठ गया, "मिलर कम्पनी के बारे में दूसरे किसी को कुछ तय करने का हक नहीं है। कविरत्नजी, कमिश्नर साहब से कहिए, जो कहना है, साफ-साफ मुझे बताएँ।"

श्रीनिवास सर्वाधिकारी की आँखों में लालसा थी और भय था। बेहद मोटे-तगड़े आदमी थे। ऊँची तोंद, छोटी-छोटी आँखें। पहले किसी कॉलेज में अर्थशास्त्र के प्रोफेसर थे। सर्विस कमीशन का इम्तहान पास करके आई.टी.ओ. हुए। अब कमिश्नर हुए हैं। पहले कभी घूस नहीं ली है। साल-दो-साल बाद रिटायर होनेवाले हैं। फिर भी, कभी घूस नहीं ली। डरते थे, अब भी डरते हैं। मगर अब रिटायर होनेवाले हैं, अपना मकान तक नहीं बना पाए। अपनी गाड़ी तक नहीं है। इसी साल सबसे छोटी लड़की की शादी

करनी है। कोई लड़का विलायत जाने के खर्च से कम की बात नहीं करता। दहेज में नई कार चाहिए। लड़की बदसूरत है। इसी उम्र में दो-तीन बार लेडी-डॉक्टरों की मदद ले चुकी है। पत्नी कहती है, ''सभी लेते हैं। तुम क्यों घूस नहीं लोगे? सिन्हा साहब ने राँची में शानदार कोठी बनवाई है। चोपड़ा साहब के तीनों लड़के लन्दन में पढ़ रहे हैं। शास्त्री तुमसे कितना जूनियर है, मगर उसकी बीवी हर साल गर्मियों में कश्मीर जाती है।''

सर्वाधिकारी ईमानदार आदमी हैं। कहते हैं, ''साफ बात यही है, मिस्टर पद्मावत की मिलर कम्पनी ने इनकम-टैक्स का गलत रिटर्न दिखाया है। पिछले चार साल से गलत दिखाया है। सरकारी ऑडिटरों की रिपोर्ट है कि कुल तीस लाख रुपए की गड़बड़ की गई है।''

''मगर यह गड़बड़ ठीक हो सकती है। मेरी बात हो चुकी है। सर्वाधिकारी साहब को ज्यादा नहीं, कुल पचास हजार रुपए चाहिए। तीस लाख रुपयों की गड़बड़ी इतने से मिट जाएगी। आप धनवन्तलाल से कहिए, कैश पेमेन्ट का इन्तजाम कर लें। नियोगीजी ने कहा है, आपको कैश देने में अभी कोई दिक्कत हो, तो वे कर देंगे...'' कविरत्न ने होंठों पर बड़ी ही मीठी मुस्कान जमाते हुए कहा।

निर्मल पद्मावत सोच रहा था। पचास हजार रुपयों की बात नहीं, मिलर कम्पनी की बात नहीं, निर्मल कराची के अपने उस चायखाने की बात सोच रहा था, जिसे पुलिस ने उखाड़ फेंका था। आज मिलर कम्पनी को उखाड़ फेंका जा रहा है। कल कल्याणी मेन्शन...

निर्मल हँसने लगा। कल कल्याणी मेन्शन छीन लिया जाएगा। कल या परसों या चौथे दिन छीन लिया जाएगा। उसने कहा, ''मैंने कभी कोई बेईमानी नहीं की है। मैं एक पैसा घूस नहीं दूँगा...आप लोग जा सकते हैं। आप लोग चले जाइए। मैं कभी किसी से नहीं बताऊँगा कि इनकम-टैक्सवाले मुझसे घूस माँग रहे थे। मैं नहीं कहूँगा। मैं फरियाद नहीं करता। नहीं तो मैं पुलिस को खबर दे सकता था। बगल के कमरे में सी. आई. डी. के अफसरों को बिठाए रख सकता था। टेप-रिकार्ड पर आप लोगों की बातें टेप कर सकता था।... आप लोग जा सकते हैं। मैं घूस नहीं दूँगा।''

''आप दोबारा सोच लीजिए, निर्मल साहब,'' कविरत्न के स्वर में सहानुभूति थी, ''यह मौका फिर नहीं आएगा। मेरा इसमें कोई स्वार्थ नहीं है।

मुझे इस 'डील' में सौ रुपए भी नहीं मिलेंगे। फिर भी मैंने सर्वाधिकारीजी को आपके लिए तैयार किया है। आप दोबारा सोच लीजिए।"

निर्मल पद्मावत चुपचाप कविरत्न की बातें सुनता रहा, सर्वाधिकारी की बातें सुनता रहा, देर तक। नेशनल जूट मिल बन्द है। विश्वजीत मेहता में ताकत नहीं है कि मिल चालू कर सके। मिलर कम्पनी पर सरकारी ताला लग चुका है। पद्मावत इंडस्ट्रीज की सारी बाँहें तोड़ डाली गई हैं। कल या परसों कल्याणी मेन्शन छीन लिया जाएगा। कल या परसों या चौथे दिन। और इससे बचने का तरीका एक ही है, पचास हजार रुपए।

"आप परिस्थिति समझ रहे हैं, पद्मावतजी?" लक्ष्मीचन्द्र कविरत्न पूछता है।

"हाँ," पद्मावत कहता है। सिर झुकाए रहता है। वह मेज पर फैले हुए अपने दोनों हाथों की ओर देख रहा है। ये हाथ उसके अपने हैं।

"फिर क्या तय करते हैं?" सर्वाधिकारी की आँखों में अब तक लालसा चमक रही है। निर्मल पद्मावत अपने दोनों हाथों की मुट्ठियाँ बाँधता है। बाँहों में मछलियाँ उभरने लगी हैं। वह उठकर खड़ा हो जाता है। कहता है, "नहीं, मैं घूस नहीं दूँगा।"

यह पागलपन है। यह आत्महत्या है। आज की दुनिया में ऐसा नहीं होता है। कोई भी समझदार आदमी ऐसा नहीं करता। मगर निर्मल पद्मावत समझदार आदमी नहीं है। पागल है, वहशी है। वह लिफ्ट पर चढ़ता है और अपने फ्लैट के सामने पहुँचकर पूछता है, "क्यों प्रिया, कॉफी ठंडी तो नहीं हो गई?"

17

शीरीं पद्मावत के जीवन का कोई अर्थ नहीं रह गया है। वह अपने कमरे में लेटी रहती है। वारमूथ, शेरी, पोर्ट, रम के गिलास गले में डालती रहती है। रापर्बर्गर की लाल शराब। पीला कॅनियैक। सफेद गिलास में सफेद बोर्दा। शियान्ती। भरी दोपहरी में जिन। शाम को आरमैग्ना। अकेली रात और बर्गन्डी का नशा। किसी भी शराब का नशा। किसी भी खयाल का नशा। कोई भी प्यार। कोई भी भुलावा...

अपने-आपको भुलावे देती रहती है। लेटी रहती है। जैसे उसे पैरेलेसिस हो गया हो। दोस्त औरतें आती हैं। सोसाइटी-लेडीज! अमीर औरतें आती हैं। कुछ देर हँस-बोलकर वापस चली जाती हैं। नहीं आती है प्रिया। क्षण-भर के लिए भी नहीं।

शीरीं जानती है, प्रिया निर्मल के फ्लैट में है। कॉफी बना रही है। कोई गीत गुनगुना रही है। सो रही है। छत पर घूम रही है। हँस रही है। शरमा रही है। शीरीं जानती है और गिलास में शराब ढालती है, पी जाती है। कंठ जलता है, कलेजा जलता है। प्राण...

निर्मल पद्मावत शीरीं को भूल नहीं गया था। उसे याद था, शीरीं अपने बेडरूम में है। किसी औरत के साथ है। अकेली है। उसका इन्तजार कर रही है। उसका या प्रिया का इन्तजार? मगर वह स्वयं शीरीं के बेडरूम में नहीं जाता था। प्रिया को भेजता भी नहीं था। वह चाहता था, शीरीं ऊपर आए। निर्मल के फ्लैट में आए। या हमेशा-हमेशा के लिए कल्याणी मेन्शन छोड़कर चली जाए। कहीं भी चली जाए। और कहीं नहीं, तो विश्वजीत मेहता के पास।

मेहता शीरीं को अपना लेगा। मेहता निर्मल की हर चीज अपना लेगा।

निर्मल शीरीं के फैसले का इन्तजार कर रहा था। वह क्या करेगी?

शीरीं प्रिया के फैसले का इन्तजार कर रही थी। वह क्या करेगी?

मिलर एंड मिलर कम्पनी चली गई। धनवन्तलाल भी चला गया। निर्मल ने अपने प्राइवेट सेक्रेटरी को बर्खास्त कर दिया। क्योंकि धनवन्तलाल ने लक्ष्मीचन्द्र कविरत्न से कहा था, वह निर्मल पद्मावत को देख लेगा। उसने निर्मल को गलत समझा। निर्मल गलत समझनेवाले आदमी से नफरत करता है।

धनवन्तलाल चला गया। और भी बहुत सारी चीजें चली गईं। कल्याणी मेन्शन?

निर्मल पद्मावत ने अपने जीवन में पहली बार बेईमानी की। पहली बार उसने हिसाब-किताब में गड़बड़ी की। नेशनल जूट मिल की बिक्री के रुपयों और वेस्ट बंगाल बैंक के शेयरों की बिक्री के रुपयों से उसने इनकम-टैक्स और जुरमाने की रकम भर दी। कुल पैंतीस लाख रुपए और इसके बाद उसने एकाउंट में दिखाया कि कल्याणी मेन्शन बनवाते वक्त उसने डॉक्टर रघुवंश से कई लाख रुपए कर्ज लिए थे। उसने साबित किया कि ये रुपए डॉक्टर रघुवंश के नहीं थे। रुपए कल्याणी के थे, जिन्हें वह मरने के वक्त अपने पति के पास छोड़ गई थी। कैश रुपए नहीं थे, जेवर और हीरे-जवाहरात की शक्ल में थे।

और इस कर्ज को चुकाने के लिए निर्मल पद्मावत ने कल्याणी मेन्शन प्रिया के नाम बेच दिया। यही एक तरीका था, जिससे कल्याणी मेन्शन को बचाया जा सकता था। नहीं तो तीस मंजिलों का यह मकान जब्त कर लिया जाता। नीलाम कर दिया जाता। हो सकता है, विश्वजीत मेहता या महारानी श्यामगढ़ या सेठ ताराचन्द द्वारा खरीद लिया जाता।

निर्मल ने दस्तावेज प्रिया के हवाले कर दिए। रजिस्ट्रार के यहाँ प्रिया को ले गया। कागजात पर दस्तखत हो गए। प्रिया ने एतराज नहीं किया। वह समझ रही थी, इसमें सिर्फ कानूनी चाल है, निर्मल का कोई और मकसद नहीं है। वह सिर्फ कल्याणी की स्मृति को बचाना चाहता है, अपने पास रखना चाहता है।

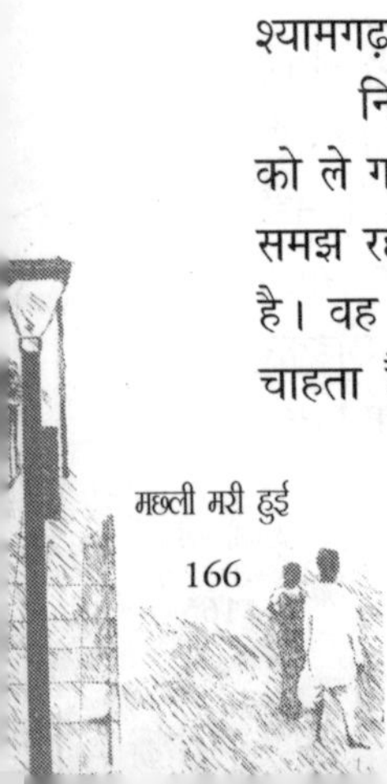

पद्मावत इंडस्ट्रीज का दीवाला निकल गया। निर्मल पद्मावत के पास कुछ भी नहीं रहा। दाएँ हाथ की उँगली में बड़ा-सा नीलम रह गया। और कुछ नहीं। कहीं कुछ नहीं।

प्रिया को लिफ्ट तक पहुँचाकर उसने कहा, "तुम ऊपर चलो। मैं थोड़ी देर में आ रहा हूँ।"

और वह सड़क के इस पार आकर खड़ा हो गया। सड़क के इस पार एक छोटा-सा तालाब है। तालाब के चारों ओर पेड़-पौधे लगे हैं और बैठने के लिए सीमेंट की बेंच है। तालाब पुराना है। संगमरमर के घाट पर अजनबी झाड़ियाँ उग आई हैं। अजनबी फूल नीले जल के शीशे में अपनी मुस्कराहटें देखते हैं। घाट के एक किनारे आखिरी सीढ़ी पर एक एंग्लो-इंडियन लड़की बैठी है, चुपचाप। पानी में उगी झाड़ियों को देखती हुई अपनी बातें सोच रही है।

...तालाब के शान्त जल की सतह पर फैली हुई है—कल्याणी मेन्शन की छाया। निर्मल घाट पर खड़ा है और झिलमिलाती हुई छाया देख रहा है। नीले जल पर सफेद छाया!

अचानक एक बड़ी-सी मछली ऊपर उछलती है। टूट जाती है जल की सतह। कल्याणी मेन्शन हिलने लगता है। देर तक थरथराता रहता है।...निर्मल पद्मावत देख रहा है, आश्चर्यचकित होकर। वह पहली बार इस तालाब पर आया है। पहली बार उसने यहाँ खड़े होकर देखा है कि कल्याणी मेन्शन की आकृति मिटती जा रही है।

निर्मल घूमकर अपना चेहरा अपने मकान की तरफ कर लेता है, शहर का सबसे ऊँचा मकान—'कल्याणी मेन्शन'! निर्मल की तरह ऊँचा और नीचे जल की सतह पर हिलता-थरथराता हुआ।

दूसरी मछली उछलती है।

आखिरी सीढ़ियों पर बैठी हुई एंग्लो-इंडियन लड़की निर्मल को पहचान लेती है। आश्चर्य से भर उठती है...।

मिस्टर पद्मावत यहाँ खड़े हैं? अकेले? वह उठ खड़ी होती है। पास आकर नमस्ते करती है।

निर्मल मुस्कराता है, "कैसी हो मिस? कहाँ काम कर रही हो?"

"सब ठीक ही है, सर! अगले हफ्ते मेरी शादी हो रही है। आप शादी

के जलसे में आएँगे तो?” वह पूछती है और मुस्कराती रहती है। जैसे ताजा खिला हुआ कोई फूल। जैसे खूबसूरती, जैसे प्यार!

निर्मल सोचता है कि शादी उसने खुद भी की है। शीरीं मेहता से की है। मगर उसने कभी शीरीं को एक साधारण स्त्री समझकर नहीं देखा है। उसे स्त्री समझकर नहीं देखा है। देखा है, जैसे वह कल्याणी मेन्शन की कोई एक मंजिल हो, एक फ्लैट हो, जहाँ रात-भर ठहरा जा सकता है। नेशनल जूट मिल के पावर-लूम का कोई पुर्जा। मिलर कम्पनी का कोई बही-खाता।

निर्मल पद्मावत ने शीरीं को देखा-समझा नहीं है। अपने इर्द-गिर्द के किसी व्यक्ति को नहीं। समाज को तो और भी नहीं। निर्मल के चारों ओर एक समाज है, इसे उसने कभी देखने-समझने की कोशिश नहीं की है। इसकी उसे फुरसत नहीं मिली थी। किसी दिन नहीं। फुरसत आज मिली है, इतने दिनों बाद। क्योंकि आज फिर वह फुटपाथ पर आ गया है। सर्वहारा होकर ही आया है और उसका इस फुटपाथ से पुराना परिचय है। कराची के फुटपाथ, बम्बई के फुटपाथ, न्यूयार्क, वाशिंगटन, काहिरा, कलकत्ता के फुटपाथ। फुटपाथों में कोई अन्तर नहीं है। हर शहर के फुटपाथ एक ही जैसे होते हैं। अन्तर होता है, मकानों में। मकान में रहनेवाले लोगों में। लोगों की जिन्दगी में, तहजीब में, तवारीख में अन्तर होता है।

निर्मल ने यह अन्तर समझने की कभी कोशिश नहीं की थी और इसीलिए आज वह फुटपाथ पर आ गया है। विश्वजीत मेहता और उसके दोस्तों से निर्मल पद्मावत जीत नहीं सका। क्योंकि उसे इस शहर का कायदा मालूम नहीं था। मंजूर नहीं था उसे इस शहर का कानून! कानून ने उसे पराजित किया। निर्मल के इस्पात ने उसे पराजित किया...

वह लड़की नमस्ते करके चली गई। अगले हफ्ते उसकी शादी हो रही है। निर्मल तालाब की सरहद से बाहर आ गया। सड़क के किनारे फुटपाथ। सड़क पर कारें और टैक्सियाँ भाग रही हैं। फुटपाथ खाली है। प्रिन्सेस स्ट्रीट में कोई पाँव-पैदल नहीं चलता है।

निर्मल पैदल चलता हुआ, सड़क पार कर गया। कल्याणी मेन्शन की लिफ्ट के पास आया। लिफ्टमैन नया है। उसे पहचानता नहीं। पूछता है, “कहाँ जाना है?”

''तीसवाँ फ्लोर!'' निर्मल लिफ्ट में आईने के सामने खड़ा हो जाता है। दो-तीन लोग और आ जाते हैं। एक मोटी पंजाबिन है, मिसेज सिंह। दो आदमी रेस के घोड़ों की बातें कर रहे हैं। एक आदमी सिर झुकाए कोई किताब पढ़ रहा है। लिफ्ट ऊपर चलती है। मिसेज सिंह निर्मल को पहचान रही है। मुस्कराती है, सिर झुकाती है। गेहूँ से भरे दोनों थैले सँभालती हुई कहती है, ''नमस्ते पद्मावत साहब! मैंने सुना, आपने यह कोठी बेच दी है? किसी डॉक्टर की कोई लड़की है...''

''हाँ, बेच ही दी है।'' निर्मल हँसकर कहता है। सफेद दाँतों की पंक्तियाँ चमक उठी हैं। चमक उठते हैं लिफ्ट में खड़े लोग। लिफ्टमैन काँप उठता है। यही हैं कल्याणी मेन्शन के मालिक—निर्मल पद्मावत!

धीरे-धीरे सभी लोग उतर जाते हैं। निर्मल अकेला रह जाता है। लिफ्टमैन भय और लज्जा से सिर झुकाए कहता है, ''मैं हुजूर को पहचान नहीं सका। मुझे माफ कर दिया जाए...''

''मुझे पहचानने की कोई जरूरत नहीं है। इस मकान की मालकिन ऊपर फ्लैट में रहती है। उसी को पहचानने की कोशिश करो,'' निर्मल कहता है और शीरीं के फ्लैट के सामने उतर जाता है।

तीन हफ्तों से ज्यादा हो गए थे। वह शीरीं से नहीं मिला था। शीरीं अपने पलँग पर सोई पड़ी थी, नींद में बेसुध, नशे में बेहोश। इन तीन हफ्तों में उसने शराब पीने और सोसाइटी की सस्ती औरतों के साथ शोरगुल मचाने के सिवा कुछ भी नहीं किया है। निर्मल की याद आई है तो शराब पीकर भुलाती रही है। पागल होती रही है। अपना ही शरीर नोचती रही है। अपना ही शरीर...

शीरीं की आँखें खुल गईं। वह बिस्तर से उठी नहीं, अँगड़ाई लेकर उसी तरह लेटी रह गई और मुस्कराई। शीरीं की मुस्कराहट में दर्द है। वह निर्मल का इन्तजार करती रही है।

शायद निर्मल ने पहली बार महसूस किया कि इस मुस्कराहट में दर्द है। और यह मुस्कराहट हर सवाल का जवाब है, हर दुख की दवा है, हर परिस्थिति को सह लेने की ताकत है। इस मुस्कराहट में और कुछ नहीं है। एक औरत अपने मर्द को देखकर मुस्करा रही है। दर्द, अभिमान, शिकवा और शिकायतें और समर्पण...

वह पलँग के पास जाकर खड़ा हो गया, फिर शीरीं के सिरहाने बैठ गया। उसकी बिखरी हुई लटों में उँगलियाँ लपेटने लगा, तो वह बोली, "मुझे इस शहर से कहीं बाहर ले चलो, निर्मल! यहाँ मैं मर जाऊँगी।"

निर्मल मुस्कराया। फिर उसका सिर अपनी गोद में डालता हुआ बोला, "ले जाऊँगा जहाँ कहोगी...तुम्हें साथ ले जाऊँगा। अभी और कुछ बातें मत करो। कुछ मत पूछो।"

शीरीं के पास कोई सवाल था भी नहीं। इन तीन हफ्तों में उसके सारे सवाल मर चुके थे। वह खुद मर चुकी थी।

दोनों को कब नींद आ गई, किसी को पता नहीं। वह अपने पति की बाईं बाँह पर सिर रखकर सो गई। सुबह उसी की नींद पहले खुली। निर्मल सोया रहा। वह बाथरूम चली गई। देर तक नहाती रही। पानी के बड़े टब में डूबती-तैरती रही। चेहरे पर छींटे मारती रही और कोई पुराना गीत गुनगुनाती रही–

बरसात हुई। जल भर आया...
सूखी पड़ी नदी में फिर, जल भर आया
नीली मछली मरी हुई
जी उठी। प्राण में प्यार, प्यार में प्यास,
प्यास से मरी हुई नीली मछली
के लिए
नदी में जल भर आया।
बरसात हुई!

निर्मल पद्मावत की नींद खुली। फिर भी आँखें बन्द किए वह अजनबी भाषा का अजनबी गीत सुनता रहा और उसे लगा कि बाहर बरसात हो रही है। सूखी हुई नदी में पानी भर आया है। समुद्र में ज्वार उठने लगा है। जीवन का ज्वार...

शीरीं दरवाजा खोलकर कमरे में आ गई। काले-काले केशों को बाँधकर मनीपुरी जूड़ा बना लिया है उसने! बालों के बीच मोटी-सी रक्त-रेखा है, सिन्दूर!...सिन्दूर की मोटी लकीर चमक रही है और शीरीं पद्मावत का समूचा चेहरा रंगीन हो उठा है। इस रंगीनी में लज्जा है।...अभिमान है। और है करुणा!

जैसे किसी जादू के कारण, जैसे अपने अस्तित्व की किसी अनिवार्यता

के कारण शीरीं...निर्मल के बहुत करीब आ गई पहली बार! जैसे कोई दुलहिन पहली बार सोने के कमरे की रोशनी बुझाती है।

...निर्मल पद्मावत चुपचाप पलँग से नीचे उतरकर खड़ा हो गया, मुस्कराता हुआ। शीरीं से कहने के लिए उसके पास कोई शब्द नहीं था, कोई भाषा नहीं थी। वे दोनों एक-दूसरे के सामने खड़े थे और शब्दहीन थे, भाषाहीन।

नदी सूख चुकी थी। समुद्र सूख चुका था।...नीली लहरों पर उछलती हुई वह मछली मर चुकी थी। और मरी हुई मछली के शरीर से प्रकट हो रही थी; ऊपर उठ रही थी एक स्त्री :

शीरीं पद्मावत!

शीरीं जन्म ग्रहण कर चुकी थी। अब वह मरेगी नहीं।...प्यार मरता है। वासनाएँ भी मर जाती हैं। करुणा नहीं! केवल एक करुणा नहीं मरती है।

●●●